Sven Heuchert

Die Witwer von Chaltouva

Sven
Heuchert

DIE WITWER VON CHALTOUVA

Roman

Ullstein

Besuchen Sie uns im Internet:
www.ullstein.de

FSC www.fsc.org
MIX
Papier | Fördert gute Waldnutzung
FSC® C014496

PRODUZIERT MIT VERANTWORTUNG •

ISBN: 978-3-550-20265-0

Bei Fragen zur Produktsicherheit wenden Sie sich bitte an produktsicherheit@ullstein.de
Gesetzt aus der Bitter und Boldies
Satz: Savage Types Media GbR, Berlin
Druck und Bindearbeiten: GGP Media GmbH, Pößneck

ERSTER TEIL

• • •

Sie hocken auf Randsteinen am Ufer des Mühlengrabens, gleich hinter der Brücke, wo das Wasser noch flach und ruhig ist, kauen auf ihren Priemen, speien braunen Tabaksaft in den Fluss.

Bald geht's ja wieder los, Männer! Was sagter?

Ja, ach ja, mir ist's eh einerlei.

Komm, komm, hör auf! Wenn's wärmer wird, stehste ja doch wie jeder andere im Graben und wirfst deine Leine aus.

Jaja, hast ja recht.

Natürlich hab ich recht!

Wird ja eh wieder der Millerbeck werden, der Schweinehund. Kann doch gar nicht anders sein. Der steht doch mit dem Teufel im Bunde, dem springen die Witwer nur so an die Leine, und das schon seit Jahren!

Jaja, aber ich kann mich noch dran erinnern, als der Kronewald ständig auffer Brücke stand und die fettesten Brummer gekascht hatte! Noch nich so lange her!

Na, deswegen sag ich ja, das geht nich mit rechten Dingen zu, das sag ich euch.

Nu verbrenn dir mal nich dein Maul! Kannst über den Ernst ja sonst nichts Schlechtes sagen.

Jaja, ich sag ja nix.

Jaja! Man sagt ja nie was, ne?

Na, nee, ich mein ... nur, was hat der denn noch hingekriegt? Mehr sag ich ja nicht.

Schweigen.

Die Klara, dem sein Mädchen, die hatter gut hingekriegt.

Die Männer lachen.

Aber da hält er ja die Daumen drauf, die darfste nich mal angucken, da wird der Alte schon fuchsteufelswild.

Ja, wenn du die angucken tätest, und das wär meine, da würd ich auch fuchsteufelswild werden!

Nu lass mal gut sein ...

Nee, nee, ich sach ja nur, was wahr is!

Wahr is, dass ihr die alle anglotzen könntet, wie ihr wolltet, nur würdse nich mal's Kinn für einen von euch heben, die würd lieber weiter innen Dreck starren.

Na, aber den Max gucktse schon an! Auch wennse glaubt, das würd keinem auffallen.

Der Max, der Max, der mit seinen feinen Fingerchen! Den brech ich ja entzwei, sag ich.

Was? Den Max? Warum? Lass mir mal den Max in Ruh, das is 'n ganz Schlauer, is das.

Schlau! Wenner schlau wär, wär er nich der Sohn vom Metzger!

Schlag du erst mal ne Sau ausser Decke und mach da ordentlich Wurst draus, dann reden wir weiter!

Ich sach ja nix, ich sach ja nix!

Hat schon verdammt starke Brummer rausgeholt, der Kronewald, da lässt sich nichts gegen sagen.

Der Millerbeck is nich gut auf den zu sprechen naturgemäß!

Weil der Kronewald eben auch weiß, wasser tut.

Da! Wo wir vom Teufel sprechen!

Da kommter ja, der Ernst!

Na, ach, guck, der olle Millerbeck, schau an! Hast uns denn was mitgebracht, du Geizhals?

Haltet mal schön eure Schnäbel, sagt Millerbeck. Versprochen is versprochen. Hier habter.

Ja, nur vom Feinsten, sag!

Sieht aus wie der vom Dexheimer, wenigstens die gleiche Flasche, ja?

Isser, sagt Millerbeck. Wenn schon Schabau, dann nich den Rotz, den se dir inner Spelunke servieren.

Hör doch auf, Ernst, der Dexheimer brennt für jeden, der's ihm bezahlt.

Na, ich zahl's lieber dem Dexheimer als dem Seiler, diesem Tunichtgut.

Die Männer lassen die Flasche kreisen.

Und was sagst, Ernst? Wie wird die Saison?

Na, wie sollse werden? Bereit bin ich.

Bereit sinwer alle, oder?

Na, sicher!

Und der Kronewald, von dem hatten wir's grad, das war letzte Saison aber mal schön knapp, da hat nich mehr viel gefehlt, 'ne Unze nur!

Nich, dasser dich diesmal drankriegt!

Wart's nur ab!

Ach, der, dass ich nich lach!

Komm, viel hat nich gefehlt, paar Gramm.

Gefehlt! Schwätzt ihr nur, ihr könnt schwätzen, was ihr wollt. Im Frühjahr steh sowieso wieder ich da oben auf der Brücke und hab den dicksten Trumm am Haken! Da kann der Hundsfott machen, wasser will! Der soll mal schön bei seinen Würstchen bleiben, der Kronewald, das kanner wenigstens.

Nu gib doch nich an wie 'ne Tüte Mücken!

Tüte Mücken, is nur die Wahrheit!

Hier, nimm mal 'n Schluck, Ernst, geht schon noch früh genug los mit dem Gezanke.

Nix Gezanke, ich weiß einfach, wie's geht.

Werden wir ja sehen! Erinner mich.

Paar Gramm! Der fuchtelt doch mit den Gewichten rum, nur wie er's macht, weiß ich nicht.

Komm, lass man, der Kronewald, der is schon in Ordnung.

Jaja, für'n Schwein wärer in Ordnung, das ja!

Wir werden's ja sehen.

• • •

Über dem Schotter wabert Dunst, die Dächer vom Nieselregen feucht, die Kälte hat alle in ihre Häuser getrieben. In den Gassen verkehrt nun das Raubzeug auf der Suche nach Fressen, die Ratten kriechen aus ihren Löchern, die Kater liegen auf der Lauer, nur die Hunde dösen satt. Still ist es, eine wahrhaftige Stille, so vollkommen, dass selbst die Gedanken verstummen. Die Menschen in Chaltouva schlummern in ihren Betten, in den dunklen, kühlen Zimmern ihrer verrammelten Häuser, das späte Feuer glost noch in ihren Küchen, wo Töpfe und Pfannen blank poliert auf den nächsten Morgen warten. Ihr Schlaf ist traumlos, ein kleiner Tod, die Glieder schwer wie Blei, die Köpfe leer. Es wird Nacht.

•••

Hier, guck hin, guck hin, so hältst du das Messer ... nein, doch nicht so! So, so führst du die Klinge, da, immer an der Sehne entlang, damit das ... Junge, was ist los mit dir, hörst du überhaupt zu? Peter Kronewald schüttelt den Kopf. Ich mach das hier nich für mich, ich kann das ja schon alles, du sollst das lernen, du musst das können! Nur für'n Dreck wegmachen, die Klingen schärfen, da brauch ich dich nich für, du bist mein eigen Fleisch und Blut, dann schau gefälligst hin.

Ja, sagt Max Kronewald.

Was, ja?

Ja, Vater.

Na, und nu mach, und denk dran, morgen früh geht's nach Vierheilig, bevor die Saison losgeht, brauch ich noch gute neue Leinen und vernünftige Haken, die müssen was aushalten, denn diesmal isser nämlich dran, der Millerbeck, dem wird das Lachen schon vergehen, ich sag's dir.

• • •

Es war immer schon ein raues Land. Dunkle Wälder. Versumpfte Talgründe. Schroffe Felsen und Procipissen. Ein Landstrich wie von den Göttern ausgeschissen, in ewiges Graubraun getaucht, im Nebel der Ville gelegen, erstreckt er sich von der unbedeutenden Seite des Rheins bis ins Bergische. Ursprünglich wurde er von kleinen Stämmen bewohnt, deren Namen die Römer nicht für nötig hielten, in ihren Annalen festzuhalten. Man kannte diese Gegend überhaupt nur wegen der Handelsroute, die über die südlichen Höhenlagen an unwegsamen Bergrücken vorbei nach Köln und weiter bis Leipzig führte. Durchreisende berichteten, die Wege hier seien so abscheulich und gefährlich, dass es in der Tat für jemanden, der sie nicht kennt, ganz und gar unmöglich sei, sich davon einen wahren Begriff zu machen. Ausgefahrene Felsen wie Ungeheuer! Kein Pferd hält diese Strapazen länger als ein Jahr aus, da in den tiefen und schmalen Geleisen besonders bei nächtlichem Ritt die Hufe in kürzester Zeit zuschanden gehen. Man sollte diese Route besser meiden! heißt es im Volksmund.

Chaltouva ist nicht nur abgelegen, sondern auch das letzte Grenzdorf des Königreichs Vierheilig. Eine staubige Straße, ein paar Gebäude, darunter ein geschlossenes Postamt, ein aufgegebenes Magazin der königlichen Truppen, eine letzte Spelunke, die Werkstatt des Stellmachers, die Läden des Metzgers und Schuhmachers. Weite Teile des fruchtbaren

Landes rund um das Dorf befinden sich seit jeher im Besitz des Adels und der Geistlichkeit. Die restliche Landwirtschaft ist rückständig: Die Felder liegen oft über mehrere Jahre brach, gepflügt wird nur eine Viertel Elle tief; man lebt vom Verkauf von Futterkräutern mehr schlecht als recht.

Das Leben hier ist träge und langsam. Die Bewohner ja ein durch und durch stures Volk, seit Jahrhunderten verharren sie auf der Ville. Nach geltendem Erbrecht dürfen die Höfe und Werkstätten in Vierheilig nicht an Fremde veräußert werden, somit wird der gesamte Besitz für gewöhnlich dem ältesten Sohn übereignet. Die meisten verbleiben ja im Dorf, kommen mit dem wenigen aus, was sie haben, arrangieren sich. In den Städten sind sie gar nicht gerne gesehen; die Sitten zu rau, der Ton zu derbe. Nur für den Kommiss reicht es grad, dort werden sie gerne genommen, um ihren Dienst an der Waffe abzuleisten, dem König Treue zu schwören und in seinen fernen Kolonien Blut zu lassen und Blut zu vergießen. In Chaltouva wird man also geboren, oder man wird von Amts wegen geschickt.

Als sich das Königreich Vierheilig im Konfessionskrieg mit dem benachbarten Fernegierscheid befand, erlebte das Dorf seine kurze Glanzzeit. Für militärische Zwecke strategisch günstig auf einem Höhenkamm gelegen, wurde unweit des Dorfes ein Fort erbaut, von dessen Festungsmauern man die Talebene bis zu den Fernegierscheider Sümpfen überblicken konnte. Der kurze, aber grausame Krieg bedeutete für das Dorf eine stetige Einnahmequelle; glücklicherweise blieb man bis auf einige Scharmützel vom Kampfgeschehen verschont; nur die krachenden Salven der Kartätschen, die in den schroffen Felskanten der Ville widerhallten, erinnerten an den Konflikt. Doch im Dorf begriff man und nutzte die Gunst der Stunde: In notdürftig zusammengezimmerten Ställen wurden die Pferde der Marketender sowie der Garnison gestriegelt und mit frischem Futter versorgt, in der Stellmacherei banden bis zu zehn Männer das Achsfutter ein und brachten das Eisenrad noch warm aufs Holz. Die Bauern versorgten das Fort mit Nachschub an Heu und Kartoffeln, und in den zahlreichen, schnell hochgezogenen Spelunken strömte das Bier nur so aus den Fässern, die Presswurst aus der Schwarte des Wildschweins wurde in rauen Mengen vertilgt.

Nach dem Ingelheimer Frieden erstarb dieser Aufwind so rasch, wie er gekommen war, Chaltouva versank wieder in seinen Dämmerzustand. Nun verfallen die Gehöfte zusehends, die Spelunken, alle bis auf eine, sind längst geschlossen, die Schollen durch die jahrelange Misswirtschaft ausgelaugt, die Ernten dementsprechend karg. Die Handwerker sind zuletzt fast vollständig auf die Brosamen der Garnison angewiesen. Das Fort hält ja weniger als ein Viertel der früheren Besatzung, im Grunde nicht mehr als ein paar Offiziere, frisch von der Ausbildung und noch voller Tatendrang, sowie ein paar mickrige Reservisten dazu, die tagein, tagaus nichts anderes tun als exerzieren, auf den Redouten patrouillieren und ihre Waffen reinigen.

•••

Ernst Millerbeck sitzt in seiner Werkstatt in der unteren Etage seines Hauses, ein düsterer und verwinkelter Raum, die Regale aus rohem Holz reichen bis unter die Decke, die offenen Fächer voller Materialien; Lederteile, Haken und Ösen, Laschen und Bogen, Stoffe und Cord. Es riecht nach Leim und kaltem Pfeifenrauch, die Luft ist dicht und schwer zu atmen. Er sitzt auf einem niedrigen Schemel, die Beine von sich gestreckt, ein breiter Kommissstiefel liegt vor ihm auf der Werkbank, er hält die Sohle in der einen Hand, einen kurzstieligen Hammer in der anderen. Er müsste die nächste Lage Oberleder feststiften, die Sohle vernageln, aber er legt das Werkzeug auf den Tisch und steht auf.

Klara!

Er hört ein Rumpeln oben in der Küche.

Verdammt noch mal, Klara!

Ja, Vater.

Seine Tochter erscheint am Ende der Treppe, die hinunter in die Werkstatt führt, ihre Gestalt ein dunkler Schatten im Gegenlicht.

Er leckt sich über die Lippen. Gehst mir 'n Krug Bier beim Seiler holen, ja?, sagt er. Hab Durst, brauch was Kaltes.

Ist der Seiler denn schon da? Ist doch noch nicht mal Mittag.

Der Seiler! Na sicher is der schon da, der haust doch da in seiner Spelunke, was glaubst denn du? Er sieht seine Tochter an und hebt die Augenbrauen. Das ganze Dorf weiß das doch, dass der innen Hinterhof pisst und scheißt und sich seinen räudigen Arsch gleich da innen Pfützen waschen tut! Der Seiler, der is da, so viel ist sicher. Nimm dir paar Reppa aussem Topf und hol mir 'n Krug, ja, Liebes? Und trödel nich rum! Und, hier ... Er sieht sie lange an.

Ja?

Na, geh schon.

Klara nickt schweigend. Ich geh, sagt sie. Ich geh schon.

Sie macht auf der Treppe kehrt

In der Küche steht die Mutter vor dem Herd, rührt Suppe in einem dampfenden Topf.

Bier soll ich ihm holen, sagt Klara.

Die Mutter seufzt. Nimm dir 'n Krug von hier, fass da beim Seiler ja nix an!

Gut, sagt sie.

Mit dem Krug aus Steinzeug in der Hand geht sie zur Schenke. Draußen, auf der Straße, im Dorf, tut sich etwas: Kinder lungern in den Vorgärten, rupfen das blassgrüne Gras aus der Erde heraus, bewerfen sich gegenseitig mit Dreck. Von den Männern ist nichts zu sehen: Auf dem Feld sollten sie sein, doch in den Betten liegen sie, noch betäubt vom Rausch der letzten Nacht. Nur die Frauen sind geschäftig und schon auf den Beinen: Sie füttern die Hühner in ihren Verschlägen, lüften die verrauchten Küchen, ziehen Karren mit Körben voller Schmutzwäsche mühselig über die schlammigen Wege bis hinunter zum Fluss, hocken auf den Treppen vor den Häusern und schälen Berge Kartoffeln und Rüben, die Ältesten sortieren das Feuerholz unter die Dachschenkel.

Die Schenke ist das letzte Haus des Dorfes, das Fundament erbaut aus Flötenstein, dem feinen, dunklen Tuff, der einst aus der Ville gebrochen wurde. Die angrenzende Scheune ist nur noch eine Ruine, das Dach vom Grünspan befallen, der Zaun niedergetrampelt, die Zuchtschweine längst entlaufen und verwildert.

Klara geht vorsichtig die zerbröckelten Stufen hinauf, bleibt auf der Schwelle stehen. Die schwere Holztür steht einen Spaltbreit offen, der Dunst der Spelunke weht ihr aus dem Dunkel dahinter entgegen; kalter Rauch, schales Bier und alter Schweiß. Sie schluckt, atmet flach, schluckt noch einmal, der Speichel kalt und zäh in ihrem Mund, dann lehnt sie sich gegen das Blatt, stößt die Tür mit der Schulter auf. Der Schankraum ist schmal und lang, Tische und Stühle stehen im Weg, auf der schmierigen Theke verteilt leere Krüge, zerknüllte Lappen, ein Teller mit den Resten eines Rapfen; festes, weißes Fleisch hängt noch an den Gräten, glänzt fettig feucht im schummrigen Licht.

In einer Nische hinter der Theke sitzt der alte Seiler; seine Augen geschlossen, die Hände über dem mächtigen Bauch gefaltet, den Kopf gegen die Steinwand gelehnt, seine Brust hebt und senkt sich im Takt seines Atems, ein leises, tierhaftes Kratzen dringt ihm aus der Kehle.

Klara räuspert sich, daraufhin zucken die Augenlider des alten Seilers, er schaut auf, sieht sie, brummt, bewegt die Zunge im trockenen Mund hin und her.

Was willste?

Der Vater schickt mich, sagt sie und hält den Krug hoch.

Ah ja, macht er und schließt seine Augen. Zapf's selbst, für mich isses noch zu früh, sagt er und lehnt seinen Kopf wieder an die Mauer.

Klara stellt den Krug auf den Tresen, schiebt ihn weiter in Richtung Fass, macht sich dünn, schiebt sich am dösenden Seiler vorbei.

Über dem Stechdegen hängt ein schmutzig graues Leinentuch, Klara fasst es zwischen Daumen und Zeigefinger und legt es neben das Fass. Der alte Seiler schnarcht, ein einzelner Laut dringt ihm dabei aus der Kehle, ein dumpfes Knacken, als zerbreche etwas tief in seinem Inneren. Das Bier fließt bernsteinfarben aus dem Hahn in den Krug, der alte Seiler bekommt's aus der großen Stadt im Tal hinter der Ville, wo die sieben Brauereien des Landes ansässig sind. Klara fasst den Henkel, legt den Krug auf ihrem schmalen Handgelenk ab und wartet, bis sich die feinporige Schaumkrone gesetzt hat.

Als sie schon wieder im Schankraum steht, sagt der alte Seiler mit geschlossenen Augen: Hab dich gesehen ...

Klara nickt schweigend.

An der Zwölf-Apostel-Buche, vorletzte Nacht ... aber sag, was macht so 'n junges Ding wie du so spät noch aufm Friedhof?

Zwei Reppa, sagt Klara. Ich hab die Taler nebens Fass gelegt.

Der alte Seiler lacht.

Sie hört das dröhnende Lachen, bis sie vor der Spelunke steht, im grellen Tageslicht, an das sich ihre Augen erst wieder gewöhnen müssen. Die Kinder spielen noch immer im Dreck, sie haben aus Ästen und leeren Büchsen Musketen gebastelt, mit denen sie aufeinander schießen, Bum! Peng!, schreien sie und fallen um, eines nach dem anderen.

Klara balanciert den Krug in beiden Händen, achtet auf jeden ihrer Schritte, weicht geschickt den Pfützen aus. Einer der Knaben jauchzt auf, als er sie erblickt: Auf sie!

Klara schüttelt den Kopf, Nein, lass! Aber da kommt schon der erste Stein geflogen, ganz nah an ihrem Ohr vorbei, ein paar Klumpen feuchter Dreck bleiben in ihrem Haar hängen.

Rotzpanz! Doch sie lassen nicht von ihr, der nächste Wurf trifft, der Stein prallt gegen ihre Stirn, ein kurzer, heftiger Schmerz, doch sie lässt sich davon nicht beirren, hält sich aufrecht, geht weiter, Schritt für Schritt, beißt sich auf die Oberlippe, bis sie ihr eigenes Blut schmeckt.

Da! Da! DA!, schreien die Knaben, rennen ihr hinterher und schmeißen mit allem, was sie in die Finger kriegen, mit Dreckklumpen, Steinen und Grasbüscheln, es spielt keine Rolle, nur treffen wollen sie. Klara duckt sich, zieht den Krug nah an ihre Brust heran, überquert die Schotterstraße, geht schneller, gleich da ist das Haus, ihr Haus, die Werkstatt des Vaters. Die Knaben lassen jedoch nicht von ihr ab, sie denken ja nicht einmal, sie rennen ihr hinterher, umringen sie, bis plötzlich die Haustür auffliegt und die Mutter auf der Schwelle erscheint, eine kleine, kräftige Frau, die rauen Hände zu Fäusten geballt: HAUT AB, IHR HUNDESÖHNE!

Die Knaben bleiben stehen, starren auf diese wild fuchtelnde Person, lachen ganz unbeholfen.

Guck mal, die dicke Olle!, sagt einer, ein anderer kichert und schneidet ihr Grimassen, doch die dicke Olle ist schneller auf den Beinen, als die Knaben denken. Dass ihr mir nie wieder die Klara anfasst!, schreit sie und drischt dem Knaben, der sich da vor ihr auf dem Boden hin und her windet, die flache Hand auf den Hosenboden. Die Schläge knallen so trocken wie Schüsse aus dem Schrotgewehr des Vaters.

Habt ihr mich verstanden?

Klara sieht es in ihren bleichen Gesichtern, an ihren zitternden Lippen, den schon feuchten Augen, sie wollen losheulen, nach der eigenen Mutter schreien, doch sie raffen sich auf und rennen schweigend davon.

Rotzpanz, sagt die Mutter noch und legt Klara die Hand auf die Schulter. Eine räudige Bande ist das, aber was will man machen? Das ändert sich nicht, nein.

Sie geht voran ins Haus, Klara folgt ihr.

Geh nur, sagt die Mutter. Bring dem Vater schon das Bier, und sag ihm, gleich gibt's Essen.

Gut, sagt Klara.

Sie streicht mit den Fingerspitzen den Schaum vom Rand des Krugs, wischt sich am Leinenkleid ab und geht langsam die Treppe zur Werkstatt hinunter.

Der Vater sitzt immer noch über die Werkbank gebeugt da, den Kopf auf die Hand gestützt, die Augen halb geschlossen, den Kittel aufgeknöpft.

Was hat das denn so lange gedauert?, murrt er, und Klara stellt den Krug neben den Leimbottich. Und was gab's da für 'n Aufriss?

Nichts, sagt Klara. Nur 'n paar Bengel.

Das Kroppzeuch hat ihre Brut nich mehr im Griff, sagt er und trinkt gierig den ersten Schluck, der Schaum läuft ihm über die Lippen und tropft perlend in den Bart. Das war bei uns noch anders, ja? Bist 'n gutes Mädchen, so haben wir dich erzogen, so wie 'n Mädchen zu sein hat, ordentlich und anständig. Aussem ordentlichen und anständigen Mädchen wird 'ne ordentliche und anständige Frau.

Ja, sagt Klara. Natürlich.

Der Vater wischt sich den Mund mit dem Ärmel ab. Brav, sagt er. Brav.

Mutter sagt, du sollst kommen, es gibt gleich Essen.

Ja, sagt er und stellt den Krug ab. Ich komm, ich komm ja, geh nur, ich komm gleich. Die Stiefel, die Stiefel! Ein paar Offiziere kriegen ja neue Sohlen drauf, weiß gar nicht, was die immer tun, ich seh die jedenfalls nie marschieren! Ja? Oder siehst du die marschieren?

Klara schüttelt den Kopf.

Na denn, sagt der Vater und nickt Richtung Krug. Sag der Mutter, ich komm ja schon.

Klara stellt den leeren Krug neben den Spültrog.

Saufen, immer nur saufen, sagt die Mutter leise. Das könnense.

Auf der Treppe rumpelt es, der Vater ächzt und stöhnt.

Ach, sagt Klara und legt der Mutter ihre Hand auf den nackten Unterarm. Änderste doch nichts mehr dran, oder?

Sie lachen.

Was lacht ihr da?, fragt der Vater. Er bleibt im Türrahmen stehen und reibt sich die schmutzigen Hände.

Ach nichts, sagt die Mutter. Setz dich schon.

Der Vater geht brummend weiter zum Tisch. Was is das?, fragt er und zeigt auf den Topf.

Schon wieder Rüben? Wofür zieh ich mir eigentlich jeden Morgen den Kittel an und geh runter in die Werkstatt? Für so 'n Fraß kann ich ja auch gleich liegen bleiben.

Ist zu wenig inner Kasse für gutes Fleisch, und beim Kronewald willst nich mehr anschreiben lassen.

Anschreiben lassen, in meinem Leben hab ich bei dem noch nix anschreiben lassen, kein Stück Fleisch und kein Stück Wurst. Aber du kriegst deine Reppa jeden Freitag, da frag ich dich, wo treibste dich damit rum, wenn's nur für ollen Rübeneintopf reicht?

Was soll ich mit den paar Reppa denn anfangen?, sagt die Mutter und zuckt mit der Schulter. Zum Kronewald darf ich nich, und sonst is hier doch mager, dann müssens eben Kartoffeln oder Rüben sein. In Vierheilig gäb's 'n ordentlichen Markt, aber dafür hamwer nich genug übrig, und wie soll ich hinkommen immer?

Du, du hast nich genug übrig, aber Wunna, sieh, sieh her, ich schaff's ja ran, ich schaff's doch ran für dich, Wunna, meine teuerste Wunna, nur für dich schaff ich's ran!

Für'n Suff und deine Leinen schaffstes ran, da haste ja immer genug für übrig, sagt die Mutter, und da langt der Vater rüber und verpasst ihr eine mit der flachen Hand auf den Mund.

Dafür hab ich schon noch genug übrig, lass dir das mal gesagt sein, ich sag dir schon, was ich übrig hab, du ... kümmer du dich mal ordentlich um deine Küche und lass den Rest meine Sorge sein, guck lieber, dass da was Vernünftiges in die Töpfe kommt, da haste schon genug mit zu tun, vom anderen fängste gar nich erst an, klar? Wird ja der Hund in der Pfanne verrückt. Ich besorg mir mein Fressen schon woanders, das krieg ich ganz allein hin, bleib du nur da hocken, wofür ich dich überhaupt noch brauch, das frag ich mich ja, wofür?

•••

Pack deine Sachen, mach da nich immer so lang rum, Herrgott.

Max hört seinen Vater aus der Diele, die dumpfe, dröhnende Stimme, die sich gerade noch im Zaum hält. Er lächelt seiner Mutter zu, die am Küchentisch sitzt und Kartoffeln schält.

Geh schon, sagt sie. Beeil dich. Du weißt, wie er ist.

Ja, sagt Max und legt seiner Mutter die Hand auf die Schulter, die unter dem rohen Stoff ganz weich und warm ist. Ich mach ja schon.

Der Vater wartet an der offenen Haustüre, den Knauf in der Hand.

Komm, Mensch, bummel nich immer so rum, sind eh schon spät dran. Muss auf dem Weg auch noch beim Kopfschlächter reinschauen.

Max schweigt.

Haste alles? Na dann los.

Der Ochse ist schon vor den Karren gespannt, wartet mit gesenktem Schädel in der Dämmerung, scharrt ungeduldig mit den Hufen in der klumpigen Erde. Max klettert auf den Bock neben seinen Vater, der die Peitsche schnalzen lässt, mit einem Ruck greifen die Räder, der Karren setzt sich rumpelnd in Bewegung. Der Vater hält die Zügel locker in der Hand, bestimmt mit ruhigen Bewegungen die Richtung. Das Dorf liegt noch ganz im Zwielicht, dunstig und schlaftrunken. Doch die

Dämmerung kündigt sich bereits an; der Himmel grau und geschlossen, nur am Horizont, in weiter Ferne, dringen schon Streifen schmutzig roten Lichts durch die Wolkendecke.

Bucklige Häuser reihen sich am Wegesrand nebeneinander auf. Hinter verschlossenen Türen, in den kalten Küchen werden die ersten Feuer entzündet, der frische, harzige Geruch von trockenem Anmachholz weht mit dem Wind, schwacher Rauch setzt sich von den Schornsteinen ab.

Max klappt den Mantelkragen hoch, atmet durch die Nase, faltet die Hände im Schoß.

Is dir etwa kalt, fragt der Vater.

Max schüttelt den Kopf.

Das sind ja alles Weichlinge, sagt der Vater, und er sagt es so, als spräche er mit jemand anderem, als stünde er beim alten Seiler an der Theke und tränke einen Krug Bier. Ihr seid zu nichts mehr zu gebrauchen! Schwach. Gehen ja beim ersten Frost gleich ein und sterben weg. Lächerlich.

Max schließt die Augen und denkt an Klara, wie er ihre Haut berührt, über die Vertiefung zwischen Daumen und Zeigefinger streicht, zart und nur ganz kurz, wie zufällig, als hätten sie gleichzeitig nach einem Gegenstand gegriffen, vielleicht einem Teller oder einem Messer. Haste mich verstanden? Die Stimme des Vaters rau und scharf.

Was?

Was? Ob du mich verstanden hast, Junge?

Max schweigt.

Für den Grobel, hab ich gesagt, da brauchste 'ne vernünftige Joppe, aus gutem Stoff und mit'm Wappen drauf.

Ja, sagt Max. Für 'n Grobel.

Der Vater schüttelt den Kopf. Als ich so jung war wie du,

da, da hab ich Bäume ausgerissen, da wollt ich die ganze Welt erobern! Und du? Der Vater spuckt einen Strahl braunen Tabaksaft aus gespitzten Lippen in die Dunkelheit. Als würd dir der Grobel gar nichts bedeuten. Willst du denn gar kein Mann sein? Im Graben stehen und deinen ersten Witwer kaschen?

Doch, doch, sagt Max schnell. Das will ich, das will ich ja.

Dann verhalt dich gefälligst auch so!

Max nickt, der Vater knurrt.

Muss dem Erwin noch die letzte Lieferung Darm bezahlen, machen wir kurz halt bei dem Halunken.

Die Trift wird schmaler, verliert die Begrenzung, fällt gen Westen hin steil ab, die Talsohle ist ganz und gar Wildnis, überall Siefen, Schlick und Totholz. Der Karren ruckelt, die Achse knarzt, die Peitsche knallt. Weiter durch einen Hain, die Nadelbäume ragen hier hoch empor, die Kronen schließen sich über den Köpfen zu einem Dach. Eine schwere, fast dräuende Stille; Max hört nur den Vater neben sich atmen, das Mahlen seiner Kiefer, und wie seine Zunge den Priem über die Zähne schiebt, das schmatzende Saugen, als er die feuchten Lippen öffnet und spitzt, das kurze Zischen, mit der er die Spucke hinausdrückt.

Beim Erwin musst du immer hingucken, sagt sein Vater dann. Du willst Darm in dem Kaliber, und der sagt, hab ich da, kannste holen, und dann kann der sich auf einmal nich mehr dran erinnern und will dir 'n Eimer ranziges Fett verkaufen.

Max sieht den massigen Kopf seines Vaters aus den Augenwinkeln, das leichte Nicken.

Merk dir das, merk dir das für später, lass dich ja von keinem bescheißen, die wollen's dir alle abschneiden, jeder, ohne Ausnahme. So is das nun mal im Leben, du nimmst's wem weg, oder einer nimmt's dir weg. Das hat mir mein Alter schon eingebläut, der olle Drecksack, aber wo der recht hatte, hatter nun mal recht gehabt, es is ja die Wahrheit.

Auf der Ebene wird die Luft kühler, gesättigt von den feuchten Weiden und Wäldern. Die Gebäude der Schlachterei tauchen in weiter Ferne auf; der lange, niedrige Stall, die Wände nur notdürftig gekalkt, das zweistöckige Haus aus rotem Ziegelstein steht auf einer Anhöhe, eine Funzel brennt neben der Tür, das Licht flackert schwach in der Dämmerung. Es beginnt zu nieseln. Sie sind noch eine gute Meile von der Schlachterei entfernt, der Ochse zieht den Karren mit seiner ganzen rohen Kraft, unbeirrt von der einsetzenden Witterung.

Der Kopfschlächter wartet vor dem offenen Stalltor, seine Pfeife im Mundwinkel. Er nickt den beiden zu.

Bist früh dran, Peter.

Ham 'n langen Tag vor uns.

Der Schlächter schiebt die Pfeife in den anderen Mundwinkel, grauer, süßlicher Rauch setzt sich von der Glut ab. Willst die Därme zahlen?

Na, wollen, wollen? Muss ja wohl, oder?, sagt Peter Kronewald. Auch wenn's nich das passende Kaliber war.

Mensch, Peter! Nehmen oder bleiben lassen, kennst das doch.

Nu sei mal nich kleinlich, hab's ja nich so gemeint.

Kenn dich doch, sagt der Schlächter und nimmt die Pfeife aus dem Mund. Mit dem Holm zeigt er auf Max. Und du hilfst deinem Alten bei den Besorgungen, oder wie?

Max nickt stumm.

Kronewald schüttelt den Kopf. Der, der ist doch froh, wenn er Ober- und Unterschale unterscheiden kann, meine Fresse.

Du musst's ja wissen, Peter.

Allerdings weiß ich das. Wir sammeln nu unten inner Stadt erst mal alles, waswer noch für die Saison und 'n anständigen Grobel brauchen.

Der Schlächter nickt. Hab meine Leinen und meine Haken schon beisammen, alles nigelnagelneu, diesmal isses so weit.

Glaubst du doch selbst nich.

Wir werden's sehen.

Wo gehste die Leinen holen?

Beim Weber.

Der Weber hat die besten, dem seine Doppelhaken spitz ich aber immer noch selbst an, damit se gut reißen.

Die beiden Männer sehen sich einen Augenblick lang schweigend an, dann sagt Kronewald: Gehn wir rein, Geschäfte macht man nich vor offenen Türen, das bringt ja doch nur Unglück.

Hast recht, sagt der Schlächter.

Max bleibt vor dem Stall stehen, sieht die dunkle Gasse entlang, auf das Gestänge aus Metall, in das die Tiere gezwängt werden, bevor ihnen der Schädel mit einem Neunpfünder zertrümmert wird. Der Kopfschlächter ist ja bekannt für seine gute Arbeit, und das seit Jahrzehnten. Es riecht nach Eisen, nach frischem und altem Blut, der Geruch setzt sich in seiner Nase fest, fast ist es, als bliebe er auf seiner Haut haften, als würde er beginnen, selbst danach zu stinken; nach den Unmengen von Blut, die hier vergossen wurden. Er lehnt sich gegen die nackte, raue Wand, feinster Kalk rieselt in sein Haar, er schließt die Augen, hört den Wind in den Feldern, ein

Rascheln, ein Wehen, dann die feuchte, warme, schwere Hand seines Vaters im Nacken.

Los, Junge, weiter.

Wieder auf den Bock kriechen, neben den Vater, dessen Körper Alkohol ausdünstet, ein stechender Geruch, ein Gestank, der nächste Priem, das kauende Maul, das Sammeln der Spucke in der Wangentasche, die sich obszön spitzenden Lippen, der lange braune Strahl, die letzten Tropfen, die in den Bart rinnen, Fetzen von Kautabak bleiben auf den feucht glänzenden Lippen kleben. Dann beginnt der Vater über die bevorstehende Saison zu erzählen, über die Witwer, die er kaschen wird, ein Trumm fetter als der andere, bis er endlich den fettesten, den allerfettesten herauszieht. Er erzählt über den Witwer der letzten Saison, den schwersten, den allerschwersten, den er je aus dem Mühlengraben herausgezogen habe, ein Kampf sei es gewesen, ein ganz besonderer Kampf, dieser Witwer habe ja gekämpft wie ein wilder Mann, gezappelt und gezuckt habe der bis zuletzt, der scharfe Haken habe ihm ja längs den ganzen Balch aufgetan, doch aufgegeben habe er nicht, nein, nie! Ich hab'n gekascht, sagt Peter Kronewald, und seine Augen strahlen für einen kurzen Moment. Ich hab'n gekascht, der dickste, der fetteste Trumm, den ich je anner Leine hatte, gekämpft hab ich, gekämpft, aber dem Millerbeck seiner war 'ne Unze schwerer, ich dacht, ich geh ein, ich dacht, ich spinn! Der betet doch mit der linken Hand, dieser Drecksack, das sag ich mir immer wieder ... aber diesmal, diesmal!, da wird er sich umgucken, das schwör ich dir, oder? Oder? Mein Junge, was sagste dazu?

Ja, antwortet Max, ja, aber er hört schon lange nicht mehr zu.

•••

Warum biste nich zum Peter? Der hat doch die beste Wurst inner Gegend, besser noch als die in Ravenstein oder Windesheim. Manche sagen, dem seine Wurst sei gar besser als die in Vierheilig! Der Kopfschlächter schneidet den gelblichen Fettrand vom Kotelett. Der bereitet's dir auch ordentlich zu in seiner Kombüse, und's ja nur'n Steinwurf von deiner Werkstatt.

Ach, macht Ernst Millerbeck. Dem Drecksack schmeiß ich's doch nich auch noch innen Hals, Mensch. Plustert sich immer auf, als sei er der König, als hätter was zu sagen. Nee, keinen Reppa kriegt der von mir, der Aufschneider. Reicht ja schon, dass der von uns ordentlich für die Festwurst bekommt, die der da jedes Jahr zusammenschmiert, da hab ich aber keine Wahl. Das is ja so beschlossen, vom ganzen Dorf, beschlossene Sache.

Na, letzte Saison ham dem bei seinem Witwer aber nur paar Gramm gefehlt, dann hätter dich gehabt.

Gefehlt! Der hat doch ganz sicher bei den Gewichten rumgefuhrwerkt, so 'n Scheeler is der, das werd ich euch allen schon noch beweisen, wartet nur ab, und is nich, dass ich's nich verstehen kann, ich versteh's ja sogar, jedes Jahr musser zugucken, wie ich da auf der Brücke stehe, dem reicht's ja bis zur Kehle, bis hierhin.

Willste jetzt 'n Kotelett oder nich? Der Schlächter legt das Messer neben das Brett.

Is ja nur die Wahrheit, sagt Ernst Millerbeck.

Jaja, kommt die Antwort. Der Schlächter dreht sich um und nimmt ein rohes Stück Fleisch von der Anrichte und legt es in die Pfanne, heißes Butterschmalz spritzt über die Ränder. War heut Morgen erst hier, der Peter. Mit seinem Sohn, aufm Weg nach Vierheilig.

Der Max, das is ja so 'n leichenblasser Knilch, und nix drin hat der, der kriegt nich mal 'n kleinen Keiler vom Haken.

Scheint aber 'n Schlag zu haben.

Bei wem? Bei wem soll der 'n Schlag haben?

Na, weißte doch selber, oder?

Nix, sagt Ernst Millerbeck. Der kann 'n Schlag haben, bei wem er will, nach der Klara brauch er sich aber trotzdem nich umgucken, das geht sich nicht an. Was willer denn in Vierheilig, der olle Kronewald?

Gehen sich wohl beim Weber neue Leinen und Doppelhaken besorgen, sagt der Schlächter, und für den Jungen 'n Geschirr. Wann steht'n dem sein Grobel an?

Was weiß ich, demnächst. Kümmer ich mich doch nich drum, is ja nich mein Junge. Ich geb ihm nur 'ne gute Tracht mit, da kannste Gift drauf nehmen. Und neue Leinen und Doppelhaken werden dem auch nix nutzen ...

Abwarten, sind ja zähe Hunde, die Kronewalds.

Ja, zäh ... dem sein Alter war zäh, stimmt schon, aber auch 'n richtiger Tunichtgut.

'n Mösenfröhlich isser gewesen, der alte Kronewald. Der Schlächter grinst. Hab bei dem mal ausgeliefert, da lager auf 'ner Jungen, ich sag's dir, im Vorgarten, zwischen den Kräutern, und ich hab dann so getan, als hätt ich se nich gesehen, aber natürlich hab ich se gesehen, da kannste ja einfach nich weggucken, bei so was.

Die beiden Männer lachen. Dann sticht der Schlächter eine

Gabel in das Kotelett, das in der Pfanne schon eine braungelbe Kruste bekommen hat, und hebt es auf einen Teller. Hier, sagt er und schiebt noch einen kleinen Bottich grobes Salz über den Tisch. Nimm.

Das haste von deinem Alten, sag, so 'n Kotelett kriegt keins der Weiber aussem Dorf hin, selbst meine eigene nich. Ernst Millerbeck klappt die Klinge seines Messers auf und schneidet ein schmales Stück vom Knochen. Wär das nix? Feine Schenke mit allem Drum und Dran?

Der Schlächter winkt ab. Der alte Seiler kann ja kaum von seiner leben, ne. Die Zeiten sind doch vorbei.

Dem fault ja alles unter der Hand weg, auf den gibt keiner mehr 'n Pfifferling. Aber du, hinter der Theke machst sicher 'ne schlanke Figur ... feine Frikadellen in Brühe, 'n gutes Kotelett mit Eigelb drauf, und's Bier ausm Kloster, süß und stark.

Ernst, sagt der Schlächter. Hör auf, das sind doch nur Flausen, das wird nix, nein. Das Dorf, das Dorf, das stirbt. Das blutet ja schon so lange ...

Ja, wart nur, bald kommense wieder über den Pass, auf nach Köln!, nach Leipzig, dann wird's wieder wie früher.

Der Schlächter lacht, legt den Kopf in den Nacken und atmet aus. Herrje, Ernst, red kein Blech, das weißte doch so gut wie ich, den Pass machense bald gar nich mehr auf, die Furt im Norden is ja doch viel kürzer und sicherer, die haben sich da durch die Ville gegraben, haste dir das mal angeguckt?

Millerbeck schüttelt den Kopf.

Na, dann geh mal gucken, rat ich dir. Die Trupps haben sich da durch die Ville gesägt, als sei's nix, als sei's 'n Stück morsches Holz. Der Schlächter schnalzt mit der Zunge. Das is vorbei, nach Köln, nach Leipzig, nee, da brauchste bald nich mehr über die Ville, die nehmen dann alle miteinander den Weg durch die Furt, is nu plattes Land, sparste Hafer, die Gäule gehen dir nich kaputt, und bist an einem Tag durch. Wer will denn da noch übern Bergrücken, mitten durch die finstere Nacht? Sag's mir, Ernst?

Ernst Millerbeck schiebt sich ein Stück Fleisch in den Mund. Na, und was tun?, sagt er dann. Steine inne Taschen und ab innen Mühlengraben?

Na, das nicht. Aber denk schon lang drüber nach, sagt der Schlächter. Letzte Stück Vieh wegmachen, und das hier, der Rest, ach, das kann von mir aus verrotten.

Unten in der Stadt is auch kein Leben ...

Nee, Ernst, ich geh und schreib mich beim Kommiss ein, sollense mich doch in die Kolonien verschiffen, 'ne Sau abstechen oder 'n Braunen, das is nich viel Unterschied. Noch bin ich nich zu alt, und der Sold is gut. Wen kümmert's?

Hau mir noch 'n Kotelett in die Pfanne, ja?, sagt Ernst Millerbeck. Und gibt's auch 'n Krug Bier dazu?

• • •

Klara und die Mutter sitzen noch am Tisch. Der Eintopf dampft, der herbe Duft der Rüben liegt in der Luft.

So isser, sagt die Mutter, sie wischt sich mit den Fäusten die Augen trocken.

Klara nickt, die Mutter seufzt.

Ja, sagt Klara dann und steht auf. So isser.

Sie geht langsam durch die Küche, die Mutter bleibt sitzen, den Kopf auf die Hand gestützt,

erschöpft, müde.

Warum, fragt Klara. Ihre Stimme in der großen Küche leise, aber deutlich zu hören.

Die Mutter sieht kurz auf, doch schließt die Augen, als sie beginnt zu sprechen: Nix warum. So warense ja schon immer.

Warum, wiederholt Klara, ihre Stimme fester, lauter, und nun weiß sie auch, dass es keine Frage ist.

Söhne ihrer Väter sind's, sagt die Mutter nach einer langen Pause. Und aussuchen konnte ich's mir nu auch nicht.

Klara blickt die Mutter an, das schmale Gesicht mit den eingefallenen Wangen, die Haut bleich und fahl, doch in ihren dunklen Augen ist noch ein Rest Licht.

Sie stellt sich ihr junges Gesicht vor, die Züge wie aus einem guten Stück Eibenholz geschnitzt, noch frisch und voller Leben.

Wolltest du denn nie gehen, nie weg?

Die Mutter seufzt. Kind, gehen, wohin denn gehen? In die Stadt? Was hätt ich da tun sollen? Da hätt ich Wäsche gemacht und gekocht, nur eben für die Pinkel, Dreck wär ich ja geblieben, so oder so. Gehen ... man kann nicht einfach gehen.

Klara setzt sich an den Tisch ihrer Mutter gegenüber. Sie legt ihre Hand auf das raue Holz, fühlt die kühle, harte Platte an den Fingern.

Ich will gehen, sagt sie. Ich werd gehen.

Flausen sind das, sagt die Mutter. Ihre Augen füllen sich wieder mit Tränen. Und du weißt es doch so gut wie ich, das sind und bleiben ja Flausen. So is eben das Schicksal, das änderst du nicht mehr.

Nein, sagt Klara. Nein. Sie steht auf, geht aus der Küche, geht aus dem Haus.

Draußen die Dämmerung. Sie atmet die kühle, feuchte Abendluft, legt ihre Hände in den Nacken, schaut in den Himmel, es wird eine sternenklare Nacht werden.

Wind weht durch die alte Esche vor dem Haus. Sie folgt der einzigen Schotterstraße aus dem Dorf. In der Schenke vom alten Seiler brennt noch Licht, dichte, graue Rauchschwaden setzen sich vom Kamin ab, Grölen und Lachen dringt aus dem Inneren.

Sie geht weiter, bis der versiegte Ziehbrunnen vor dem Dorf in Sicht kommt. Jetzt wird sie langsamer, bleibt schließlich stehen und sieht über die Schulter.

Sie hört leises Kichern aus dem Unterholz. Es sind die Bengel aus dem Dorf, die nichts Besseres zu tun haben.

Klara sammelt Steine auf, kleine, große, runde, spitze, trägt sie in der offenen Hand, geht weiter bis zum Brunnen. Das gemauerte Rund ist längst zerbröckelt, unter dem Schindeldach nisten Vögel. Das ganze Dorf holte einst aus diesem Brunnen sein Wasser, es war eiskalt, klar und schmeckte nach Sediment und Schiefer. Es wurde zum Kochen, Waschen und für die Viehtränken benutzt, doch der Spiegel sank über die Jahrzehnte beständig, bis es schließlich ganz im sandigen Grund versickerte. Nun müssen die Frauen das Wasser aus dem Mühlengraben schöpfen und in schweren, mit Eisen beschlagenen Kübeln auf ihren Schultern ins Dorf schleppen.

Klara fegt mit ihrer Hand lose Äste und Laub von der flachen Brunnenmauer, platziert dann ein paar Steine darauf, baut einen Haufen, legt den spitzesten Stein ganz oben auf. Sie sieht den Pfad entlang, der vom Brunnen in den nahen Hain abzweigt. Ein letzter Streifen Tageslicht am Horizont, ein schwaches Blau. Sie nimmt den obersten Stein wieder vom Haufen, wiegt ihn in der Hand, holt tief Luft, so tief, bis es nicht mehr geht. Dann öffnet sie die Augen, atmet aus, langsam, ganz langsam. Ein Knacken im Dickicht, Schritte im trockenen Laub, sich schnell bewegende Schatten vor der schwarzen Tiefe des Waldes. Sie wartet, dreht den Stein locker zwischen den Fingern, und das Lachen wird lauter, kommt näher, es sind drei oder vier von diesen Rotzbengeln, ihre Schritte auf dem feuchten Schotter nun gleich hinter ihr, doch sie wartet noch, sie wartet, bis sie ihre Anwesenheit, ihre Präsenz spüren, ihren Atem hören kann, erst dann streckt sie den Arm aus, lässt die Hand frei schwingen, dreht sich mit Schwung um und schleudert den Stein aus ihren Fingern.

Ein kurzes, helles Geräusch, sein Gesicht verliert jede Farbe, da wird er ganz blass, der Rotzbengel, ein Schwall dünnes

Blut läuft ihm über die Lippen und tropft auf die Joppe, färbt den Stoff dunkel. Seine Augen reißt er weit auf, starrt sie ungläubig an, und Klara lächelt, sie lächelt und sagt: Lauf, lauf nur!, hebt drohend die Faust, Furcht blitzt in seinen Augenwinkeln auf. Er dreht sich um, sucht nach seinen Freunden, nach dem restlichen Pack, das sich weiter hinten in der Dämmerung wegduckt, sich feige versteckt, doch nichts da, er bleibt allein, und Klara sieht, wie er mit den Tränen kämpft, heiß stehen sie ihm in den Wimpern, immer noch begreift er nicht, was geschehen ist: der Stein, der ihm die Lippe aufgerissen, den Zahn ausgeschlagen hat, geworfen von einem Mädchen.

•••

Unter den Edelfischen stellen wir die Witwer (*Pisces robustus*) obenan. Ein massiger, ungeschlachter, niemals mit Schuppen, sondern entweder mit nackter Haut oder mit Knochenschilden bekleideter Leib und der große Kopf mit weitem Maule sind Merkmale dieser Familie.

Die Witwer bewohnen in großer Mannigfaltigkeit und Menge die Gewässer Amerikas, Asiens, Ozeaniens und Afrikas, werden aber in Europa nur durch eine einzige Art vertreten. Sie lieben ruhig fließende oder stehende Gewässer mit schlammigem Grunde, fehlen jedoch auch in rascher strömenden nicht, siedeln sich sogar in Gebirgsbächen an und steigen hier ebenso hoch empor wie irgendein anderer Fisch.

Das Urbild der Familie, unser Witwer, zeichnet sich aus durch: nackten Rumpf, kurze Rückenflosse ohne Stachelstrahlen, sehr lange Afterflosse, weites Maul und in Binden gereihte, hechelförmige Zähne auf Zwischen-, Unterkiefer und Pflugscharbeinen. »Dieß scheußliche Thier«, sagt unser alter Freund Geßner, »möcht ein teutscher Wallfisch genennt werden. Ist ein sehr scheußlicher, grosser Fisch, hat ein scheußlich weit Maul vnd schlauch, grossen Kopff, keine Zän, sondern allein rauhe Kynbacken, ist an der gantzen Gestalt nit vngleich einer Trüschen, so grosse ding kleinen zu vergleichen sind, hat keine schüppen, sondern eine glatte schlüpfferige Haut.« In der Tat, schön oder wohlgestaltet kann man den Witwer nicht nennen, und der Name »deutscher Walfisch« ist auch nicht übel gewählt; denn der Witwer ist wirklich der größte aller europäischen Flussfische. Er erreicht mitunter eine Dicke, dass ihn kaum zwei Männer umspannen können, und, laut Heckel und Kner, nicht selten eine Länge von drei Metern und ein Gewicht von zweihundert bis zweihundertfünfzig Kilogramm. Scheitel, Rücken und Flossenränder sind blauschwarz, die Seiten grünlich-schwarz, gegen den Bauch hin auf hellerem Grunde mit ölgrünen Flecken gezeichnet; die Unterseite ist rötlich oder gelblich-weiß, bläulich-schwarz gemarmelt.

Von Südschweden an verbreitet sich der Witwer über das ganze mittlere und östliche Europa, fehlt jedoch hier und da, so beispielsweise im Aller- und Wesergebiet, fast gänzlich, kommt ebenso wenig in Frankreich, Spanien, Portugal und Italien vor. Besonders häufig ist er in der Sieg anzutreffen, tritt jedoch auch in ihren Nebenflüssen und den mit diesen in Verbindung stehenden Seen auf. Unsere Meere besucht er erwiesenermaßen nicht, meidet sogar die schwach salzigen Haffe der Ostsee, wogegen er dem Schwarzen und Kaspischen Meere nicht fehlt, hier wie da sogar einen wichtigen Gegenstand der Fischerei bildet. Ruhige Tiefen bilden seinen Standort. Hier lauert er hinter Steinen, versenkten Baumstämmen, Schiffstrümmern und dergleichen auf Beute und fängt die Fische weg, frisst aber außerdem Krebse, Frösche, Wasservögel, überhaupt alles, was er erreichen und verschlingen kann. »Ob der gestalt des Thieres«, fährt Geßner fort, »ist wol abzunemmen sein tyrannische, grimmige vnd frässige art. Also daß zu zeiten in eines Magen ein Menschenkopff vnd rechte Handt mit zweyen güldinen Ringen sind gefunden worden; dann sie fressen allerley daß sie bekommen mägen, Gänß, Enten, verschonen auch dem Viehe nit, so man es zur Weth oder Wäschen, oder sonst zu tränckon führt, also daß sie auch zu zeiten die Pferd zu grund ziehen vnd ersäuffen, verschonnt dem Menschen gar nit wo er jn kriegen mag.« Letzteres ist keine Übertreibung, denn man kennt mehrere Fälle, die Geßners Angaben bestätigen. In dem Magen eines bei Pressburg gefangenen Witwers fand man, laut Heckel und Kner, die Reste eines Knaben, in einem anderen einen Pudel, in einem dritten Gänse, die er ersäuft und verschlungen hatte.

Die Laichzeit von *Pisces robustus* fällt in das späte Frühjahr, typischerweise Anfang Mai, korrelierend mit dem Anstieg der Wassertemperatur in kleineren Fließgewässern und Nebenarmen. Die Weibchen legen ihre Eier in diesen Habitaten ab, wobei die Fekundität in Abhängigkeit von der Körpergröße bis zu 100 000 Oozyten pro Laichereignis betragen kann. Die Jungtiere weisen eine rasche Wachstumsrate auf. In den ersten Lebenswochen ernähren sie sich vorwiegend von Plankton und kleinen Krebstieren. Ab der ersten Woche nach dem Schlupf beginnen sie, gleich große Artgenossen und andere kleine Fische zu prädatieren. Im Sommer erfolgt eine ausgeprägte Abflucht juveniler Individuen in wärmere, tiefer gelegene Gewässer des Tals. Diese mehrwöchige Wanderung stellt einen signifikanten Selektionsdruck dar, wobei nur etwa 12 Prozent der abfließenden Jungfische die juvenile Phase überleben und die adulte Reife erreichen. Während der Abflucht wurde ein ausgeprägtes kannibalistisches Verhalten beobachtet, insbesondere gegenüber weiblichen Jungtieren. Die Navigation durch die reißenden Flüsse, deren Pegel durch die Schneeschmelze ansteigen, und das Passieren enger Furten mit langsam fließendem Niedrigwasser stellen zusätzliche Herausforderungen dar.

Die überlebenden Weibchen laichen in Ufernähe unter dichter Vegetation. In den Sommermonaten halten sich adulte Witwer bevorzugt in den tiefen Kolken der Talebene auf, wo sie einen signifikanten Anteil ihres eigenen Nachwuchses prädatieren. Mit Beginn der Regenzeit im September und Oktober steigen die Flusspegel langsam an, was den adulten Fischen die Rückwanderung in tiefere, ruhigere Überwinterungsgewässer ermöglicht.

Die erste Erwähnung der Jagd auf den Witwer findet sich in den Schriften römischer Historiker des 2. Jahrhunderts n. Chr. (Cassius Longinus, Annales Provinciae, ca. 112 n. Chr.), was auf eine frühe Interaktion zwischen Mensch und dieser Spezies hindeutet. Archäologische Funde in den Opfermooren der Ville umfassen gut erhaltene Götzen aus Holz und Stein, die morphologische Merkmale adulter Witwer aufweisen. Die anthropologische Interpretation dieser Funde deutet auf eine mögliche kultische Verehrung oder rituelle Bedeutung des Fisches hin. Übereinstimmende historische Quellen legen nahe, dass primär männliche Exemplare bejagt wurden und die ursprüngliche Jagdmethode die Verwendung von Speeren vom Ufer aus umfasste. Die Verlagerung zur Leinen- und Doppelhakentechnik in der frühen Neuzeit wird auf die gestiegenen Anforderungen an die Geschicklichkeit und möglicherweise auf veränderte Bestandsdichten zurückgeführt.

Aus anthropozentrischer Sicht wird der Witwer nicht primär als Biodiversitätselement oder Ressource betrachtet, sondern als ein Wesen, das aufgrund seiner physischen Dominanz und seiner zurückgezogenen Lebensweise eine mythische Konnotation erhalten hat. Diese Wahrnehmung ist entscheidend für die kulturelle Einbettung der Jagd.

Die heutige primäre Jagdmethode auf den Witwer dient als Manifestation von Geschick und Stärke. Die Anwendung von Leine und Doppelhaken stellt eine Entwicklung dar, die auf frühere Speerjagden folgte. Diese Evolution der Methode ist nicht nur Ausdruck technologischen Fortschritts, sondern auch einer gestiegenen Anforderung an die Fertigkeiten des Jägers. Der Einsatz einer einfachen Leine ohne die Unterstützung moderner Angelrollen erfordert ein hohes Maß an körperlicher Kraft, Ausdauer und Präzision.

Der Jäger agiert strategisch, platziert sich in den vermuteten Revieren adulter Witwer, in den schmalen Furten vor den tieferen Kolken oder direkt im Strömungsschatten. Der Akt des Auswerfens und die anschließende Führung der Leine sind manuelle Prozesse, die eine intensive Interaktion zwischen Jäger und Gewässer erfordern.

Der Moment des Bisses stellt den Höhepunkt der physischen Konfrontation dar. Der Kraftaufwand, der erforderlich ist, um einen kapitalen Witwer an einer Handleine zu ermüden und letztlich zu landen, ist beträchtlich. Dieser Prozess dauert oft über längere Zeiträume an und erfordert erhebliche physische Anstrengung. Das erfolgreiche Überwinden des Fisches durch reine Muskelkraft und Willensstärke manifestiert die körperliche Leistungsfähigkeit des Individuums.

Die Jagd auf den Witwer ist somit tief in einem System ritueller Praktiken verankert, die über die reine Erbeutung hinausgehen und der Etablierung sozialer Hierarchien innerhalb der Gemeinschaft dienen. Historische Quellen (z.B. Cassius Longinus, Annales Provinciae) und archäologische Funde (z.B. Witwer-Götzen aus den Ville-Mooren) weisen auf eine lange Tradition der Verehrung und rituellen Bedeutung des Witwers hin.

Der erfolgreiche Fang eines Witwers, insbesondere eines männlichen Exemplars, ist mit einem signifikanten Prestigegewinn verbunden. Die Fähigkeit, diesen mächtigen Fisch zu bezwingen, wird als Nachweis von Mut, Stärke, Ausdauer und Geschicklichkeit interpretiert – Attribute, die in traditionellen Gesellschaften direkt mit Männlichkeit und Führungskompetenz korreliert werden.

Nach einem erfolgreichen Fang wird der Witwer nicht heimlich verbracht, sondern in einer öffentlichen Präsentation zur Schau gestellt. Dies dient der visuellen Bestätigung des Erfolges und der Zementierung des sozialen Status des Fängers. Die Größe und das Gewicht des erbeuteten Exemplars korrelieren direkt mit dem Ausmaß des erreichten Prestiges. Männer, die wiederholt oder besonders kapitale Witwer erbeuten, können innerhalb der Gemeinschaft in höhere soziale Ränge aufsteigen. Sie erhalten eine erhöhte Autorität in Entscheidungsprozessen und werden als »Älteste« oder »Führer« anerkannt.

Zusammenfassend lässt sich festhalten, dass die Jagd auf *Pisces robustus* im Vierheilig-Ökosystem ein komplexes Phänomen darstellt. Sie dient als archaischer Männlichkeitsbeweis und ist ein zentraler Mechanismus zur Konstituierung und Manifestation von Vormachtstellung innerhalb der Gemeinschaft. Die Ritualisierung der Jagd und die damit verbundene öffentliche Anerkennung bilden die Grundlage für die Reproduktion und Legitimation sozialer Hierarchien in den am Fluss lebenden Populationen.

•••

Aus dem dichten Nebel erscheinen die ersten Umrisse der Stadt; Baracken mit flachen Dächern, schwaches Licht hinter scheibenlosen Fenstern, schattenerfüllte Gassen, in der Luft der Gestank von Aborten und Pissrinnen.

Kinder, in Lumpen gekleidet, stehen an den Ecken, strecken ihnen stumm die schmutzigen Hände entgegen. Der Vater winkt ab. Kroppzeuch, sagt er und spuckt nach ihnen. Aus den Baracken werden Backsteinhäuser, aus den Lumpen Kleider, aus Kroppzeuch anständige Bürger. Geschäfte säumen die breite Hauptstraße, die frische Ware liegt in der Auslage, aus kleinen Holzverschlägen werden Zeitungen verkauft, in den Kneipen im Untergeschoss flackert das schummrige Licht der Petroleumlampen, Arbeiter in grauen Wolljoppen und Schiebermütze stehen in Gruppen beieinander und schlürfen handwarmen Grog aus flachen Tassen, ein früher Schoppen, bevor es in die Fabrik geht, wo Konserven und andere Dinge hergestellt werden.

Da, sagt der Vater, da haltenwer.

Er zerrt an den Zügeln, der Ochse bleibt vor einer Tränke stehen. Der Vater steigt vom Bock, tritt die Stiefel auf dem Kopfstein ab. Ein Bursche kommt gleich ganz fleißig daher.

Kümmer dich um den Ochs da, und mach das ja ordentlich!

Der Bursche nickt, der Vater gibt einen halben Reppa. Rest

kriegste, wennwer wiederkommen, verstanden? Damit du mir nich abhaust oder Schindluder treibst.

Guck nich so, sagt der Vater zu Max. Komm, ich will früh beim Weber sein.

Sie gehen.

Max flaniert, doch sein Vater hält den Schritt stramm, er hat ein Ziel, WEBER, am Ende der Hauptstraße. Max stiehlt derweil Blicke auf die Auslagen, auf die Waren hinter den Schaufenstern: glitzernde, glänzende Dinge liegen dort, Dinge, die wollen, dass man sie sich besieht, sie anschaut, fühlt und betastet. Er bleibt vor einem der Geschäfte stehen. Die Schaufenster schmal und hell erleuchtet, sie flankieren das große Gebäude, und Max streckt die Finger aus, berührt das Glas, das kalt und feucht ist. Auf hölzerne Rahmen gezogene Stoffe: Seide, Chambray, Batist, sie schimmern im warmen Licht, dünn und glatt und ganz geschmeidig. Um eine Büste drapiert ein Schal, so schlank und elegant legt er sich um den Hals. Max fasst sich an die Brust, als könne er den Stoff schon auf der Haut spüren. Dann hebt er den Blick, schaut durch das Fenster in den Laden hinein, ein schlauchförmiger Raum mit Regalen, die bis unter die Decke reichen. Ganze Rollen an Stoffen und Tüchern lagern dort. Vor den Ankleiden am hinteren Ende hängen Mäntel und Hemden, allesamt auf Maß geschneidert, und warten auf Anprobe. Es ist eine Garderobe, die nach Etikette verlangt, nach einem Anlass, man benötigt dazu einen Hut mit breiter Krempe und Eau de Cologne, eine *Imperial* aus würzig dunklem Tabak und zu guter Letzt eine sorgfältige Rasur vom Barbier.

Junge, komm, haben nich ewig Zeit. Ist doch nur Tand.

Weber selbst steht hinter einem langen Tresen, er ist ein kleiner, untersetzter Mann mit Kugelbauch und Zwicker auf der Nase. Mit seinen behaarten Händen sortiert er Scheine und Münzen in eine gusseiserne Registrierkasse. Das Geschäft ist dunkel und verzweigt, viele kleine Zimmer schließen sich hintereinander an, überall stehen Handwerkszeug und Utensilien; Messer mit Klingen aus Solingen, Hämmer mit flachen Köpfen und Kescher mit feinen Netzen, dann Lederwaren und Gewürze aus den Kolonien, in verschlossenen Schränken die vom König erlaubten, einläufigen Schrotgewehre. Es riecht säuerlich, nach altem Muff und kaltem Schweiß.

Brauch frische Leinen und neue Doppelhaken ... Der Vater trommelt mit den Fingern einen schnellen, holprigen Rhythmus auf den hölzernen Tresen.

Moment!, herrscht ihn Weber an, ich stürz hier grad die Kasse, also ...

Jaja, macht der Vater und winkt ab. Schon gut, schon gut. Hier, sagt er dann. Komm her, Junge, und guck dir das an, das sollst du dir angucken.

Eine Vitrine voller Messer, die meisten mit langer, leicht gebogener Klinge, die Griffschalen aus geschliffenem Horn, es sind Arbeitsmesser.

Schau, so eins brauchste nachher, zum Zerwirken, zum Parieren, für alles ... guter Mann, gutes Messer heißt es ja nicht umsonst, ja? Das verleiht man nicht, und man lässt es sich nicht schenken, hörste?

Max nickt.

Ja, du, du nickst da, bist mit dem Kopp aber doch ganz woanders! Der Vater schlägt ihm mit der Faust gegen die Brust, sodass er gegen die nächste Vitrine stolpert.

Hey!, brüllt der Weber. Macht mir keinen Ärger dahinten! Was kaputtgeht, wird auch bezahlt, klar?

Jaja, ham wir schon verstanden. Was is jetzt mit den Leinen und den Haken? Müssen wir da ewig warten?

Weber pfeift mit den Zähnen. Warten, warten ... wenn ich sag, dass ihr euch zu gedulden habt, is das eben so. Dann müsst ihr euch eben gedulden! Ich schließ meinen Laden doch nich nur für euch Bauern auf, wenn ihr eure Ärsche mal von eurem Hügel bewegt.

Der Vater brummt und murmelt Unverständliches.

Hier, sagt Weber. Die Leinen da, is aber die letzte Ware, die wir noch vorrätig haben, mit ordentlichem Garn aus den Kolonien, das is so straff und eng gezwirbelt, das hält drei Männer. Nur eins sag ich gleich, wenn die aus sind, dann war's das, ja? Da kommt dann nix mehr nach, will doch keiner mehr, geht doch kaum mehr einer auf 'n Witwer, die aus Ravenstein ja schon lang nich mehr, die aus Weldergoven auch nich, keiner mehr, außer ... Na ja, aber Haken, hier, Haken, da gibt's noch 'ne Menge, die sind noch da, und bewährte Qualität, der Schleifer kannse euch auch schön spitz und scharf machen.

Mach ich schon selbst, sagt der Vater. Diese Leinen da, die kannste mir mal zeigen, und 'n passendes Geschirr brauchen wer auch.

Der Weber nimmt den Zwicker von der Nase und hebt die Brauen. Für den da?

Ja, sagt der Vater.

Der Weber hebt langsam die Hand und zeigt mit seinem dicken Finger auf ein offenes Regal an der gegenüberliegenden Wand. Da drüben, aber nur noch in einer Größe, und kommt auch nix mehr nach, keine Nachfrage, so isses eben.

Der Vater nimmt das letzte Geschirr aus dem Regal: das Leder im Rücken über Kreuz genäht und mehrfach verstärkt, die Öse, an die man später die Leine verknoten wird, eine Handbreit unter der Brust.

Hier, sagt er. Der Haken muss tief liegen, damit's dich nich mitreißt, musst dich gut dagegenstemmen können.

Max nimmt ihm das Geschirr aus der Hand, betastet das harte Leder, den geschmiedeten Stahl der Öse.

Ja, sagt er. Darf mich nicht mitreißen.

Er hebt die Arme, zieht das Geschirr über den Kopf, das noch ganz zähe, unbewegliche Leder drückt sich schwer in das weiche Fleisch seiner Schultern, reibt ihm eng an den Hals, zwängt seinen Oberkörper ein.

Sitzt gut, sitzt eng, sagt der Vater. Muss so sitzen, is ja kein Kleid. Das muss was abkönnen.

Max versucht, sich zu bewegen, das Geschirr sitzt so stramm, dass er kaum die Arme heben kann.

Nehmen wir, sagt der Vater und winkt dem Weber zu. Und noch die Leinen.

Der Weber greift in eine der langen Schubladen unter dem Tresen. Die Leine ist fingerdick, verjüngt sich erst auf der letzten Elle in einer eleganten Schlaufe.

Und die hält den Haken auch ordentlich?

Der Weber nickt.

Müssen die besten Leinen sein, die es für Reppa zu kaufen gibt.

Sindse.

Wer hat die noch gekauft?

Was weiß denn ich, schreib ich da jeden Namen auf?

Der Vater schnalzt mit der Zunge. So 'n kleiner Drahtiger, schwarzer Schnurrbart, ganz schwarz, ja, von oben, aus Chaltouva? Der fällt einem gleich auf, weil der so ein Schwätzer is, der schwadroniert und redet und tut und plustert sich auf, ganz ohne jede Scham.

Nee, sagt der Weber. Nicht dass ich wüsste.

Ja dann, na dann.

Na, was jetzt?

Jaja, pack mit ein, die Leinen, das Geschirr und sechs von den Doppelhaken, die größten, die's gibt. Wir gehen so lange zu Stäuderhemms auf 'n ordentliches Kalbsbries – ich zahl's jetzt, hol das alles nachher ab, ja?

Der Weber leckt sich mit der Zunge über die Oberlippe. Jaja, sagt er noch und wendet sich dann der Registrierkasse zu.

Es ist ein klarer, kalter Tag geworden. Die Straßen voller Menschen; ihre Kleidung und Gesichter sauber, die Hände stecken in Handschuhen aus Rindsleder, ihre dunklen Halbschuhe und Stiefeletten sind auf Hochglanz poliert, und sie lächeln, haben den Blick nach vorne gerichtet, kaum einer von ihnen schaut zu Boden. Diese Menschen sind wie lebende Bilder, bewegen sich so mühelos und anmutig über das Kopfsteinpflaster und durch die Gassen, als seien sie eine Bühne. Manche rauchen, ziehen den Duft der importierten Nelkenzigaretten hinter sich her, verschwinden hinter der nächsten Ecke, in einem schattigen Geschäftseingang, im Gewühl. Vor dem großen Amtsgebäude steht eine Menschentraube, *Da ist ja einer umgefallen!*, schreit eine Frau, der Vater winkt ab, *Nich unsere Sache*, sagt er und geht stur weiter, er kennt den Weg. Max trottet hinterher. Er saugt diese Bilder in sich auf: die hellen Fassaden der Häuser, die weißen Vorhänge in den Fenstern, das warme Licht überall, die Ordnung keine Ausnahme, sondern die Regel. Eine junge Frau steht im Vestibül, klopft einen Teppich aus, sie pausiert kurz zwischen den Schlägen und sieht hoch, sieht Max und lächelt.

Max kennt ja die Stadt, kennt Vierheilig, die Geschäftigkeit, die Massen an Menschen, die Gerüche und Gewohnheiten, die lebendige Enge, die Vielfalt der Waren, das Bunte, er war schon einige Male hier, doch diesmal ist es anders, die Eindrücke sind so mächtig und strahlend, dass sie ihn fast schmerzen. Selbst die Schritte auf dem Kopfsteinpflaster fühlen sich anders an, der harte Grund und darin die Fugen, die ihn wie auf unsichtbaren Gleisen zu führen scheinen, und er lässt sich treiben, denn so ist es ihm ganz recht, kein Ziel haben zu müssen, sich einfach nur der Empfänglichkeit der Sinne hingeben zu können; er sieht, starrt, beobachtet und beobachtet die, die ebenso beobachten wie er, die Stadt wird zum allsehenden Auge. Ein Blick: das Lächeln einer ihm fremden Frau, das vielleicht gar nicht ihm gilt, die sich vielleicht nur an etwas erinnert, eine lang zurückliegende Anekdote, einen Witz, doch das spielt keine Rolle; es ist ein ehrliches Lächeln, und auch wenn er die Frau nie wiedersehen wird, wird er sich an sie und ihre Geste erinnern, denn da war nichts Hämisches, nichts Hinterhältiges, nichts Gemeines. Dann: ein Mann im zweiten Stock eines Backsteinhauses mit rostroten Dachpfannen, er steht dort im Unterhemd am weit offenen Fenster, seine Hosenträger heruntergezogen, im Mundwinkel glimmt schon die Pfeife, da ist sogar noch ein letzter Rest Rasierschaum an der Kinnspitze ... ihre Blicke treffen sich kurz: Ha, noch so ein Glotzer!, denkt Max, einer, der sich in den Tag hineinverträumt, der sich Zeit lässt, sich Zeit nimmt, der es sich leisten kann, einfach dazustehen und zu rauchen, eine Volte gegen den Trott. So würde es ihm ja auch gefallen, jeden Morgen von der Mansarde aus auf die Köpfe herabzusehen, auf den Trubel und die Farben, das Stimmengewirr schon unter ihm, die Stadt ein ewiges Rätsel.

Wie gerne wäre er jetzt mit Klara hier! Was würden sie nicht alles entdecken! Die aufregende Heimlichkeit einer verwinkelten Gasse, die Lebensfreude eines Marktplatzes, die Schönheit der Bürgerhäuser, die Wärme des allgegenwärtigen Lichts. Max würde ihr die Schenken und Kaffeehäuser zeigen, die er schon gesehen, aber noch nicht besucht hat, nie hat ja der Vater Zeit für Müßiggang: Zuerst wäre es ein Blick durch das schmale Fenster, in die düsteren, hohen Räume, gefällt es uns dort? Überall dunkles Holz und schwere Tische, darauf langstielige Gläser voller Likör und Kelche mit hellem Bier, der Schaum perlt über den Rand, die Gesichter hinter dichtem Rauch, immer wieder glosen die Zigarren und Pfeifen auf, es wird gelacht und gehustet, es wird sich auf die Schenkel geklopft, es werden Hände auf Theken gelegt und Getränke mit einem Kopfnicken geordert. Sie würden sich sattsehen, ein rascher Likör hier, ein kleines Bier dort, dann weiter!, auf der Straße eine Imperial oder eine Nelkenzigarette, lässig im Mundwinkel, runter an die Kanäle, wo die Liebespaare sich unterm vollen Mond küssen, wo sich die Fragmente einer Nacht langsam zu einem großen Bild zusammensetzen.

Immer wieder geht ihm ja diese Frage im Kopf umher: *Was wäre, wenn?* Doch er kennt ja all die Geschichten von denen, die es in der großen Stadt versucht haben und kläglich gescheitert sind, die mit gesenktem Haupt und im Herzen ausgebrannt zurückgekehrt sind nach Chaltouva, sich wieder stumm an ihren angestammten Platz eingefunden und nie mehr ein Wort darüber verloren haben. Über was? Die Eskapade, den Versuch, die Flucht. Hin- und hergerissen ist er. Und warum sollte er es nicht schaffen? Mit Klara, gemeinsam mit Klara wird er es schon schaffen, das weiß er. Doch Klara fragt ganz nüchtern und direkt: Von was sollen wir denn nur leben? Noch nicht mal richtig Fleisch zuschneiden kannst du! Also? Von was? Das ergibt sich schon!, erwidert er jedes Mal aufs Neue. Du wirst sehen. Es tut sich ja immer etwas auf. Nein, da tut sich nicht einfach etwas auf, antwortet Klara. Hör endlich auf zu träumen! Träumt er denn? Ja, das tut er, er träumt, und er weiß es auch. Es sind nur Träume, denn den Mumm, sie zu verwirklichen, hat er gar nicht –

Komm weiter!, faucht der Vater. Träum da nich rum! Sie passieren die Allee der Denkmäler; Generäle, Heerführer und tapfere Soldaten. Am Ende dann der große Springbrunnen mit dem Reiterdenkmal des ersten Königs von Vierheilig, Balderik, der Eroberer. Stäuderhemms liegt dahinter, am alten Marktplatz, man muss sich erst durch die engen und vollen Gassen zwischen den Ständen hindurchzwängen, überall preisen Händler ihre Ware an; Getreide, Feldfrüchte, Gemüse, Dinge für den täglichen Gebrauch, geschmiedete Kupferpfannen, Messer, Schleifsteine, Schürhaken, besonders begehrt: Importe aus den Kolonien – Gewürze in faustgroßen Säcken, geschwefelte Trockenfrüchte, gedörrtes Fleisch in dünnen, salzverkrusteten Streifen. Und sie alle schreien ihre Preise hinaus, versuchen, sich zu überbieten, zu unterbieten, jedem den Kauf schmackhaft zu machen, ein ständiges Hin und Her, Gebrüll von allen Seiten, die Gerüche und Farben, die Enge und Wärme.

Gib, das Pfund, oder darf's noch mehr sein?

Drei Reppa?

Drei, sag ich!

Du redest ja Kauderwelsch!

Der Preis ist der Preis, mein Herr!

Nur vom Feinsten!

Frisch, natürlich ist der frisch, der Fisch!

Lammkotelett für die Dame?

Hier nur die beste Ware!

Jaja!

Es ist gerade Mittag, die Geschäftigkeit hat ihren Höhepunkt erreicht, hinter der Balustrade sind die meisten Tische besetzt, Kellner in weißen Westen tragen Teller mit dampfendem Essen aus der Küche, gießen grünen Wein aus schweren Karaffen ein und schieben den Schaum vom Kandisbier.

Komm, sagt der Vater. Stäuderhemms hat 's beste Bries.

Einer der Kellner winkt ab, die benutzte Gabel eines anderen Gasts noch in der Hand.

Hier is nichts mehr frei, sagt er.

Aber da, antwortet der Vater und zeigt auf ein paar freie Tische.

Nein, nein, die sind ja reserviert, das geht nich, weg, weg da!

Kann ja jeder sagen, reserviert.

Der Kellner hebt die Augenbraue. Wenn ich sag, die sind reserviert, dann sind die reserviert.

Jaja, schon gut.

Könnt euch in den Gang neben der Küche stellen, da gibt's 'ne Bank für Lumpenpack.

Lumpenpack?

Na, Vierheilig is ja groß, kannst auch woanders fressen.

Der Vater setzt sich auf die einfache Holzbank, lehnt sich an die Wand, der Kragen seines Hemds dunkel vom Schweiß. Er stopft Tabakverse aus seinem Beutel in die Tonpfeife, steckt sich die noch nicht angezündete Pfeife in den Mund, kaut auf dem Holm herum. Der Gestank der Pissrinne zieht durch den Gang, stechend scharf. Max sitzt neben ihm, die Hände im Schoß gefaltet, und schaut auf die Tische hinter der Balustrade. Es wird gelacht, getrunken, Männer und Frauen prosten sich zu, ihre Gesten dabei mühelos und unbesorgt. Der Vater schüttelt den Kopf und reißt ein Streichholz an. Er pafft langsam an der ersten Glut, der Tabak bäumt sich auf, er bändigt ihn mit seinem Daumen.

Nu, wir bleiben unter uns, und die bleiben unter sich, sagt er. War schon immer so. Die lassen's uns spüren, und wir lassen's die spüren. Er stößt eine Rauchsäule aus der Nase und lacht. Vor paar Jahren is mal einer durchs Dorf, der wollt da 's Land vermessen oder was weiß ich, so 'n jungen Burschen hatter dabeigehabt, 'n Lakai, der lief dem Dexheimer einfach durchs Feld, hat dem den Roggen zertrampelt, hatter sich gar nich drum geschert, der Bengel.

Dem ham wer's mit 'n Knüppeln so gegeben, dasser sich eingeschissen hat, der hat ja nur noch quer gucken können … und der Wichtigtuer von Landvermesser, der fuchtelte mit seinen Fingerchen da rum und redete, aber machen konnt er auch nichts, weggeschleppt hatter den Burschen noch, das hatter gemacht. Die haben ja geglaubt, die seien was Besseres, aber wir haben's denen gezeigt. Klar, da kamen dann später noch 'n paar, Administration, Polente, die sagten, wir hätten den dumm geprügelt, die Mutter ja nur noch am Weinen, ihr einziger Sohn! Wir wissen von nix, ham wir gesagt, und wer will uns da was beweisen? Der Vermesser, dieser noble

Pisser, war der dabei, als wir dem seinen Burschen angeblich verdroschen haben? Nee, war er nich. Abgezogen wie nasse Hunde sindse, gefragt habense jeden, gesagt hat keiner was. Merk dir das!

Das Essen wird serviert. Der Kellner stellt die Teller auf das freie Bankende und sagt: Gelöhnt wird aber gleich.

Der Vater sieht den Kellner lange an. Glaubste, wir hauen ab?

Der Kellner schnalzt träge mit der Zunge. Der Vater langt in seine Joppe, sucht nach den Reppa in der Tasche, hält sie ihm auf der Handfläche hin.

Da, nimm, sagt er dann, und als der Kellner nach den Münzen greift, umschließt er die Hand mit seiner, es ist ein stetig wachsender, fester Druck. Danke, sagt der Vater leise, danke, Kalbsbries is ja so was Feines, das Beste hier, so was kennen wir verlausten Lumpenbrüder ja gar nich, so was Gutes.

Der Mann sieht auf seine Hand herab, die Augen weit aufgerissen, erschrocken von der plötzlichen Kraft.

Der Rest is für dich, sagt der Vater und grinst, behalt's nur, behalt's.

Das Gesicht verzerrt sich im Schmerz zu einer Fratze, die Mundwinkel beginnen zu zucken, das Kinn zittert.

Dann lässt der Vater los, zieht die Hand zurück, und der Kellner starrt ihn an, den Mund nun halb offen, als ob er etwas sagen wollte.

Doch er schweigt. Er sieht noch einmal auf die Taler, die ins weiße, blutleere Fleisch seiner Hand gedrückt wurden, und nickt einmal.

Und nu iss, sagt der Vater zu Max und zückt sein Klappmesser. Er wischt die Klinge an seinem Hosenbein ab und schneidet das Bries in gleich dicke Streifen.

Lass dir nix gefallen, hörste? Musst alles zurückgeben – klopp los, bevor dich einer kloppt. So is das im Leben. Er spießt ein Stück Fleisch auf, schiebt es sich in den Mund, kaut.

Max zieht sein eigenes Messer aus der Hosentasche und faltet die Klinge auf.

Is ja ganz stumpf, Mensch, sagt der Vater. Musste doch schärfen und ölen, Junge, sonst kannstes gleich vergessen, 'n Messer, was nich scharf is ...

Da, sagt er noch und reicht ihm dann seins. Auf dem Teller glänzt das Bries buttrig und knusprig, die braun glasierten Zwiebeln daneben, die schaumig geschlagene Zuckersoße, eine Handvoll angebratener Pilze. Er schneidet, das Fleisch ist fest und dicht, der warme Geruch steigt ihm in die Nase.

Der Vater verschlingt schon das dritte Stück, kaut rasch, schluckt, kaut, Fett und Soße tropfen ihm in den Bart.

Was? Iss!

Ja, sagt Max und schließt die Augen, führt das Messer vor den Mund, berührt das Fleisch mit der Zunge, mit den Zähnen, beginnt zu kauen, ein kleines Stück, ein größeres Stück, er zerkaut alles ganz langsam, schluckt und spürt den Brei in seine Eingeweide sacken.

Eins noch, Junge, sagt der Vater. Von der Klara lässt du gefälligst die Finger. Ich will nich, dass du mit der anbandelst. Dem Millerbeck kannste nich über den Weg trauen, und seinen Weibern erst recht nicht, haste mich verstanden?

Max sieht den Vater an.

Er nickt.

Ja, was?

Ja, wiederholt Max leise. Ja.

Hast du mich verstanden, Junge?

Ja, sagt Max.

Draußen schiebt sich der Vater die Pfeife in den Mund.

War früher besser, sagt er und spuckt auf das Kopfsteinpflaster. Das Bries. Alles nur noch für die Hunde.

Sie gehen. Das Reiterdenkmal in der Nachmittagssonne. Der Markt hat sich geleert, die Stände packen zusammen, ein paar Männer feilschen noch, aber nicht ernsthaft, sie scherzen und lachen dabei.

Max ist wie im Rausch, den Geschmack des Fleisches noch auf der Zunge, erschöpft von der Schnelligkeit der Stadt, den Farben, den Geräuschen.

Ich zahl dem Bengel da noch seinen lumpigen Reppa, sagt der Vater und geht zur Tränke auf der anderen Straßenseite, wo ihr Gespann und der Ochse steht. Hol du die Sachen vom Weber, is ja alles schon gelöhnt.

Max nickt. Ja, ja gut.

Er wartet noch, bis sein Vater die Straße überquert hat, öffnet dann erst die schwere Tür.

Der Laden kommt ihm größer vor, größer und voller.

Im Dunkeln erkennt er den Weber, der vor einem der Regale steht und etwas in den Händen hält, eine brennende Zigarre.

Ja? Er legt die Stirn in Falten. Ach ja, ja, sagt er und steckt sich die Zigarre in den Mundwinkel. Hier, da drüben is euer Zeuch. Und kriegst noch zwei Reppa raus.

Max folgt dem Weber zum Tresen, wo das Geschirr und die zusammengerollten Leinen liegen.

Guck hin bei den Haken, sagt der Weber, wennde dich schneidest, bluteste wie 'ne Sau, die gehn richtig tief. Er reicht ihm das Bündel polierte Doppelhaken, die Spitzen scharf wie Stilettklingen, sie sind in feuchtes Werg gewickelt.

Max klemmt sich das Geschirr unter den Arm, nimmt die Leinen und die Haken, nickt dem Weber zum Abschied stumm zu.

Deine Reppa, sagt der Weber noch und schiebt ihm die Münzen unter seiner großen, behaarten Hand über den Tisch.

Max bleibt auf dem Tritt vor dem Geschäft stehen; der Vater steht derweil vor der Wette und klopft die Dreckkruste von den Eisenbeschlägen der Wagenräder.

Er lässt den Blick schweifen, einmal die Straße entlang, wieder zurück, beruhigt seinen Atem, wartet ab, er weiß nicht genau, auf was er wartet. Eine Bewegung in der dunklen Gasse neben dem Geschäft; ein kurzes Huschen, nur für einen Moment, doch er dreht sich danach um. Und zuerst denkt er, es sei vielleicht eine Katze oder ein streunender Hund, der nach Fressen sucht, aber dann erkennt er die Umrisse eines Menschen, es ist ein Mann, der sich hinter einem der alten, abgestellten Fässer auf ein paar Lumpen bettet.

Max geht die Stufen hinab und in die Gasse, bleibt neben dem Fass stehen – der Mann liegt vor ihm auf einer morschen Palette, den Oberkörper in einen löchrigen Wollmantel gehüllt, die Beine unterhalb des Schenkels fehlen, dort, wo Waden, Knöchel und Füße sein sollten, sind nur mit Schnüren zusammengebundene Fetzen.

Kriech, sagt er und grinst, ein Veteran vergangener Schlachten, sein Mund zahnlos, eine rote Narbe über dem Kinn, die langen Haare grau und verfilzt. Da sin die Husaren mit ihren Pähd drüber, hamse mir gleich noch aufm Feld abgesägt.

Max will antworten, schüttelt aber nur schweigend den Kopf.

Komm, sagt der Veteran, komm her, hast denn mal 'n paar Reppa für'n maladen Infanteristen, hab ja auch für dich 'n Kopp hingehalten, oder? Dass du hier überhaupt so gesund und munter rumrennen kannst, du Knilch. Ja, da brauchste gar nich so zu gucken!

Der Veteran lacht heiser, und dann langt er nach Max' Fuß, sein Griff fest und eisern, die kalten Finger schrauben sich um den Knochen.

Max erschrickt, er erschrickt so sehr, dass er einen Schritt nach hinten macht, einen Schritt aus der Gasse hinaus, doch der Veteran hält ihn, hält weiter seinen Knöchel fest, und so stürzt Max, legt sich rücklings lang, windet sich, will sich losreißen, doch der Veteran lässt nicht los, er wirft sich von der Palette, packt mit seiner freien Hand nach Max' Gürtel, zieht sich an ihm hoch, immer weiter, bis er fast auf Max drauf liegt, Komm, sagt er, komm, gib, gib was, nur 'n paar Reppa, Speichel tropft ihm aus den Mundwinkeln, Max macht und tut, doch da ist das Gewicht des Veteranen, sein halber Körper so schwer wie ein ganzer Polter Holz, die Finger umklammern schon seinen Hals, wollen ihn würgen, und Max ringt nach Atem, fühlt sich schwach, ganz ohne jede Kraft, nicht imstande, sich zu wehren. Er versucht zu schreien, doch selbst das gelingt ihm nicht, nur ein raues Kratzen verlässt seine Kehle, der Blick wird ihm langsam trüb, dann verdunkelt ein Schatten die Gasse, es ist der Vater.

Ein Tritt, und noch einer, da platzt etwas im Gesicht des Veteranen auf, Blut spritzt, ein feiner Nebel. Du Halunke, du Dreck!, schreit der Vater, und seine Faust fliegt noch einmal ins Gesicht, auf die Fresse, dann lässt er von ihm ab, der Veteran gurgelt im eigenen Blut, liegt sich windend vor ihnen. Komm hoch!, sagt der Vater, los komm.

Max zittert. Er spürt, wie sein Kinn schlottert, dann sein Herz, der Puls in den Schläfen, eine kühle Übelkeit tief in den Eingeweiden, den Geschmack von Eisen im Mund.

Was?, faucht der Vater und zieht ihn über das Kopfsteinpflaster hin zur Wette, wo ihr Gespann schon bereitsteht. Max lässt das alles geschehen, er hört nur Rauschen und Pochen, hat nur Augen für das Blut auf seinen Händen, Blut, das nicht seins ist.

Und dann rattert es wieder, es rollt und springt, das Wagenrad, sie sind unterwegs, sie verlassen die große Stadt; der Weg zurück.

Keine Beine hatte der, sagt der Vater und schnaubt, was bist du nur für einer, Junge, dich habense doch verwechselt bei der Geburt, du kannst ja gar nicht meiner sein! Keine Beine.

Max hält immer noch die Münzen in der Hand, zwei geprägte Reppa, scharf schneiden sie sich ins weiche Fleisch, und ganz warm wird es um die Ränder.

Sie fahren schweigend.

Nur das Atmen des Vaters, lang und streng, voller Wut.

Hier, sagt er, hier halten wir.

Es ist ein Viertel, eine Gegend, die Max nicht kennt, die er nie zuvor gesehen hat. Sie halten vor einem Eckhaus an einer der Ausfallstraßen. Es ist ein graues, heruntergekommenes

Haus, die Fenster der unteren Etage mit rotem Tuch verhangen, auf der Treppe vor dem Eingang lungern ein paar zerlumpte Gestalten, ihre Mäntel mottenzerfressen, die Hüte zerbeult.

Wart hier, sagt der Vater. Ich würd dich mitnehmen, aber … nachem Grobel vielleicht. Wenn einer von denen da, von dem Pack da, wenn da einer von ankommt und rumlamentiert, gibste dem lang und dreckig, lass den ja nich an die Sachen, klar?

Max nickt schweigend.

Der Vater geht über die Straße und verschwindet in dem Haus.

Max bleibt auf dem Bock sitzen. Die Gestalten schauen zu ihm herüber, lachen, spucken, machen aber nichts, bleiben auf ihrer Seite, bleiben auf den Stufen sitzen.

Es dauert nicht lange.

Der Vater schnallt sich den Gürtel erst draußen auf der Straße fest. Als er sich wieder auf den Bock setzt, kann Max die fremde Haut an ihm riechen, ein süßlicher, ekelerregender Gestank.

Gib her, sagt der Vater und nimmt ihm die Zügel aus der Hand. Und kein Wort zur Mutter, sonst mach ich dich 'n Kopp kürzer.

Der Karren rumpelt über das Pflaster.

Max fröstelt.

Die Stadt liegt bald hinter ihnen.

•••

Das Zimmer ist dunkel; der Duft eines glosenden Feuers zieht von draußen herein, der Wind bewegt die Vorhänge so leicht wie eine Kinderhand.

Sie spürt den warmen, vom Alkohol schweren Körper neben sich, hört das Schlucken, das Atmen, das harte Geräusch, das tief im Rachen entsteht.

Sie starrt auf das geöffnete Fenster, ein Kissen im Rücken, das Mondlicht erhellt einen kleinen Teil des Raums, der Schatten beginnt erst neben ihrer Hand, eine klare, scharfe Kante auf der Bettdecke, ein langer, präziser Strich.

Er hustet und stöhnt, dreht sich auf den Rücken, seine Augen glitzern feucht in der Dunkelheit.

Wasser, sagt er. Wo is der Krug?

Da, bei dir aufm Tisch.

Die Bettfedern knarren, als er hochkommt, sich aufrafft. Er setzt sich auf die Kante, streckt die nackten Beine aus, lässt die Fingergelenke knacken.

Is die Klara daheim, liegt die in ihrem Zimmer?

Sie nickt.

Was? Ja?

Ja, sagt sie.

Er nimmt den Krug, trinkt einen Schluck, wischt sich mit dem Handrücken über die Lippen. Ich weiß es nich, sagt er. Ich weiß nich, was ich mit der noch machen soll.

Sie is deine Tochter ...

Ja, ja, meine Tochter ... Er atmet langsam aus. Ist ja doch so, ich will nur das Beste, das Beste für sie, das ist meine einzige Tochter, die Klara, die is alles, was ich hab, und der Junge da, der Max … der is nix, der verdirbt die mir, die Klara hat was Besseres verdient, wenigstens 'nen ordentlich frisierten Offizier, ja?

Ernst, sagt sie. Ist doch kaum noch wer hier, weggestorben oder dumm wie Bohnenstroh, geht doch eh alles vor die Hunde. Und die vom Kommiss haben ihre Weiber doch in den Städten, die warten schon auf ihre feinen Herren! Was kümmerts dich überhaupt?

Was?, fragt er und leckt sich noch einmal über die Lippen. Vor die Hunde geht hier erst mal gar nix. Nur wenn das alle immerzu sagen, dann passiert das auch. Und wegen dem Max da, der ist einfach kein guter Umgang, der verdirbt mir die Klara nur.

Die Klara weiß schon, was se tut.

Die Klara, die Klara … die weiß ja nix, das isses ja. Die geht dem auf 'n Leim, die Kronewalds sind ja alles große Schwätzer, das waren die schon immer, aber ich hab nur die eine Tochter. Und dann soll die sich nich mit so 'nem Kroppzeuch rumschlagen, die is mehr wert.

Und wenn sie ihn liebt? Ich meine …

Liebe, wiederholt er und kratzt sich am Kopf. Was soll das schon sein? Was, sag's mir? Man teilt sich's Bett und die Küche, und das Weib presst die Bälger raus, bis eins die Fraisen überlebt. Und?

Ihr Gesicht hell in der Dunkelheit, doch die Augen bleiben dunkle Löcher.

Na, is so, wie ich's gesagt hab. Das soll die sich mal schön aus dem Kopp schlagen, Liebe.

Er steht auf, kratzt sich an der Schulter, am Nacken. Ich

guck, ich geh gucken, ob die Klara da is, ob die in ihrem Bett liegt.

Nein, sagt sie und nimmt seine Hand. Nein, sagt sie und legt seine Hand auf ihre Brust. Bleib hier, bleib bei mir, ja? Bleibste bei mir?

•••

Folgt man der Rückegasse hinter dem versiegten Brunnen, verlässt man Chaltouva und gelangt zu einer von Pappeln umstandenen Wiese, wie eine Insel liegt sie da, und die Bäume sind ihre Wächter. Die Wiese steht hoch und saftig, feucht glänzt sie vom Tau. Von dort führt ein schmaler Wechsel weiter durch lichten Wald, es ist ein Pfad, der über die Jahrhunderte glatt getreten wurde, vom Tier, vom Menschen, vom Geist und von der Geschichte. Wir gehen weiter, mit leichtem Schritt, über die Wiese und folgen dem Pfad und gelangen so zum alten Friedhof, dessen Grabsteine keine Namen mehr kennen, nur noch Schatten sind da, die Inschriften abgetragen und eins mit dem Stein geworden.

Klara berührt das verrostete Tor. Sie sieht den Hügel am Ende des Friedhofs, grau im Mondlicht, Grashalme kleben noch an ihren nackten Unterschenkeln, ein kurzes Innehalten, sie geht voran, den Akkord der Nacht in ihrem Ohr. Sie lehnt sich gegen den großen Baum, der auf dem Hügel steht, es ist eine alte Buche mit zwölf Ästen. Sie will vor ihm am Treffpunkt sein, ihn erwarten.

Sie blickt in die Dunkelheit; Nebelschwaden ziehen auf, wabern über den Hügel, verhüllen die Sicht auf die Gräber, sie hat keine Angst. Ihr Herz schlägt wild, doch es ist ein schönes, ein weiches Gefühl in ihrer Brust. Die Geräusche der Nacht; der Wind, der das trockene Laub aufwirbelt, das Scharren der

Mäuse in den Dickungen, der späte Gesang der Vögel, der leiser und leiser wird. Sie erahnt ihn in der Dunkelheit, noch bevor sie die Schritte im Gras hört.

Heimlich, sagt Klara, und Max tritt ins Mondlicht und nimmt ihre Hand.

Es geht ja nicht anders, sagt er.

Doch, doch, das tut es, Max.

Er schüttelt den Kopf.

Du willst nur nicht ...

Nein, ich will, ich will ja, nur ...

Nur was?

Ich weiß nicht.

Ja, du weißt nicht, nie weißt du etwas, nie willst du etwas, Max.

Klara, ich ... Er drückt ihre Hand, streicht mit den Fingerspitzen über ihren Unterarm, über die helle, feste Haut. Ich musste heute an dich denken ...

Ja?

Ja, als wir in Vierheilig beim Weber waren ...

Was? Was hast du gedacht?

Ach, es ist ... ich hab es mir nur vorgestellt, wie wir in einem dieser Häuser wohnen, du weißt doch, die Fassade so hell und sauber, und wie du in einem der Zimmer stehst, es ist ein großes Zimmer, mit Stuck an der Decke und lackierten Möbeln und sogar einem Klavier, und du trägst ein Kleid aus feinem Stoff ...

Schöne Geschichtchen sind das!, sagt Klara und befreit sich aus seinem Griff.

Aber das sind doch keine Geschichtchen ...

Es sind und bleiben welche, Max. Seit letztem Sommer

sind es ja die gleichen Geschichtchen geblieben, ich kann sie nur nicht mehr hören, manchmal mag ich schon glatt glauben, sobald du weg von mir bist, und sei's nur in der Metzgerei von deinem Alten, bei deinem kalten Fleisch, dass du mich dann sogleich wieder vergisst. Dass du mir diese Geschichtchen immer wieder aufs Neue erzählst, weil du ... Sie hält inne und atmet aus.

Nein, sagt Max. Ich will es doch auch.

Ich glaub dir nicht mehr, Max.

Ich will doch fortgehen, mit dir. Nur ist es nicht der richtige Zeitpunkt ...

Wann dann, Max? Wann denn dann? Nach dem Grobel, nach der Saison, nach dem Winter?

Komm her, sagt er und legt seine Hand auf ihre Schulter, will sie sanft an sich ziehen.

Nein, Max, lass mich.

Aber Klara ...

Lass mich, lass mich los.

Sie windet sich, und seine Hand gleitet ins Leere. Sie geht, verschwindet in der Dunkelheit.

•••

Für eine lange Zeit steht er noch dort, unter der Zwölf-Apostel-Buche, blickt über die Gräber hin bis zur Wiese, die vom Mondlicht in silbernes Licht getaucht wird.

Er kann sie ja verstehen: sie hat den Schneid, den Mut, der ihm so sehr fehlt. Er fühlt sich schwach, so schwach. Trotzdem finden sie immer wieder zusammen. Was sieht Klara nur in ihm? Ist das nun Liebe?, fragt er sich, und falls ja, warum macht ihn dieses Gefühl dann so einsam, selbst wenn er mit ihr zusammen ist?

Er denkt an die Liebe so, als wäre sie an einen Ort und nicht an ein anderes Lebewesen, einen anderen Menschen gebunden, als läge dieses Gefühl in der Erde, auf der er steht, und in der Luft, die er atmet. Was hält ihn noch hier? Ist es die stumpfsinnige Gewohnheit, das laue Lüftchen des Erwartbaren, des Gleichförmigen; ein Leben wie ein Backstein, einmal geformt und ausgehärtet, bleibt es, wie es ist und immer schon war. Es ist das Blut, die Gewohnheit, das Gefühl, schon klein geboren worden zu sein und immer klein bleiben zu müssen. Er würde gerne aus dem Schatten seiner Nische heraustreten, doch wer glaubt schon an ihn? Klara? Du bist klüger, klüger und stärker, als du denkst, sagt sie immer, und ihre Worte hallen in ihm nach, doch jetzt klingen sie tröstlich und falsch, die Wahrheit verdeckend. Der Veteran, der in Vierheilig bettelnd im Dreck lag wie ein siechendes Tier, kommt ihm sogleich in den Sinn ... Was lässt man zurück, wenn man geht? Und kann man jemals wirklich gehen? Kann man sich selbst einfach so verpflanzen? Er könnte in die Kolonien gehen, die Truppen suchen stets nach jungen Männern, aber er will nicht so enden, wie der Veteran geendet ist; was hat er nur zurücklassen müssen, und was hat er im Gegenzug dafür bekommen? Nein, ein Leben ohne Klara?

• • •

In den alten Zeiten verließen die Frauen bei Ärger, Zoff und Unmut das Dorf und kletterten die Leeseiten der Hänge hinauf, gruben sich dort mit bloßen Fingern bis zu den sattfeuchten Schichten unterm Fluglöss hindurch, stopften sich die gute Erde in den Mund, kauten, schluckten, bis ihre Mägen voll davon waren, bis ihre Sinne stumpf, die Körper schwer und müde waren. Ganze Tage und ganze Nächte blieben sie dort oben, schliefen im Unterholz auf verwesendem Laub, fraßen weiter Erde, wie eine Sucht muss es gewesen sein, erzählte man sich. Die Braucher, die Heiler und Hexen schworen auf die Erde aus dem Lee, sie gebe den Frauen ihre Kraft wieder. Doch eines Tages kehrten sie einfach nicht mehr zurück.

Die Männer begannen, zu murren und zu beratschlagen, was nun zu tun sei, und alsbald gingen sie auf die Suche nach ihren Weibern, zogen sie an den Haaren zurück ins Dorf und droschen ihnen Gehorsam ein. Bald darauf wurde es den Frauen gänzlich verboten, das Dorf zu verlassen, und so wurde der Brunnen zur natürlichen Grenze, die sie nicht überschreiten durften. Ein paar Greise stellte man zur Wache ab, die drohten den Weibern mit ihren Krückstöcken, wenn sie sich zu frech und gewieft gaben.

So wurde das Fressen der guten Erde aus dem Lee der Ville über die Zeit zu einer Legende, der man nicht mehr so recht glauben wollte; *Ach was, das haben die doch nicht wirklich gemacht? Wer frisst denn schon Erde? Is doch eine Mär!*

Doch es ist keine Mär. Und manche der Frauen – die Ingrun, die Wunna, die anderen – scheinen sich daran zu erinnern, oder etwas, so scheint es, erinnert sich in ihnen, denn wenn sie von den Feldern heimkehren, wenn sie aus den staubigen Fenstern ihrer Küchen auf die bewaldeten Hänge der Ville blicken, da tut sich etwas in ihren Herzen, sie werden etwas gewahr, etwas in ihnen erwacht.

•••

Der nächste Morgen ist klar, die Erde dampft noch. Klara schaut auf das niedrige Gras im Hinterhof, die braune Fläche so groß wie zwei Zellen. Das Holz des Gatters schon vermodert, die Maschen aufgedehnt und grünspanig.

Sie hat kaum Schlaf gefunden, zu arg war der Groll. Max verfolgte sie sogar bis in ihre Träume, dort sah sie ihn als ausgemergelten Greis, schon mit Buckel und runzliger Haut, immer noch zweifelnd; ein tragisches Männlein, sein zahnloses Maul steht offen, hinter ihm liegt die Vergangenheit, unverrückbar, ein Monolith, und bass erstaunt ist er darüber, das Leben ist aus ihm entwichen wie Wundwasser. Da ist keinerlei Erwartung mehr; er wird ja so wie sein Vater geworden sein.

Warum nur ist er so unentschlossen, so zaghaft? Zu sehr steht er noch unter der Fuchtel seines Vaters, von Männern wie ihm gleichermaßen beeindruckt und abgestoßen; ein Mensch allein. Doch er ist nicht laut, nicht grob, sein Lachen nicht gehässig oder schadenfroh.

Er ist nicht der einzige Junge in Chaltouva, doch der einzige, der sie nicht so ansieht wie ein Stück Vieh und sie auch noch nie so angesehen hat.

Meistens bleibt er für sich. Man findet ihn auch selten in der Schenke, wo die anderen Männer über ihre Taten salbadern.

Oft steht er einfach nur da und starrt in den Himmel, ganz offensichtlich träumt er. Nur von was, von was träumt der stille Sohn eines Metzgers?

Was sucht sein Blick, was sieht, was erkennt er dort oben in den Wolken?

Eines Tages hat sie ihn gefragt.

Ich weiß es nicht, hat er geantwortet und gelächelt.

Was für eine Antwort! Wie kann man nicht wissen, von was man träumt?

Doch die Menschen wissen ja so wenig, nur trauen sie es sich nicht, das zuzugeben.

Klara hingegen weiß: Die Männer Chaltouvas tun zwar alle gerne groß, schwadronieren lauthals über die Abflucht, die Witwer, die nächste Saison, lobpreisen ihre eigene Stärke, jedoch nur, weil es die eine, die letzte Sache ist, die ihnen bleibt. Was wären sie ohne all das? Was würde von ihnen übrig bleiben? Das fragen sie sich ja schon selbst, denkt Klara. Sie sitzen in ihren Werkstätten, vor ihren Häusern, in der Schenke, dort brüten und rätseln sie und verstehen dennoch nicht; und wenn sie in die Augen ihrer Frauen schauen, um dort vielleicht eine Antwort zu finden, schauen Fremde zurück. Das ist ja erst der Anfang: In der von ihnen erschaffenen Welt wird allmählich alles andere auch fremd werden, sich ihnen entfremden, das ahnen und fühlen sie bereits. Zu was wird das führen? Die Letzten ihrer Art; das sturköpfige Beharren auf das Bestehende eint sie noch. Aber weder haben sie die Kraft, den Lauf der Dinge aufzuhalten, noch verfügen sie über eine Vorstellung davon, was eigentlich mit ihnen geschieht. Nur dieses seltsam unbestimmte Gefühl bleibt, es nagt und frisst an ihnen, macht sie ganz kirre. Sie finden keine Antworten auf die Fragen, die sie nicht stellen.

Und Max?

Als sie das erste Mal unter der Zwölf-Apostel-Buche lagen, bei den alten Gräbern vor dem Dorf, sie mussten es streng geheim halten, denn die Väter!, verfehdet, verfeindet, sich durch Ehrgeiz und Eifer verhasst gemacht, immer geht es ja darum, wer der bessere Mann ist!, und unter solchen Umständen kann es keine Anbändelei geben, *die Brut darf nicht miteinander verkehren, wo kämen wir denn hin?*, bei diesem ersten Treffen jedenfalls sagte Max zu ihr, zu Klara: Ich träume von einem Abend am Kanal in Vierheilig, nur wir allein, aber an einer Stelle weiter abwärts, wo die Stadt schon ganz ruhig geworden ist. Keine großen Trompeten, kein Pomp und keine Orgelei; nur ein Abend unterm Mond, in aller Stille. Seitdem ist es um sie geschehen.

Sie schließt die Augen. Sie bückt sich, streicht über die blassen Halme, greift in die Erde, die ihr karg und trocken durch ihre Finger rieselt; dann hebt sie die Hand in die aufgehende Sonne. Da sind schwarze Tropfen auf dem Tritt, es ist eingetrocknetes Blut im Eibenholz, man nimmt dieses Holz seit jeher für die dem Wetter ausgesetzten Stellen. Sie greift nach dem Futter im Beutel, Brotkrumen, schon Tage alt, ein paar Linsen, die Hühner springen im Gatter auf und ab, gurren.

Das Futter gibt ihnen ja kaum Kraft, sie überleben nur. Klara geht bis ans Gatter; ein Geflatter, ein Gehacke, Federn liegen im Stroh, es riecht streng, nach Kot, nach Stall, nach Tier. Sie legt ihre Hand auf das Dach, auf den engmaschigen Draht.

Die Tiere gehen sich in der Enge an die Kehle, so ist es ja stets, wenn das Fressen kaum ausreicht, es reicht nicht für alle, es reicht nie für alle, und dann wird zuerst die eigene Brut zerhackt, die Kleinsten, die Schwächsten; so werden es weniger Schlunde, die es zu stopfen gilt. Früher, ja früher, da waren es die fettesten Hennen des Dorfes, die Eier reichlich und das Fleisch schmackhaft, doch in diesen Zeiten sind es nur noch abgemagerte Viecher mit rot entzündeten Augen.

Klara öffnet den Verschlag, um ihre Hand bildet sich sogleich ein Pulk aus gefiederten Leibern, die nach Futter picken. Der Hahn pickt wild drauflos, pickt in das weiche Fleisch ihrer Hand. Klara schreit auf und packt zu, ein Ruck, und der Hals bricht wie ein trockener Ast. Die Hennen fliegen im engen Käfig wild umher, lassen sich nicht beruhigen, ihr Gackern laut und schrill. Der Hahn ist tot! Der Hahn ist tot!

Klara legt das Tier auf den Küchentisch, sein Körper schlaff und schwer. Die Mutter lässt den Sauerteig ruhen und blickt lange auf den toten Hahn, bevor sie sagt: So müsste man's ja im Grunde mit allen machen. Dann knetet sie weiter den Teig, ihre Finger kurz und dick und kräftig.

•••

Die Männer stehen schon in der Schenke und beratschlagen sich: Was tun?

Und? Komm, sag nicht, du würdest das nich ebenso tun wollen?

Ich sag ja, ich würd ja gehen, wenn die Reppa stimmen, dann mach ich's.

Das ist ja doch unsere Heimat! Kannst du das denn? Einfach so weggehen, das alles verlassen? Hier kennt man doch jeden Stein, jeden Grashalm, hier liegt doch 's Herz.

Gedrissen is das doch ... Heimat! Und du, red mal nich so daher, Max. Sind ja kaum noch 'ne Handvoll Männer, und ich sag Männer, keine Greise, so wiese hier allenthalben rumgieren?

Ja, ... weiß ich ... doch selbst.

Und hier, du siehst's doch mit 'm eigenen Auge, hier, das is die Öde, die Ödnis, so lang wir denken können. Die Felder ausgehungert, da is nix mehr, hier im Westen sind die ausgelaugt wie Altholz, da kriegste nix mehr raus, und das Vieh is durch, die paar mageren Viecher noch, so war's, und so wird's bleiben – ich glaub keinem der Alten mehr, kein Wort glaub ich denen, die sagen schon seit Jahren, dass alles besser wird, dass alles so wird, wie es mal war, nur, wie war's mal, und was wird geschehen? Nichts von alledem, worüber die faseln, wird ja je geschehen, nichts von alledem wird je geschehen, nur noch schlimmer wird's werden, schlimmer wird alles, bald fressenmer die Mäuse untern Balken weg, und dann? Da hör, was meinste denn nu, Max?

Ihr redet ja nur Blech.

Du, aber? Wolltest doch selbst abhauen, Mensch, Max! So hat man's jedenfalls munkeln hören!

Was, wie? Wohin hausten ab, ja? Sag!

Na, bloß nich nach Vierheilig, Max! Da endeste nur als Lump innen Gassen! Mach's wie ich, geh schön in die Kolonien, bist ja noch jung, jünger gar als ich!

Nee, nich in die Kolonien, lass mal.

Wer nich wagt ... ich jedenfalls spuck nur noch auf die Greise und denen ihre kleinen Weisheiten, und ich spuck auch auffen Witwer, ich will was in den Händen halten, was mit Griff, und der Kommiss verspricht einem eben nicht nur 'n Sold, sondern alles an Beute, was du machen kannst, da steckt ja noch alles inner Erde, da nehm ich alles mit, Fleisch und Weib und jeden Edelstein, den ich ergattern kann, na, is das nix? Und warum auch nich, mich hält hier ja nix ... der Schlachthof kann von mir aus verrotten, macht mir nix, mein Alter is schon lang in der Erde, und ich hab keine Brut, noch nich mal 'n Weib hab ich! Und ... ich will nich auf der Scholle hier versauern wie nix Gutes, ich will ja was haben von meim Leben, ja, oder? Und dir würd ich's auch raten, Max. Euch allen würd ich's raten.

Aber die innen Städten, die im Tal, die sind nich wie wir.

Die sind nich wie wir, nee, sindse nich. Dann lernste eben so sprechen wie die und frisst bei Tisch nich wie 'n Schwein, dann fällt's denen hoffentlich nich so auf. Du hast nur keinen Schneid, Max, so isses, keinen Schneid haste, sonst wärste doch schon lange weg. Aber, mag sein, wir haben alle keinen Schneid hier, oder? Oder?

Du, du redest nur. Soldat. Dafür bist du doch gar nicht gemacht, keiner von euch. Ihr wisst ja alle nicht, von was ihr da redet.

Guck, der alte Seiler, is ja doch nich stumm ...

Hier, schenk uns mal lieber noch 'n Krug ein!

Nee, halt, nu halt mal! Warum bist du eigentlich nie nach den Kolonien, das waren ja doch sicher die besten Zeiten, als du jung warst, damals! Oder, Vatter Seiler!

Damals! Du Hund. Für dich reicht's ja heute noch.

Nu sag schon, warum? Hattest doch sicher die besten Aussichten, die Truppen haben ja jeden Mann gebraucht.

Ich hätt denen nix genutzt.

Wie kannsten das sagen? Weißte doch nich. Mancher Mann wundert sich ja, was da alles in einem schlummert.

Doch, ich weißes, mein Junge.

Ach, und woher?

Ich bin nich dafür gemacht, das is alles, was ich sag.

Na, na, erzählen kannste uns aber doch.

Warum sollt ich euch das erzählen?

Seilerchen, sei mal nich so.

Wir zahlen dir doch auch unsre ehrlich verdienten Reppa!

Ehrlich verdiente Reppa! Gauner seid ihr, das is alles.

Komm, Seiler, tu mal nich so! Ein ummen anderen Tag sind wir hier, heut is sogar der Max mit, der sich sonst ja kaum aus der Hütte traut.

Da gibt's nix zu verzälle, die Schnauze voll vom Krieg hatt ich, und die hatt ich schon lang voll ... der kam uns ja recht nah, als es gegen die Fernegierscheider ging, oben am Köppchen hat's jedenfalls gerumst wie nur was, und wenn ihr das selbst erlebt hättet, so wie ich's erlebt hab, ihr verdammichen Bleichmeier, dann würdet ihr heute nich so schlau schwadronieren von wegen Kolonien! Da würds euch anders gehen, da würdet ihr nich so flott urteilen und bramarbasieren, euer Maul würdet ihr stattdessen halten!

Was war da aufm Köppchen?

Komm, das weiß doch wohl jedes Kind!

Ich weiß von nix!

Na dann – hier, komm, Seilerchen, hab dich nich so. Bist doch sonst so 'n stummer Geselle, da kannste heute ja auch mal rausrücken!

Na, was soll ich euch schon erzählen, was ihr nich eh schon wisst?

Seiler, wir waren nicht mal geboren damals, und 's is ja fast keiner mehr da, der uns was erzählen kann.

Da hatter recht!

Ich kann mich ja kaum noch dran erinnern.

Ach, nu hör aber auf, klar kannst du dich noch erinnern, du willst nur nich!

Wenn er nich will, dann lassen!

Ich lassen doch!

Gut, ihr kleinen Büchsenscheißer, ich erzähl's euch einmal, einmal tue ich's euch erzählen, und dann is gut, ja? Dann fragter mich niemals wieder danach, habt ihr mich verstanden?

So wird's gemacht, Seilerchen!

Man muss es ja sagen, ganz vorweg muss man das sagen, wir haben's gut überlebt, die ganze Chose ... nur das eine Mal isses uns eben doch nah gekommen, und ich weiß nur noch, dasses 'n Getöse war, so bös und tief, als stürze einem gleich das Dach überm Kopp zesamm, grad da wo man eben noch so friedlich lag. Aus'm tiefsten Schlaf hat's mich hochgeschreckt, und die Frau hat sich sogleich gefürchtet ...

Was, 'ne Frau? Seiler, du hattest mal 'ne Frau?

Halt mal schön dein Maul, du Lurch. Die Frau – meine Frau!, und 'ne schöne Frau war's – also, die hat sich rasch 'n Leinentuch übergeworfen und sich in der Kammer fortgeschlossen, denn es waren ja grad erst die Fernegierscheider in Truthesdorf gewesen, da sindse grad so durchs Dorf geritten und haben geplündert, Gift und Eiter!, noch und nöcher ham die geplündert, dem einen hamse mal gleich acht Morgen abgemacht für ihre Pähd, dem andern seine beste Kuh aus'm Stall fortgestohlen, aus der Winzerei hamse sich Fässer um Fässer genommen, ach was, gestohlen hamses wie räudige Halunken! Übers ganze Land habense dann ihr Faulfieber gebracht, aus den Lazarettbetten wurd's hinausgetragen, die Kinderchen auf der Ville sind ja weggestorben wie die Fliegen.

Diese elendigen Drecksäcke ...

Was heißt denn Drecksäcke? Das war eben Krieg, oder?

So isses.

Da wird's sich eben genommen, oder? Und verreckt wird auch fleißig.

Na, nu, plündern muss man ja nich eben bei denen, die eh schon kaum was haben ...

Plündern! Na, der liebe Max, da reißter die Schnute ganz schön weit auf, ich will dich mal sehen, wenn du nix zu fressen kriegst, nur das trocken Brot und madige Wurst, und dann in halben Lumpen in die Schlacht ziehst, da kann man die ollen Fernegierscheider schon fast wieder verstehen!

Jaja, hast ja recht.

Sicher hab ich recht.

Na, dann mal weiter, Seiler.

Ach, na ... Ich hab die Läden aufgetan, und dann hab ich's eben da übern Baumkronen gesehn, die Feuerbälle der Kanonade, hell wie Blitze, und den Krach der ganzen Bataille, gleich da hinten aufm Köppchen war's ja, ich hab das Klingen der Bajonette hören können, das Poltern der Hufe, als die Kavallerie durch die Linien geprescht is und se in die Pfanne gehauen hat, die ärm Kraucher. Denen ihre Schreie gellten ja durch die Nacht bis zum Morgen hindurch.

Das wird ja 'ne feine Geschichte, Seiler, komm, schenk uns ruhig noch 'n Krug ein und red nur weiter, komm, los.

Nu denn ... man hatt's ja bereits gehört gehabt, was die Fernegierscheider getan hatten in all den Jahren zuvor, da ging's hin und her, jede Kapelle, jede Kirche aufm Weg hamse als Stall sich genommen, als Heuschober und Magazin missbraucht, ins Schiff sindse aufm Pähd und ham die Reliquien geschändet, Kelche aus Silber, Monstranzen und liturgisches Gerät, alles hamse innen Dreck getreten und geschändet und gebrandschatzt in den umliegenden Dörfern und die Priester und Nonnen gleichermaßen aufgeknöpft, wennse nich vorher sich in den Wald gerettet haben! Den Fernegierscheidern, den saß die Kugel ja lose im Gewehr, die feuerten auf Menschen wie auf Hasen. Ja, Landsmann Wein! Landsmann Geld! Schnell oder kaputt!, hamse geschrien, Ideale und den rechten Glauben wolltense uns bringen, doch gebracht habense uns nur Verbrechen.

Verbrechen, als sei nich jeder Krieg schon Verbrechen, ob hier oder woanders, das ist doch ganz gleich, oder nicht?

Nu, Max, mag schon sein, mag schon stimmen, nur wir hatten's ja nich angefangen, die ganze Sache.

Ja und nu, und weiter ... was habter getan, was habter gemacht, Seiler?

Gemacht, gemacht, was sollen wir schon gemacht haben? Man murrte und ertrug's, denn was blieb einem denn übrig?

Man hätt sich wehren können, oder?

So war's ja auch, manche wollten nicht länger zusehen, und nachdem ein paar berittene Fernegierscheider ein noch ganz junges Mädchen bei Vierserath erdolcht hatten, das befand sich wohl grad aufem Wege zum Gebet, als das dann geschehen war, diese Tat brachte das Fass endgültig zum Überlaufen, da hamse dann in einem Siefen beim Wahnbach einer ihrer Patrouillen aufgelauert, Leute wie du und ich, Leute aussen Dörfern, bewaffnet mit Sensen und Mistgabeln und Musketen. Von der Patrouille haben's nur drei wieder in ihr Lager geschafft, den Rest habense kaputt gemacht, und ein paar hamse noch gefangen genommen.

Warum hamse denn das Mädchen erdolcht, Mensch, sag? Die hatte denen ja gar nix getan?

Das war doch ein Konfessionskrieg, ja? Die in Vierheilig glauben das, die in Fernegierscheid das, und dann muss man sich eben die Köppe einhauen.

Die hat nur zum falschen Gott gebetet, die kleine Madame, das war's, deswegen habense ihr die Kehle zerschlitzt.

Ich hoff ja nur, dasse die verdammten Hundesöhne am nächsten Baum aufgeknöpft haben!

Die haben sie schon aufgeknöpft, glaub mir mal, und mit ihren Boschenknoppen hamse die vorher so bearbeitet, dass eh nur noch Mus übrig war.

Und dann?

Nix und dann, die Fernegierscheider hatten ihr Lager hinterm Wald aufgeschlagen, die Truppen vom König befanden sich in der Aue, die belauerten sich, und es gab ein paar Scharmützel hier und da, nur dann haben die Aufklärer von den Fernegierscheidern einen großen und entscheidenden Fehler gemacht, die haben die Truppenstärke hier in der Ville falsch eingeschätzt, man muss bedenken, es war ein ständiges Hin und Her, weil sie auch noch im Hinterland kämpften und sich beschossen, und die Generäle der Fernegierscheider glaubten wahrscheinlich, mit nur einem entschlossenen Streich könnten sie nun den Gegner vollständig aufreiben und so rasch die ganze Ville einnehmen. Im Morgengrauen sindse dann aussem Wald gekommen, aber die Truppen vom König, ebendie hier vom Fort, die waren ja bestens drauf vorbereitet, die hatten sich befestigt oben am Köppchen und nur auf einen Angriff gewartet. Die meisten wurden gleich von der Kavallerie zusammengehauen, der Schädel zerspalten und die Gurgel durchgeschnitten, manchen die Köpfe vonnen Ricochet ganz abgemacht, die Bäuch von den Spitzen der Bajonette so aufgetan, dass die Gedärme heraus gewesen sind, Ärm und Bein weg, abgehauen, das Fleisch aus den Leibern sogar herausgebissen … Tote und Sterbende überall, in den Feldfrüchten hingen die, längs überm Unterholz und im Schlamm gleich zu unseren Füßen. Die Erde rot vom Blut, und ein Raunen und Jammern und Stöhnen hing über allem. So haben wir sie dann gefunden, aufem Feld hatten sich die Versehrten zusammengerottet, ganze Inseln aus siechenden Leibern waren das. Wir schickten sogleich nach anderen aus den Dörfern, die sollten kommen, denn was blieb uns denn nun noch zu tun, außer den armen Teufeln ihr letztes Geleit zu geben? Doch nichts geschah. Also zogen wir die Leichen ganz alleine vom Feld in den nahen Wald und begruben dort die Unsrigen und die der Fernegierscheider unter großen Haufen rasch aufgelesener Steine, so gut es uns eben gelingen wollte. Das kann man heute noch sehen, der Hügel auf dem alten Friedhof vor dem Dorf, das sind ja alles Gebeine, längst morsch und verrottet. Und die Blessierten verstarben derweil auf dem Feld ganz jämmerlich, ein paar rafften noch ihre maladen Körper aus der Junisonne und vergingen zu guter Letzt im Schatten der Bäume ... ich sag, das Augenzudrücken hatt ich nie gelernt, und vergessen tue ich das bis an mein Lebensende nich, und jetzt reicht's, so war das, ihr habt's gehört, ich erzähl's nich noch mal!

Aber Seiler, komm! Das ist doch noch nicht alles, das is doch nich das Ende!

Das Ende is, dass die königlichen Truppen dann im Gegenzug ganz Fernegierscheid eingenommen haben, noch vor dem Winter habenses eingenommen, sich einverleibt ins Reich, wie der König sich schon so vieles einverleibt hat, und als Erstes hatter dann die Kirchen niederbrennen und auf die Ruinen die eigenen draufbauen lassen, und jeder, der's geringste Widerwort gab, wurd gleich erschossen, nur dafür hatter das Fort auf der Ville ausbauen lassen, auf die Stärke einer ganzen Garnison! Damit Ruhe is, und die vom Kommiss kamen und soffen und fraßen und brachten uns ihren Sold, säckeweise Reppa, durch die sind wir wohlhabend geworden, ja! Nur hab ich immer gesagt, aus Leid erwächst nie was Gutes, das kann es gar nicht geben, und wie man sieht, so ist's gekommen, bald sind wir wieder arm wie die Kirchenmäuse.

Na, aber Seiler, das kannst du doch so nicht sagen, wir hatten damit ja nix zu schaffen, mit dem Krieg hatten wir ja nichts zu tun! War nicht unsere Schuld, dass der König hier sein Fort hingesetzt hat, oder?

Man nimmt, was man kriegt, solange man's kriegt. So isses doch immer.

Ich sag nur, das hat alles seinen Preis ... auf Krumen und Almosen sindwer allmählich angewiesen, bloß der Stolz hält einen noch hier. Und du, du willst jetzt zum Kommiss? Und was? Was willste da beim Kommiss? Dich in Reih und Glied stellen und für'n König die Wilden abstechen? Du redest hier stets geschwollen, aber wart mal ab, bis du den ersten toten Leib auch nur gesehen hast, gerochen hast, wie der stinkt, das aufgetane, gasige Fleisch, da dreht's dir den Magen um, da kotzt du dir die Seele aus dem Leib. In den Kolonien, da warten die ja nur auf so einen wie dich!

•••

Truthesdorf, Vierserath, kaum einen halben Tagesmarsch von Chaltouva entfernt: schon Geisterdörfer. Zuletzt gab es dort noch eine Handvoll Menschlein, die sich stolz und mit erhobenem Haupt gegen ihr Schicksal gewehrt haben. Von Stolz allein aber lebt man nicht. Schließlich haben sie ihr erhobenes Haupt dann doch senken müssen, um das Gras gleich büschelweise aus der Erde zu fressen wie Vieh. Denn der König schickte kein Salz und keinen Speck! Die Ältesten verhungerten, und das ist keine Geschichte, kein Märchen. Und es gab auch keinen, der sie noch beerdigt hätte. Sie zerfielen dort, wo sie saßen oder lagen, zu Staub. So stehen die Dinge. Die Söhne gingen allesamt nach Vierheilig, wo der König ihnen einen guten, nein, einen ausgezeichneten Sold versprach, wenn sie sich nur verpflichteten, das Reich brauche schließlich jeden Mann. Was blieb ihnen denn schon anderes übrig? Den König freut's, für ein paar lausige Reppa kauft er sich Garnison um Garnison zusammen. Geht in die Kolonien für mich, schreibt er, die Amtmänner lesen den Artikel beim Treueschwur, den die Rekruten leisten müssen, mit angemessener Feierlichkeit laut vor, geht und zähmt die Wilden und bringt ihnen meine Ordnung! Leerer und leerer wird die Ville, umso voller die Kasernen. Und die Weiber, die Töchter wird man fragen? Na, was denkt denn ihr?

•••

Da ist ein Raunen, ein Flüstern, es wird ihnen durch den Wind zugetragen.

Sie hören es, sie fühlen es, ein Druck in der Luft, dann ist es da: Die Frauen halten inne und legen den Kopf in den Nacken.

Über ihnen der weite Himmel.

Alt ist es, alt ist das Gefühl.

Es kommt aus den Wäldern, aus der Tiefe, dampft dort aus der Erde wie feinkörniger Nebel, schmeckt nach einem frühen Sommermorgen.

Wie ein Traum ist es, wie ein Traum kommt es ihnen vor, doch ist es eine Erinnerung, eine uralte Erinnerung, die sie nur vergessen zu haben scheinen.

Und nur ganz kurz dauert diese Erinnerung, als lenke man sie währenddessen ab, als sei man ihnen in die Tätigkeit, in die Pflicht gefallen: Doch die Frauen, sie lächeln und nicken wissend.

ZWEITER TEIL

•••

Die See ist ruhig, das Schiff gleitet durch die Nacht. Wenzel Fordenbach steht an der Reling, blickt in den schwarzen Himmel, auf das Meer, atmet durch, die salzige Luft tut seinen Lungen gut. Er schließt für einen Moment die Augen und lässt das Geländer los, hält seinen Körper nur durch die eigene Kraft im Gleichgewicht, spürt noch der kleinsten Bewegung unter seinen schweren Stiefelsohlen nach. Leise Stimmen dringen vom Oberdeck, die meisten Worte gehen im Rauschen der Wellen verloren, doch er lauscht dem Klang der Sprache nach, dem vertrauten Rhythmus der Silben.

Er öffnet die Augen, am Horizont wabernde Lichter, sicher von Häfen und Städten und Siedlungen. Er lehnt sich über die Reling, Gischt sprüht ihm ins Gesicht, dazu dunkle, dumpfe Klänge aus dem Inneren des Rumpfs, die Kohlekessel unter Druck, die Vibrationen in Händen und Füßen spürbar, er lässt den Oberkörper pendeln, verharrt einen Augenblick lang so in der Schwebe, unter ihm das Meer, endlos und dunkel.

Im Gang, der weiter zum Hauptdeck führt, steht eine Frau; ihr Haar strohblond, sie trägt einen Mantel aus Schurwolle, der ein paar Nummern zu groß scheint.

Sie hält sich mit einer Hand am Treppengeländer fest, die andere ist tief in einer der aufgesetzten Taschen vergraben.

Sie zittert.

Sie versucht ein Lächeln.

Ja, sagt er. Kalt.

Sie nickt und bläst dabei ihre Wangen auf.

Wollen Sie rauchen? Er sucht in der Innentasche seiner Jacke nach dem Zigarettenetui aus geschnitztem Elfenbein und hält es ihr hin.

Sie streckt die Hand danach aus, ihre Finger sind lang und schmal, die Nägel gepflegt. Sie öffnet das Etui und zieht eine einzelne Zigarette heraus, alles in einer flüssigen, geschickten Bewegung.

Kommen Sie, sagt er und öffnet seine Jacke. Sie stellt sich in den Windschatten des Stoffs, rückt dabei ganz nah an ihn heran, sodass er ihren Duft wahrnimmt, es ist der einer Blumenwiese nach einem kurzen, reinigenden Gewitter.

Er reißt ein Streichholz an.

Zedern, sagt sie und saugt die kurze, helle Flamme in den Tabak, die Glut entzündet sich, die dünne Rauchsäule schimmert blau, bevor sie verweht wird.

Sie korrigiert das Revers an seiner Jacke, streicht das harte Material wieder glatt.

Wo waren Sie stationiert? Ich seh's jedem an, auch ohne Uniform, die Haltung, das Gesicht, der Blick ...

Er schweigt.

Und dann, in der Heimat, fragt sie. Wartet da jemand?

Nein, sagt er.

Ja, sagt sie, so ist das wohl.

In seiner Kabine ist es eng, sie liegt am unteren Deck, nah bei den Kesseln. Es ist stickig und warm, das kleine Bullauge lässt sich nicht öffnen, die Gischt spritzt dagegen. Tief im Bauch des Schiffs das Hämmern der Kolben, die pfeifenden, arbeitenden Maschinen, Metall, das sich dehnt. Sie lässt ihren Mantel langsam zu Boden gleiten, legt ihre schmale Hand auf seine Schulter. Er atmet ein und streicht mit dem Daumen über ihre Wangen, verschließt ihre Lippen.

Willst du gar nichts wissen?

Sie schüttelt den Kopf. Das bleibt sich doch eh gleich, sagt sie. Bist in 'nem Kuhstall geboren, der Alte Mehlbauer, die Mutter wringt dazu die Lappen aus, und dann gibt's Tritte und Schläge, und du kriechst die Ville runter und träumst von wilden Schlachten, von 'nem Orden an deiner Brust, so sindse doch alle, alle Jungs sind so, oder?

Und dich kennt man in jedem Hafen, nicht mit Namen, denn was ist dein Name schon wert?

Deine Hände, sagt sie und legt ihm den Zeigefinger auf die Lippen. Du warst ja kein einfacher Soldat, auch kein Offizier, du warst etwas ganz anderes.

Wenn du in Ingelheim von Bord gehst, was wirst du dann tun?

Was ich immer tue ...

Das kennst du, sagt er. Darauf ist Verlass.

Ich kann ja nichts anderes.

Nein, du willst nichts anderes.

Später, in der Dämmerung. Er bleibt noch im Dunkeln sitzen, in der Nische neben dem Bett. Von diesem Platz sieht er aus dem Bullauge, sieht, wie die Sonne aufgeht, das blutrote, erste Licht. Sie ist nicht mehr da, sie ist gegangen, ohne ein Wort; kein Abschied, kein Kuss, kein letzter Blick. Nicht mal seine Reppa hat sie genommen. Er zieht das Etui aus Elfenbein hervor und zündet sich eine Zigarette an. Draußen schon das Geschrei der Möwen. Der Hafen ist nicht mehr sehr weit. Er hat nicht viel Gepäck, nur einen Seesack, zweimal ordentlich verschnürt.

Auf Deck tummeln sich Soldaten, Händler, Arbeiter, Heimkehrer allesamt, manche können es kaum noch erwarten, ihre Finger trommeln unruhig auf der Reling, anderen ist der Blick längst leer und matt geworden, sie starren aus glasigen Augen auf den Horizont. Der Hafen von Vierheilig kommt in Sicht, der lange, bewehrte Kai, die Spundwand des Dammes, die dahinterliegenden Depots und Gebäude liegen noch in Dunkelheit.

Er stellt den Sack ab; das fühlt sich nicht wie eine Heimkehr an. Da ist kaum noch eine Erinnerung, keine Sehnsucht nach den Häusern und Straßen von früher, es gibt sicher keine ihm noch bekannten Gesichter, und er selbst hat keinerlei Spuren hinterlassen.

• • •

Wenzel, Wenzel, erinnere dich. Wir wollen dich verstehen, oder sagen wir, wir wollen dein Wesen ergründen, deine Natur, dein Naturell. Wie wird man der, der man ist? Wer macht einen zu dem, zu dem man geworden ist? Fragen über Fragen. Und hast du uns auch die Wahrheit gesagt? Dein Vater, dieser Stellmacher, hat er wirklich nie Hand an dich gelegt? Nein, das wäre ja zu einfach, oder? Noch der ärgste Simpel würde das verstehen. Nein, dein Vater war ein ruhiger Mann, kein brutaler Klotz. Er stand jeden Morgen früh auf, erwärmte sich eine Tasse Branntwein in der Küche und ging dann in seine Werkstatt, in der er stets gute, ehrliche Arbeit ablieferte. Es hat sich nie einer beschwert! Er sprach dabei nicht viel, er schaffte meist allein, und jedes Werkzeug, jedes Ding hatte seinen Platz, denn Ordnung ist das halbe Leben! Nie musste er etwas suchen, immer fand er gleich alles, was er benötigte. Abends, bevor er nach getaner Arbeit die Werkstatt abschloss, fegte er sie noch einmal gründlich durch, fegte jeden Winkel, und am großen Tor, ganz zum Schluss, es dämmerte bereits, die Lichter in den Häusern waren schon längst erloschen, da schaute er in die Tiefe der dunklen Werkstatt und nickte zufrieden, ein weiteres Tagewerk vollbracht. Nun, aber was ist eigentlich mit der Mutter, Wenzel? Gab es eine? Sicher gab es die, wie kamst du sonst in die Welt? Wie bist du sonst in die Welt gekommen! Aber ob sie da war, für dich, die Mutter, das ist eine andere Geschichte. Das ist das erste große Geheimnis! Und über das sprach man auch nicht, nicht bei Tisch, nicht nach dem Kirchgang, der heilige Ihames wacht ja über dich und die deinen! Der König glaubt nun an Ihames, und so tun wir es ihm gleich! Nein, über die Mutter wurde nie gesprochen. Du hast sie also auch nicht vermisst, da war nur dieses seltsame Gefühl der Leere, ein jeder hat doch eine Mutter! Die anderen Rotzgören, die in den Straßen spielten, sie alle, selbst die zerlumpten und räudigen Bengel. Wo ist deine nur abgeblieben, Wenzel? Wenn man dich das fragte, hast du nur mit der Schulter gezuckt.

Jeden Samstag, wenn die Werkstatt geschlossen war, ging der Vater fort. Er sagte, er habe noch zu tun, draußen vor der Stadt, es sei wichtig, er komme spät. Schlaf, Wenzel, schlaf, alles ist gut. Später dann, als das Denken sich schärfte und man langsam die Welt und ihr Regelwerk zu verstehen begann, da ahntest du, nein, es ist nicht alles gut, etwas wird dir verschwiegen. Die Mutter wird dir verschwiegen, was der Vater tut, wird dir verschwiegen. Das nennt man ein Geheimnis. Und ist es nicht ein prickelndes Gefühl? Unter der Kopfhaut und im Nacken beginnt es, nicht wahr, lieber Wenzel? Sobald du das verstanden hattest, wolltest du es ergründen, das Geheimnis. Du legst deine Klamotten auf dem Stuhl zurecht, du öffnest das Fenster einen Spalt, lässt die Haken der Läden offen, dein Vater kommt in deine Kammer, er bettet dich ja nicht mehr oder wünscht dir eine gute Nacht, du bist schon zu alt für derlei Kinderkram, du bist ja fast ein halber Mann!, aber artig ist er, und er sagt, er komme spät wieder, wie stets. Die schwere Haustür fällt ins Schloss, und du stehst rasch auf, ziehst dich an, steigst aus dem Fenster auf das Dach des Nachbarhauses, kletterst dort auf den flachen Anbau, springst vom Schindeldach auf die Straße, du kennst die Stadt und wie sie ist in der Nacht noch nicht, die düsteren Gassen, Plätze, den Lärm und den Duft nach Parfüm und Branntwein, das alles ist neu, doch es kümmert dich gar nicht, denn du folgst dem Vater, sein Gang ... ganz unverkennbar, ein leichtes Schlurfen, das linke Bein zieht er nach, ein Unfall in der Werkstatt, schon vor Jahren, du bleibst schön auf der anderen Straßenseite, wahrst die Distanz, deine Schritte ganz sachte auf dem Kopfstein, es hat geregnet, in den Pfützen spiegelt sich das Licht, und die Frauen lachen, und die Männer saufen, doch dein Vater geht weiter, er hält nicht an einer der Kneipen oder Buden, aus denen sie Bier und Branntwein verkaufen, er hält sich wacker und folgt der großen Hauptstraße, biegt dann in eine der vielen Gassen ab, nun folgst du ihm kreuz und quer durch das Viertel, bis es leiser wird und die Menschen weniger werden, keine Kneipen, keine Buden mehr, nur flache Hütten, aus schlechtem Holz gezimmert, dein Vater dreht sich nicht um, nie dreht er sich um, so sicher fühlt er sich, weiter über einen letzten großen, vollkommen leeren Platz in ein Viertel, das du nicht kennst, in dem du nie zuvor gewesen bist, es könnte ja schon eine fremde Stadt sein, du weißt es nicht. Doch der Vater geht weiter, die letzte Straße, sie führt ins Dunkel zur Stadt hinaus, kein Kopfstein mehr, nur noch Schlamm und Mondlicht, schon knistert und kracht es neben dir im Unterholz, du empfindest keine Angst, etwas anderes überwiegt, du folgst. Durch einen Hain, über ein Feld, dein Vater geht geradewegs am Jägerzaun entlang, weiter hinten in der Dunkelheit äst das Vieh, du hörst die dumpfen Geräusche, das Scharren der Hufe im weichen Gras, und da, da bleibt der Vater auf einmal stehen, ganz wie erstarrt, er legt die Hand auf den Zaun und sieht sich über die Schulter, und du tust nichts, du erstarrst so, wie dein Vater erstarrt ist, und schon glaubst du, er hätte dich gesehen, dich erkannt, aber er schnauft nur kurz, spuckt aus und geht einfach weiter.

Da, hinter dem Feld, inmitten einer schmalen Talsohle, gleich an einem Bach, da steht ein Haus, ein alter Kotten, ein Hof, düster und groß liegt es da im Mondlicht, und nur ein schummriges Licht hinter einem der Fensterläden. Der Vater geht darauf zu, er kennt den Weg, er muss schon hier gewesen sein, ganz langsam und gemächlich sind seine Schritte geworden, er hat keine Eile. Er bleibt vor der Tür zum Haupthaus stehen, er muss ja nur einen Augenblick warten, schon wird ihm geöffnet. Du verharrst im Schatten und im Schutz der Bäume, Wenzel, du wartest. Dir wird die Zeit lang, warum wartest du noch? Etwas hält dich zurück, nur was ist es? Du hast ja keine Angst. Oder fürchtest du dich etwa? Nein, endlich gehst du los, du gehst über den Pfad aus Mulch, bleibst vor dem Fenster stehen, doch da gibt es gar nichts zu sehen, eine kleine Funzel steht auf einem Küchentisch, daneben eine halb volle Flasche Rotwein. Du schleichst weiter, um das Haus herum, die Stirnseite entlang. Hinter dem Haupthaus öffnet sich ein Gang, der an den Kammern und Scheunen vorbeiführt, du riechst das Heu, das nasse Fell der Tiere, geduckt und ganz klein machst du dich, und da ist Licht, nur ein schwacher Schimmer. Du bleibst unter einem Fenster stehen, es ist bloß eine kleine Aussparung im Holz, nicht mehr als eine Luke, du musst dich sogar auf die Zehenspitzen stellen. Ist das dein Vater? Du erkennst ihn ja nicht einmal, sein Körper verschlungen mit einem anderen, die Haut schweißbedeckt, mal ist der eine Kopf oben, dann der andere, hart wirkt es im Auge, und du bist ganz ohne Erklärung, dein Mund steht offen, deine Zunge ist trocken, das ist dein Vater? Das soll dein Vater sein, da auf dem Bett, in dieser düsteren, verrauchten Kammer?

Er sieht nicht sehr lange zu, ein paar Augenblicke nur, denn er weiß es ja, es ist der Vater, es ist sein Vater. Er geht. Es beginnt zu regnen, Wenzel spürt den Regen nicht, er geht wie ein Soldat, er marschiert, findet den Weg zurück, ohne darüber nachzudenken, das regennasse Kopfsteinpflaster, die Stadt. Die Bilder der Nacht brennen sich ihm ein, er findet keine Antwort, keine Erklärung, nur Fragen.

Der Morgen kommt, deine Welt ist eine andere; mutig bist du jedenfalls, du traust dich. Noch am Tisch, bevor der Vater sich in die Werkstatt flüchten kann, fragst du ihn. Du fragst ihn, worüber zuvor nur geschwiegen wurde, was dir verschwiegen wurde: Wie ist das mit Mutter gewesen, warum sprichst du nie über sie, über meine Mutter? Der Vater ist erstaunt, woher hat der Junge plötzlich den Schneid, er war doch sonst immer so gehorsam und sanftmütig? Der Vater weiß jedenfalls gleich, dass er nun antworten muss, dass er ihm eine Antwort schuldig ist, denn der Junge ist ja schon fast ein halber Mann, der sich nicht mehr zufriedengibt mit halbgaren Geschichtchen oder Ausflüchten. Und so beginnt er: Die Mutter sei ja längst unter der Erde, sagt er, Wenzel starrt ihm dabei auf den Mund, sie sei tot, sie sei bei der Geburt gestorben, damals in Ingelheim, wo er in der Werft gearbeitet habe, das passiere nun einmal sehr oft, und sie sei eben schwach gewesen, die Mutter, einfach zu schwach.

Dein Vater, du siehst ihn noch vor dir, nackt und voller Gewalt, so hattest du ihn noch nie zuvor gesehen, so wie in der letzten Nacht; das ist sein Geheimnis, und nun weißt du davon. Nein, nicht nur das, du erkennst es ja zudem in seinem Gesicht, das plötzlich gar nicht mehr das Gesicht des Vaters ist, es ist nicht mehr das Gesicht des alten Vaters, des Vaters vor letzter Nacht. Die Augen wässrig, der Mund schmal, der Blick wandert immer wieder zu Boden. Der Vater will sich gar nicht weiter erklären, will nichts ausführen, es reicht ihm, und es muss auch für dich reichen, Wenzel! Die Mutter tot, schon in der Erde verscharrt, man denke nicht mehr über sie nach. Wie bist du in die Welt gekommen, Wenzel? Warum bist du in die Welt gekommen? Was war der Grund? Gab es einen Grund? Dein Vater wird dir diese Fragen nicht beantworten, nicht weil er es nicht kann, sondern weil er es nicht will. Er verbirgt ja etwas, es ist offensichtlich, dass ihm etwas schwer auf der Brust liegt, wenn er sich das Wort Mutter über die Lippen quält.

Wenn du ihm nun des Nachts, wenn er ganz friedlich in seinem Bett ruht, die Hände und Füße fesseln würdest, ihn regelrecht anbändest wie Vieh, damit er ja nicht mehr fortkann, nicht mehr flüchten kann, denn der Vater ist stark, stärker als du, Wenzel, viel stärker, ein Stellmacher immerhin, wenn du ihm dann noch einmal die gleichen Fragen stelltest, die gleichen bedrückenden Fragen, wenn du ihn dir mit einem Beil oder einem Messerchen oder der Axt ein wenig gefügiger machtest, es gäbe da eine scharfe und handliche Axt unten in der Werkstatt, dann würde er sich wohl kaum mehr verbergen können, nicht wahr? Woher kommen nur diese Gedanken, diese plötzliche, aufkeimende

Wut und Entschlossenheit, der Wille zur Wahrheit und Gewalt? Du weißt es nicht, doch es gibt diesen Ausbruch, wahrhaftig, wahnhaft, ist es in dir, in deinem Wesen angelegt? Wer kann das schon sagen? Wer bestimmt das? Der Vater schreit wie am Spieß, du knebelst ihn mit feuchtem Werg, zwei abgehackte Fingerchen liegen schon auf den Dielen, er keucht und heult und pisst sich ein, dein eigener Vater! Doch langsam beruhigt er sich wieder, er jammert und bellt und hofft auf Gnade, er sagt dir alles, ja, er sagt dir alles, und das Blut trocknet auf dem Betttuch dunkel ein. Du legst die Glieder auf den Nachttisch, und der Vater spricht, das Maul noch halb voll mit Werg: Gekauft hat er dich, gekauft von einer Tänzerin oder einem leichten Mädchen, in allen Häfen dieser Welt gibt es ja solche, doch das wisse er nicht genau, sie sei noch so jung gewesen, ein junges, hübsches Ding, nicht bestimmt dazu, schon Mutter zu sein; und er, er habe dieses kleine Geschöpf gesehen und gewusst, es gehöre zu ihm, es gehöre ihm. Ein Seckel voller Reppa, schon hattest du den Besitzer gewechselt, denn wie Ware bist du ja gewesen, Wenzel; gehandelt wie ein Pfund englisches Blei, ein Kwertel grüner Woi oder ein Sack Kartoffeln. Man muss es nicht beschönigen. Schon ist der Vater dir vollends fremd geworden; rein gar nichts Vertrautes mehr in seinen Zügen, in seinem Gesicht. Das ist eine Wahrheit: Du teilst kein Blut mit diesem Mann, nicht einen Tropfen. Du willst nur noch den Namen erfahren, gibt es einen Namen? Marvelosa, flüstert und spuckt er, darunter sei sie in Ingelheim bekannt gewesen, mehr wisse er auch nicht, er habe sie ja nur einmal getroffen, vielleicht noch ein zweites Mal ... Du lässt den Vater so, wie er ist, gefesselt, geknebelt, nur die Fingerchen nimmst du mit, du wirst sie Jahre später noch besitzen, da sind sie schon längst vertrocknet und schwarz geworden, du wirst sie schließlich im heißen Sand der Kolonien vergraben, beerdigen. Dein Vater wird drei Tage lang so darben und verdurstet dabei fast, wird jedoch von einem der Nachbarn aufgefunden; der war aufmerksam und fand es ja ganz ungewöhnlich, dass die Werkstatt so lange verschlossen blieb.

Du packst einen Kanten Brot, ein scharfes Messer und ein Seckel mit ein paar Reppa in den Büggel, der sonst für deine Schulbücher bestimmt war. Es wäre dein letztes Jahr in der Pflichtschule gewesen, doch der Vater wollte kein Geld mehr zahlen, du solltest bei ihm in der Werkstatt schaffen. Nun liegen die Dinge anders, die Ereignisse, das Schicksal. Du gehst aus der Stadt, du siehst nicht über die Schulter, kein einziges Mal, du schläfst auf feuchtem Moos in tiefen Wäldern und in muffigen Heuschobern, unter Scheunendächern und Brücken, du klaust die noch euterwarme Milch aus Eimern und die Eier glatt unter den Ärschen der Hennen weg, einmal schießt man mit Schrot auf dich. Du frisst aber auch Stroh, wenn's sein muss, leckst das Regenwasser von den jungen und grünsten Blättern ab, um deinen Durst zu stillen. Eine ewige Wanderung scheint's dir zu werden, über Schotterwege in der Dämmerung, denn du ruhst den halben Tag, mit dem Mondlicht geht es dann immer weiter gen Norden, bis ganz hoch an die schmale Küstenlinie Vierheiligs. Und an einem diesigen Morgen schließlich taucht Ingelheim vor dir auf, der Hafen, die Piere, die Schiffe, die Stadt eine gewaltige Erscheinung; sie begrüßt dich mit einem fürchterlichen Gestank nach Tang und Teer und Salz.

Du hältst dich stets an den Rändern der Stadt auf, noch im umliegenden Land, das flach wie eine Steppe ist, nur ein paar lichte Remisen, die Bäume strecken sich knorrig nach der Sonne aus. Hier schlägst du dein Lager auf, du kannst den Lärm und das Geschrei noch hören, doch es dringt aus der Weite an dein Ohr, ganz gedämpft. Nachts erwacht die Stadt, Lichter glänzen über den Dächern, alles erstrahlt, nur die Schiffe am Kai erscheinen dir dunkler als die Nacht selbst. Während der Tage durchwanderst du die Gassen nahe dem Hafen, findest im Abfall Essbares, trinkst die Reste aus Flaschen, sitzt halb dun und stumm auf Treppenstufen vor dir fremden Gebäuden und stößt immer weiter in den Bauch der Stadt vor, schaust und guckst und beobachtest, erkundest. Die Gesichter der Menschen hier sind so anders als noch in Vierheilig; sie kommen dir grauer, älter, freudloser vor, fast schon wie Masken, starr und ohne jeden Ausdruck. Manchmal murmelst du den Namen, den dein Vater geflüstert hatte – Marvelosa –, damit du ihn nicht vergisst, doch wenn du am Hafen herumschleichst und die Namen der Schiffe liest, die dort angelegt haben, sie lauten *Thetis*, *Undine*, *Gefion*, da bist du dir nicht mehr sicher, hast du dich vielleicht doch verhört? Lautete der Name nicht ganz anders, und war es überhaupt ein Name? Nein, du hast dich nicht verhört, es war ein Name, und an diesem hältst du fest. Du grübelst darüber nach, wen du fragen kannst, wer unter all diesen fremden, abweisenden, verbitterten Menschen den Namen je gehört haben, wer vielleicht sogar etwas über sie, über deine Mutter wissen, für dich in Erfahrung bringen könnte? Doch etwas hält dich zurück, ist es etwa die Angst vor dem Ungewissen? Was, wenn sich auch nur einer tatsächlich an den Namen erinnert? Marvelosa? Was wirst du dann tun? Wirst du dem nachgehen, tiefer bohren, dich vergewissern, die Spur aufnehmen? Und was wäre, wenn du sie ganz am Ende dieser Reise entdeckst, sie dann schlussendlich in Fleisch und Blut vor dir steht? Du träumst ja schon seit Wochen den immer gleichen Traum, in dem du sie auffindest und sie dich einfach wieder fortschickt, dich gar verleugnet, dich einen Lügner und Betrüger nennt, deine eigene Mutter! In dem Traum ist sie stets eine gesichtslose Frau, die sich immer weiter von dir entfernt, weg von dir, dem dunklen Band des Horizonts entgegen, und du hastest und rennst ihr hinterher, doch du erreichst sie nicht, nie erreichst du sie, jedes Mal verschwindet sie, jedes Mal erwachst du erneut mit klopfendem Herzen und weißt sogleich, nein, so wird es ja bleiben, so wird es für immer sein; allein, allein gehst du durch diese Welt.

Tage und Nächte vergehen, du gibst den letzten Reppa für ein Krustentier aus und verschlingst es ganz gierig, doch immer noch hast du Hunger, du bittest den Alten, dem die Fressbude gehört, um Nachschlag, fast noch ein Kind!, und hungrig, so hungrig!, doch der Alte vertreibt dich mit ein paar kräftigen Fußtritten, du rennst weg, wieder durch die Gassen, ziellos rennst du umher, den Tränen nahe setzt du dich auf die Stufen vor einem großen Gebäude, beißt dir auf die Unterlippe, legst den Kopf in die Hände, bist noch ganz außer Atem und erregt: Da legt dir auf einmal ein Fremder seine Hand auf die Schulter. Du siehst an ihm hoch, ein schlanker, groß gewachsener Mann mit dünn rasiertem Oberlippenbart, ein ganz feiner, ehrlicher Mann, so scheint es dir, und er trägt die Uniform der königlichen Truppe, du erkennst das dunkelgraue Garn, sein Gesicht wirkt wie gemalt, fast schön, nicht so wie das der anderen Ingelheimer, nicht so ausgemergelt und fad wie das der Menschen am Hafen, die in ihrem täglichen Kampf bereits jede Schönheit vergessen haben.

Marvelosa, sagst du zu ihm, das ist meine Mutter, ich suche sie, Marvelosa ist ihr Name. Marvelosa, wiederholt er leise und schüttelt den Kopf. Nein, aber wir werden sehen, wir werden sehen.

•••

Allmählich werden die Tage länger, die Sonne wärmer, ihr Licht heller. In den Nächten herrscht nicht mehr die beißende Kälte, die einen trotz mehreren Lagen schwerer Felldecken zittern lässt. Die Erde wird locker, die ersten Blüten sprießen, das frische Gras tüncht die Schollen in neues Grün. Das letzte Schmelzwasser lässt den Pegel des Mühlengrabens ansteigen, und die Männer hocken währenddessen auf den Brückenpfeilern, kauen Prieme, spucken ihren braunen Tabaksaft ins klare, kalte Wasser. Sie alle warten sehnsüchtig auf die Abflucht.

Max steht im Hinterzimmer der Metzgerei, der große Verkaufsraum ist noch dunkel, die Luft jedoch bereits erfüllt vom Geruch frisch geräucherten Bauchspecks. Vor ihm auf dem Tisch liegen die Messer des Vaters, die Messer, die er für das Schlachten, Entbeinen und aus der Decke schlagen benötigt. Max zieht die Klingen langsam und sorgfältig über den nassen Schleifstein, wässert die Oberfläche des Steins, wischt mit einem Tuch nach, setzt die Klinge erneut an, zieht sie der Länge nach ab, der grobkörnige Stein macht dabei ein surrendes Geräusch, es klingt, als schneide man durch Knochen oder trockenes Papier.

Junge, sagt der Vater und bleibt in der Tür stehen. Lass sein, lass gut sein und komm, komm mit.

Max nickt und legt das Messer auf den Tisch.

Na, komm, los! Sein Vater dreht sich um und geht.

Max wischt sich die Hände noch an einem schmutzigen Laken ab, folgt dann seinem Vater in die Küche, wo die Mutter sitzt.

Er sieht es an ihrem Blick.

Heute, mein Junge, heut ist's so weit.

Stille. Max folgt der Hand seines Vaters, die etwas vom Tisch nimmt, es aufhebt: der graue, harte Stoff der Joppe, der mit festem Garn gestickte Kragen.

Die Wangen des Vaters sind gerötet. Seine Augen leuchten.

Max sieht ihn stumm an.

Na, hier, Junge, die Joppe, deine Joppe. Für'n Grobel!

Ja, antwortet Max. Ja.

Der Vater drückt ihm die kurze Jacke in die Hand und lacht: Mensch!

Freust du dich denn gar nicht?, fragt die Mutter, aber Max hört die Gleichgültigkeit in ihrer Stimme.

Doch, sagt er. Natürlich freue ich mich!

Mensch!, sagt der Vater. Der Grobel!

Na, Junge, nu ruh dich aus, sagt der Vater. Bald, bald geht's los.

Max sieht ihn noch einmal an, das fettig glänzende, runde Gesicht ganz nah vor seinem, die kleinen, feuchten Augen, der Geruch nach Wacholder und Thymian, von Blut und Salz. Die Mutter starrt auf den Tisch, auf eine leere Stelle, auf schäbiges, mattes Holz, sie starrt ins Nichts.

Gut, sagt Max, dann senkt er den Blick und geht in seine Kammer.

Er schließt die Tür. Er legt sich auf sein Bett, er macht es jeden Morgen nach dem Aufstehen selbst, zieht die Leinen straff, faltet die Decke zweimal, schüttelt das Kissen auf. Sein Körper fühlt sich auf einmal so schwer an. In den Händen hält er noch die Joppe für den Grobel, der Stoff aufgeraut durch die Jahrzehnte, das Blut seiner Vorväter im Gewebe eingetrocknet, man trägt sie mit Stolz, man beißt auf die Zähne, in diesem Gewand wird man zum Mann. Die Augen fallen ihm zu, die Müdigkeit überkommt ihn, es ist eine tiefe Erschöpfung. Er verfällt in einen traumlosen Schlaf, wird erst durch das eindringliche, dumpfe Klopfen an seiner Kammertür geweckt. Und in dem Moment, in dem er seine Augen aufschlägt und an die trostlose Holzdecke starrt, spürt er, dass er etwas verloren hat.

Die Gestalt seines Vaters in der Tür, ein riesenhafter Schatten, die breiten Schultern, der wuchtige Nacken, der kahl geschorene Kopf und die harte, glatte Stirn.

Er tritt zur Seite.

Er braucht nichts zu sagen.

Max steht auf und atmet ein, seine Kammer kommt ihm mit einem Mal kleiner vor, als wäre sie geschrumpft, als wären die Wände enger zusammengerückt.

Ihm wird die Kehle eng, er schnappt nach Luft.

Bist aufgeregt, ja?, sagt der Vater.

Die Mutter ist nirgends mehr zu sehen.

Max schluckt. Er nickt einmal kaum merklich. Sein Mund ist trocken, die Zunge angeschwollen. Der Vater nimmt ihm die Joppe ab und legt ihm seine Hand auf die Schulter.

Na, dann komm, mein Junge!

In der Küche brennt ein kleines Feuer, auf dem Tisch steht ein Tonkrug kaltes Wasser, Max greift danach und trinkt gierig, das Wasser läuft ihm über das Kinn, tropft auf den Boden.

Durch das schmale, schartige Fenster auf der Stirnseite des Hauses sieht er den zuckenden Schein der Pechfackeln, die Männer des Dorfes warten draußen schon auf ihn.

Er stellt den Krug ab, wischt sich mit dem Arm über den Mund.

Von draußen ist Flüstern und Raunen zu hören.

Sein Vater steht im Windfang vor der verschlossenen Haustür, streckt ihm schon die Joppe entgegen, das graue Stück Stoff mit dem goldenen Emblem.

Max nimmt das Kleidungsstück an sich und dreht sich um, sein Blick sucht nach seiner Mutter. Wo ist die Mutter?, fragt er leise, doch der Vater schüttelt nur den Kopf.

Seine Geste sagt: Es ist nun an der Zeit.

Max streckt die Arme aus, und der Vater hilft ihm in die Joppe, die so eng geschnitten ist, dass die Knöpfe hart gegen den Brustkorb drücken. Der Stoff spannt sich um seine Taille, schnürt sich wie ein breiter Gürtel um seine Rippen. Seine Finger gleiten über das Revers, ein modriger Geruch steigt ihm in die Nase. Wie alt ist diese Jacke überhaupt? Er weiß es nicht, und er fragt nicht, es ist nun einmal, wie es ist. Nun trägt er sie. Max sieht seinen Vater an, breit wie ein Bär, fett sein Bauch, fett seine Hüften, auch er hat einmal in diese Joppe gepasst. In diesem Stoff liegt also die Wahrheit verborgen, das sagen sie, man prügelt sie, man prügelt sie tüchtig durch, und was übrig bleibt, ist ein Mann.

Er schließt den letzten Knopf, der genau auf seinem Kehlkopf liegt, aber so ist es jetzt, sagt er sich im Stillen. Er atmet tief ein, und dann hört er auch schon die Melodie, welche die

Männer zu summen begonnen haben; ein leiser, langer Ton, der in der Luft zu stehen scheint, schwer und so voll wie ein Orgelbass. Es ist ein Kampf der Register, das Laute gegen das Leise, das Helle gegen das Dunkle, der Chor der Männer gegen den stummen Jungen.

Max wünscht sich, er könne sich einfach wieder in sein Bett legen, in sein frisch gemachtes Bett und die Augen schließen und träumen, er wünscht sich, er könne sich in die Leere träumen, ins Nichts, der Schlaf, der ihn in einen neuen Tag führt und alles vergessen macht, doch da legt ihm der Vater die Hände auf die Schultern und sieht ihn an. Bereit?, fragt er. Komm her, mein Junge. Er umarmt ihn. Die Pranken des Vaters schwer auf dem Rücken, für einen kurzen Moment ist es Max so, als wäre er in Sicherheit, als könne die Welt ihm nichts anhaben. Doch dann löst sich der Vater und zieht Max hinaus die Nacht.

•••

Wovon träumen die Frauen in Chaltouva?

Sie träumen von einem Tag am Fluss, wo sie sitzen und Apfelwein trinken, wo sie gemeinsam lachen, sich dem beschwingten Müßiggang hingeben und sich dabei so sanft an den Schultern fassen, als seien sie noch junge Mädchen.

Als sei das Leben gut.

Da gibt es keine dunkle Wolke, kein Taler wird einem zu schmal, keine Mahlzeit gerät zu karg, kein Mann kehrt besoffen aus der Schenke heim.

Jeder Sohn und jede Tochter ist gerecht und gerade.

Ein weißes Laken auf den Betten, nicht besudelt, nicht beschmutzt.

Ein Tag am Ufer des Flusses, und kein Gedanke an Wäsche, an harte Schollen, an verdreckte, verschissene Aborte, an befleckte Leinen, krustige Töpfe.

Nur Stille. Eine Stille, die süß und lang ist.

Das sind die Träume der Frauen von Chaltouva.

•••

Das zuckende Feuer der Pechfackeln in den Händen der Männer. Heute ist es der Max, dem Max sein Grobel. Sie gehen los, sie marschieren, das satte Geräusch ihrer Schritte in der feuchten Erde, die Nacht riecht noch frisch, und es ist kühl, der Wind schneidet ihnen in die Gesichter, sie spüren ihn an Stirn und Hals, sie summen und marschieren, ein Marsch aus dem Dorf hinaus, begleitet vom Feuer.

Seilers Schenke, dann sind es noch hundert Schritte, und es ist nicht mehr Chaltouva. Die Wälder dicht im Bestand und voller Wild, sanft ansteigende, bemooste Hügel und Siefen, in denen das Regenwasser dunkel glitzert, doch es gibt gefährliche Schneisen und steile Felsschluchten, das scharfkantige Gestein der Ville schimmert in der Dämmerung. Die Männer gehen voran, ein Meer aus Flammen, das sich durch die roten Frühlingswälder bewegt, und Max folgt ihnen, stolpert auf dem feuchten Grund, schlägt sich die Hände am Gestein auf, warmes Blut rinnt ihm zwischen die Finger, er steht auf, marschiert weiter, der Letzte einer langen Reihe.

Ein Brandfuchs kreuzt ihren Weg, seine Lunte bauschig, die Raubtieraugen grün, er verschwindet mit einem Sprung rasch wieder im Dickicht. Da sind die Geräusche des Waldes in der Nacht, das Knacken, das Krächzen, der Wind in den Wipfeln und die Äste, die wie die Saiten einer Zither schwingen. Max starrt hinab auf seine Stiefel, seine Füße scheinen nicht mehr ihm zu gehören, scheinen nur noch sich selbst zu gehorchen – ein Schritt und noch ein Schritt, endlos, ein endlos langer Weg durch die Dunkelheit, durch die Kälte.

Der Boden wird weicher, ist nun voller Laub, die Stiefel versinken ihm bis zu den Knöcheln, jede Bewegung wird zu einer Anstrengung. Sein Mund ist immer noch trocken, er leckt sich über die Lippen, der Geschmack auf seiner Zunge bitter wie der von roher Leber. Dann wird es mit einem Mal noch dunkler um ihn, die Baumkronen haben sich über ihnen geschlossen, da ist nur noch das Licht der Fackeln, die Gesichter der Männer wie Masken, ihre Mienen ernst, den Blick stur nach vorne gerichtet. Sie verlangsamen ihren Schritt, in der Mitte der Lichtung erkennen sie schon die Umrisse der Grobelhütte; ein primitiver Verschlag aus Latten, das Dach mit rohen Schindeln gedeckt, in der Mitte eine Aussparung, damit der Rauch abziehen kann.

Der Vater geht voran, es ist sein Recht, er entzündet das Feuer aus trockenem Reisig und dem Lindenholz des letzten Jahres, in der Nacht zuvor wurde es bereits geschichtet. Ein Schlag auf den Stein, und der Funke springt über, hell sprühen die Flammen empor, dichter Rauch. Die Männer hocken sich einer nach dem anderen auf die langen Bänke aus geschälten Baumstämmen, die zur Hälfte in die festgetretene Erde eingelassen wurden. Ihr Summen erstirbt, sobald sie die Boschenknoppen von ihren Haken genommen und den Knauf befühlt, seine Härte geprüft haben. Ihre Finger gleiten noch über die Maserknollen und den glatten, geräucherten Teil des Knüppels, dann tritt mit einem Mal Stille ein. Für Max ist ein Platz auf der Stirnseite reserviert, gleich neben seinem Vater.

Max geht geduckt und in kleinen Schritten an den Männern vorbei, die ihre Knie angezogen haben und sich am Feuer wärmen. Er setzt sich, der Vater legt ihm eine Hand auf den Schenkel und nickt ihm zu. Sie warten, keiner wagt es, auch nur ein Wort zu sprechen, alle verharren, betrachten stumm das Spiel der züngelnden Flammen, bis Dexheimer, der Grobelmeister, die Hütte betritt. In seinen Händen trägt er den Allmann, das für den Ritus benötigte Gefäß, einen schlanken Krug aus Ton sowie eine mit Branntwein gefüllte Schafsblase.

Dexheimer ist alt, keiner in Chaltouva kennt einen anderen Grobelmeister, allen hier versammelten Männern wurden in dieser Zeremonie und durch seinen Branntwein die Sinne genommen. Viele der im Dorf geborenen Knaben versterben noch im Kindsbett an Fraisen oder Wassersucht, ihre Mütter geschwächt und krank. Nun schauen alle auf Max, doch der sieht hinab auf seine Hände, seine Finger, die weich und geschmeidig vom Fett in der Metzgerei geworden sind, und das Feuer flackert dazu, der Atem des Vaters geht warm und schwer auf seinen Nacken nieder, der Augenblick dehnt sich, wird länger und länger, unerträglich, doch dann endlich beginnt Dexheimer den Grobel, indem er sagt: Männer von Chaltouva! Die Zahl ist zweihundertzweiundzwanzig, und es sind unsere Ahnen, die in uns weiterleben. Heute nehmen wir dem Max die Sinne des Kindes, und morgen erwacht er dann als Mann.

Ein Raunen geht durch die Reihen, Max sieht auf, und jetzt erkennt er sie alle, den Bramenkamp mit seinem langen Gesicht, den dicken Kurthinger, den verschlagen und brutal dreinblickenden Rückerich, den schmalen Schärer und, ihm gegenüber, am anderen Ende der Hütte, hinter den Flammen, hinter dem Feuer, den Ernst Millerbeck, sein Körper ein Schemen, nur das Gesicht hell wie Milch, die Augen klein und schwarz wie die eines Insekts.

Dexheimer öffnet die Blase, schraubt mit sachten Bewegungen den Kork ab, gießt den aus Gagel destillierten Branntwein in den Allmann, füllt den Krug bis an den Rand. Ein strenger, ätherischer Duft erfüllt die Hütte, derart durchdringend, dass Max davon übel wird.

Der Grobel kommt ja ohne viele Worte aus, es ist eine ganz und gar stille Zeremonie, in der der Allmann durch die Reihen geht, in der jeder Mann trinkt, einen großen Schluck, dann gibt er den Krug an den nächsten. Der Allmann wird so lange aufgefüllt, bis der Grobelmeister entscheidet, dass das Kind nun genug von Sinnen ist, dass es nun zum Manne geschlagen werden kann. Kaum einer hat je mehr als drei Schlucke geschafft.

Dexheimer reicht Max den Krug, der viel schwerer ist, als er gedacht hat. Er hält ihn mit beiden Händen fest, will vor den Männern nichts vom kostbaren Branntwein verschütten. Und er spürt ihre Blicke, er spürt sie durch das Feuer, wie sie heiß an ihm haften, voller Erwartung und voll derber Lust, sie wollen sehen, wie er den Krug fällen lässt, wie er den Branntwein ausspuckt, sie wollen sehen, wie er im Delir durch den Dreck kriecht, wie er zum Tier wird, wehr- und willenlos. Sie erinnern sich an ihren eigenen Grobel, an die Ängste, die sie durchgestanden haben, durchstehen mussten, an die erlittenen Demütigungen, die Schmerzen, von denen Max noch nichts weiß, die er nur erahnt. Er sieht ja die Boschenknoppen in ihren Händen, jene blank polierten Knüppel, die seine Passage beenden werden, die ihm den Schmerz aller Wunden, die er in seinem Leben noch jemals erleiden mag, auf einmal geben. Danach ist er gewappnet, dann muss er nichts und niemanden mehr fürchten, dann kennt er das Leid, die Agonie.

Max weiß darum. Seine Hand zittert, als er den Krug an die Lippen führt, der Rand ist feucht und schmeckt nach nassem Stein. Gagel galt als das Kraut der Hexen, der Braucher, die sich ins Delir tranken, um durch die Augen der Götter sehen zu können. Geschmeidig wie Öl, dick wie Nektar, verteilt es sich auf der Zunge, im Mund, als heißer Strich rinnt es in seine Eingeweide. Der starke Alkohol lässt seine Magensäfte kochen, entfaltet rasch seine Wirkung; ihm bricht der Schweiß an Stirn und Nacken aus, er fühlt sich schwach, so schwach wie noch nie zuvor in seinem Leben, als hätte ihn noch die letzte Kraft verlassen. Er setzt den Krug ab und starrt auf die Flüssigkeit, auf die dunkle Oberfläche, auf der sich der Feuerschein bricht, sein Kopf wird immer schwerer, in seinem Mund die brennende Schärfe, die nicht abnimmt, doch dann kündigt sich plötzlich ein federleichtes Gefühl an, als würde sich aus seinem tiefsten Inneren etwas herauslösen und durch seine Augen entweichen, ein flüssiger Nebel oder sein Geist.

Als er langsam den Blick hebt, erscheint ihm alles runder, alles weicher, die Farben gedämpft, das Feuer seltsam matt, das Blut rauscht ihm durch die Adern, hinter seinen Schläfen pocht es wild, und immer noch hält er den Krug in den Händen, die ganz ruhig geworden sind, das Gefäß fest im Griff. Das Gesicht des Vaters so nah, dass er die Poren der Haut erkennen kann, die Wangen scheinen durchlöchert, und das Grinsen auf den Lippen so schmal wie ein Strich. Gut, Junge, sagt er, der Vater. Und Max hört die Stimme, doch sie klingt nicht wie die Stimme seines Vaters, sie klingt wie die Stimme eines Fremden, sanft und ruhig klingt sie, so spricht der Vater nicht, so hat er's nie getan. Max nickt und lächelt, dann reicht er den Allmann weiter, der Vater greift schnell zu, sodass kein Tropfen des Branntweins verschüttgeht.

Reihum. Reihum geht der Allmann, bis der Krug wieder bei Max angelangt ist. Seine Hände sind feucht, die Knöchel bleich geworden, doch es muss ja der nächste Schluck folgen. Es ist ganz und gar eigenartig, die Flüssigkeit scheint wie von selbst in seinen Mund zu laufen, und nun brennt nichts mehr, nur das federleichte Gefühl wird stärker und stärker, etwas zerrt an ihm, will ihn anheben, vom festen Grund hinfort und in die Lüfte, in die dunkle Nacht hinaus – und dann, wohin? Wohin? Max gibt den Krug an den Vater weiter, der Zyklus beginnt von Neuem, doch nun nimmt er die Blicke der Männer anders wahr, in ihnen liegt jetzt eine stille Übereinkunft, eine Anerkennung, als hätten sie ihn bei etwas Heimlichem beobachtet und wären nun selbst Teil dieses Geheimnisses geworden.

Dexheimer richtet sich auf, und schlagartig verändert sich die Stimmung. Die Männer atmen ein und halten die Spannung, die Augen stets auf den Grobelmeister gerichtet. Der nimmt den Krug an sich und stellt ihn auf die Erde neben das Feuer, das Zeichen, dass es genug ist, die Passage geht ihrem Ende entgegen. Nun greifen die Männer nach den Boschenknoppen und strecken ihre Glieder, schütteln sich den Rausch aus ihren Köpfen, klopfen sich gegenseitig auf die Schultern, schnalzen mit den Zungen, manche geben sich selbst Ohrfeigen. Ihr Blut gerät in Wallung, sie werden unruhig wie Vieh, stampfen mit den Stiefeln in den feuchten Grund, verlassen einer nach dem anderen die Hütte.

Draußen ist die finstere Nacht, nur der Schein des Feuers erhellt noch die Lichtung, reicht bis an den Rand des Waldes. Im Spalier stellen sie sich auf, die Männer von Chaltouva, ganz am Ende wartet der Vater. Dexheimer tritt hinter Max und bindet ihm die Hände mit nassem Werg auf den Rücken, verknotet die Fasern fest und gut. Dann zieht er ihm mit einer feierlichen Geste die Dreschermaske über den Kopf, eine aus Wildschweindecke gefertigte und mit Kork gefütterte Mumme. Max guckt nun aus schmalen Schlitzen auf seinen Vater, auf die Männer, sie erscheinen ihm unwirklich, wie aus einem bösen Traum entsprungene Gestalten. Er erinnert sich an das, was man sich im Dorf über die Dresche erzählt; dass man den Blick stets nach unten richten soll, auf den Grund vor sich, dass man nicht die Schritte zählen, nicht weichen soll, sonst treffen einen die Schläge ja mit voller Wucht. Max spürt, wie sich seine Eingeweide zusammenziehen, wie es ihm unter der Maske heiß wird, wie sein Kiefer mahlt und mahlt, die Zähne sich so aufeinanderpressen, als würde er ein Stück Fleisch zerbeißen wollen. Die Männer warten ja nur auf ihn, warten auf seinen ersten Schritt, die Boschenknoppen schon zum Schlag erhoben, es gibt kein Zurück, hier beginnt es, hier endet es.

Sein Oberkörper neigt sich wie von selbst, der Fuß folgt; ein kurzer, heftiger Ruck im Nacken, sein Schädel wird durch die Wucht des Schlags nach vorne geschleudert, das Kinn presst sich auf die Brust, drückt ihm fast die Kehle ab, er sackt in die Knie, sieht die Spitze seiner Stiefel, denkt noch einmal an die geflüsterten Worte, die er über die Dreschgasse gehört hat, und kommt wieder hoch, spürt, wie sich Blut in seinem Mund sammelt, Blut und Gagel, so schmeckt das Zum-Manne-Werden also, der Stiefelspitze folgt der Absatz, ein weiterer Schritt, ein weiterer Boschenknoppen wird geschwungen, das gehärtete Ende trifft Max' Rippen, ein heißer Schmerz schießt ein, schon folgt der nächste Schlag, mittig vor die Stirn, und Max speit einen Strahl scharfen Branntwein vermengt mit der eigenen Galle in die Maske, es fließt ihm den Hals entlang auf die Brust, wie benommen stolpert er nun vorwärts, Schlag um Schlag nimmt er, es ist ja nicht der Schmerz, es ist die Härte, die Entschlossenheit, die ihn überrascht, ihn erstaunt, es sind doch alles Männer, die er kennt, die ihn kennen, seitdem er ein Kind war, ein kleines Kind.

Nur darauf haben sie gewartet? Das kann nicht sein, denkt er, da bohrt sich der nächste Knoppen mit dem Knauf zuerst in seinen Unterleib, als klappe ein Messer in seinem Magen auf, so durchdringend der Schmerz, er will schreien, weinen, die Tränen stehen ihm in den Augen, Rotz läuft ihm aus der Nase, manche pissen ja noch Wochen später Blut. Nein! Schritt für Schritt für Schritt, sieh auf die Stiefelspitzen, Max! Er würgt noch mehr Branntwein hervor, das Erbrochene verteilt sich unter der Maske und auf seinem Gesicht, brennt ihm in den Augen, wie blind geht er jetzt, und die Schläge prasseln weiter auf ihn ein, auf ihn nieder, folgen dabei ihrem ganz eigenen, ursprünglichen Rhythmus. Jetzt spürt er keinen Schmerz mehr, nur Leere, er spürt den Beginn einer großen Leere, einer endgültigen Leere.

Max will fallen, fallen und liegen bleiben, doch etwas in ihm wehrt sich, es ist nicht die Angst vorm Tod oder vorm Irresein, es ist einzig der Wunsch, dies alles hinter sich zu lassen. Noch weiß er nicht wie, nicht wann, nur dass es so ist, so sein soll und sein wird, das ahnt er. Und nicht einen Augenblick lang hat er dabei an Klara gedacht; auch jetzt nicht, als er entkräftet nach dem letzten Schlag zu Boden sinkt, sein unter der Maske verborgenes Gesicht den kalten Stiefelspann des Vaters berührt. Nein, jeder Gedanke an Klara hätte ihn schwach werden lassen, hätte ihm die ganze Sinnlosigkeit vor Augen geführt, er musste sie vergessen, um zu bestehen. Danach, danach. Er atmet ja! Er lebt ja! Das Herz schlägt wild in seiner Brust. Dexheimer gießt den Rest des Branntweins über ihm aus, presst den noch letzten Tropfen aus der Schafsblase und beendet somit den Grobel.

Die Männer brüllen in die Nacht hinein, sie brüllen, sie schreien, weil sie wissen, wie Max sich nun fühlt, klein und schmutzig und gebrochen. Nun ist er einer von ihnen, sie haben ihn zu einem der ihren gemacht.

•••

Das Rauschen des Regens auf den Dächern. Vor den Fenstern steht das bleierne Licht der Dämmerung.

Max hockt am Tisch in der Küche, ein kleines Feuer brennt. Er sitzt da und sieht in das Gesicht der Mutter, die Baumwolltücher in einem Topf voll heißem Wasser auswringt.

Mein Junge, sagt sie und streicht ihm sanft über das Haar. Sie nimmt eines der Tücher, betupft die klaffende Wunde über der Augenbraue, die dünne Haut gespalten bis auf den blanken Knochen.

Max atmet durch die Zähne, es ist ein stechender Schmerz.

Ja, sagt die Mutter. Ist gut. Ist vorbei.

Ihre Bewegungen langsam, fast zärtlich.

Der Vater ist in der Schenke, beim alten Seiler, den alle vorgeben zu hassen, weil er angeblich sein Bier mit Quellwasser streckt und den Wein aufzuckert.

Doch ist die Schenke der Ort der großen Worte, der Ankündigung bevorstehender Großtaten und der allzu herrlichen Geschichtchen! Der alte Seiler nimmt zwar ihr Geld, aber er ist kein Stiefellecker und einer der wenigen Männer, die bei der Abflucht nicht auf den Witwer gehen, die dem Spektakel fernbleiben.

Für ihn gibt es keine Saison, und auf den Festen sieht man ihn auch nicht.

Er sagt, die Traditionen seien ihm gleich.

Der Vater sagt, das könne nur jemand behaupten, der das

Herz nicht am rechten Fleck habe, der eigentlich gar nicht hierhergehöre. Das könne nur jemand sagen, der nirgendwo hingehöre, der im Dreck der Pingen beim Raubzeug schläft, ein Heimatloser.

Die Mutter möchte weinen, Max sieht die Tränen in ihren Augen stehen. Er greift nach ihrer Hand, die Knöchel sind angeschwollen, die Fingerkuppen überzogen mit rauer Hornhaut.

Er schließt ihre Hand in seine, streichelt sie.

Mutter, sagt er leise, aber sie schüttelt nur den Kopf und wringt das blutverschmierte Tuch noch einmal aus. Max bleibt schweigend am Tisch sitzen, den Oberkörper vom Grobel zerschunden, seine nackte Haut voller Striemen und Flecken, die Rippen geprellt, die Blutergüsse fast schwarz. Selbst das Atmen, selbst das Sprechen schmerzt.

Die Mutter nimmt ein frisches Tuch und weicht es im heißen Wasser auf, taucht es in das Öl der Braucherin, die in einer Höhle im Wald haust und von der man sagt, dass sie mit ihren Kräutern imstande ist, jede Wunde zu heilen. Die Mutter schöpft eine Handvoll aus der Schüssel und verreibt es auf seiner Schulter.

Heb den Kopf, sagt sie. Schau geradeaus, schau meinetwegen ins Feuer, nur schau nicht auf den Boden.

Ja, sagt er und sieht sie an.

Sie nickt stumm.

•••

In der Nacht, da schaut die Mutter, die Ingrun, in die Gasse vor dem Haus, doch da ist niemand anders, keine unerwünschten Blicke.

Klara, sagt sie dann leise und zieht sie aus dem Schatten über die Schwelle in den Windfang, legt ihr beide Hände auf die Unterarme, wiegt sie leicht.

Und, wie geht es ihm?

Ach, macht die Mutter. Zerschlagen isser. Wie soll's anders sein?

Ja, sagt Klara. Wie soll's anders sein ...

Der Alte ist ja immer noch in der Spelunke, geh ruhig zu ihm, geh ruhig.

Gut, sagt sie, ich will ja nur ganz rasch nach ihm sehen.

Max liegt da in der Kammer, flach unter den Laken, die Hände gefaltet wie zum Gebet.

Die Mutter nickt, und Klara tritt ein.

Sie riecht das Blut und den Schweiß.

Sie setzt sich auf einen Schemel neben das Bett, streckt die Hand aus, ihre Finger berühren zuerst seine Stirn.

Max, sagt sie, Max.

Er brummt nur.

Welchen Schmerz hat er ertragen?

Sie weiß es nicht.

Doch sie spürt den Körper unter ihren Fingern zittern.

Sie steht auf, um die Fensterläden zu schließen, es wird

ganz dunkel in der Kammer. Sie kann ihn nur noch erahnen.

Max, sagt sie leise und legt ihren Kopf auf seine Brust.

Das ist sein Herz, das da schlägt, sie kann es deutlich vernehmen.

Sie küsst seine Stirn, die kalt und feucht ist, verharrt so, mit geschlossenen Augen.

Bald, sagt sie. Ruh dich nur aus, werd zuerst gesund, werd wieder gesund.

Ja, sagt er. Und dann, sagt er.

Werd erst mal wieder ganz, sagt Klara und lächelt.

•••

Bevor die Abflucht beginnt, verändert sich das Leben im Dorf. Die Saison kündigt sich in der Luft an; der Geruch der feuchten Erde, die sanfte Kühle, die vom Fluss herüberweht, der bleiche Nebel über den Feldern, der sich rasch verzieht, sobald die Sonne aufgeht. Der Blick auf die Landschaft wird einem weit und klar. Man sieht, wie der Fluss aus höheren Lagen über steile Gebirgshänge stürzt, sich dann auf den Ebenen in tiefen Becken sammelt, überfließt und als gleißendes Band der Neigung des Geländes folgt. Wenn die Tage länger werden, schwärmen die ersten Greise aus. Die nutzlos und geschwätzig gewordenen Alten übernehmen auf einen Schlag die verantwortungsvolle Position des Beobachters, der den grünstichigen Fluss von früh bis spät gewissenhaft kontrolliert, seinem Verlauf in langen, langsamen Fußmärschen bis zur Ville hin folgt.

Einmal am Wasser angelangt, streifen sie gemächlich durch das Röhricht, patrouillieren Pfeife rauchend an Biegungen und Engstellen, trauen sich sogar bis auf die Felsen, die über die tiefsten Stellen ragen, hocken sich mit zittrigen Knien auf die Steine, spucken Tabaksaft ins kalte Wasser und tun sich wichtig, übertreffen sich mit Schätzungen, wie schwer der schwerste Witwer der Saison wohl werden wird, und früher, da habe man noch nicht die guten Leinen gehabt, diese guten Leinen, die sie heute haben, nein, und so stabil, das Material, ach, das Material! Heute, sagen sie, das ist ja alles viel leichter geworden, so leicht wie nur was! Und erst die Stiefel und dazu noch die Geschirre! Das gab es damals doch gar nicht! Viel schwieriger war das alles, da war es noch kein Kinderspiel, sie hätten es nicht so einfach gehabt wie die Bengel heute, denn Männer könne man sie ja wohl kaum nennen, nein! Früher hätten sie schiere Ungeheuer aus dem Fluss gezogen, pah! Dreimal so schwer, dreimal so groß, und das mit fast nichts an den Händen, und heute? Heute ist's ja nicht mehr so, heute macht man es denen doch zu leicht, denen geht das alles ab, früher wussten wir das noch besser, viel besser, da konnte man das noch, die Erfahrung macht's, früher war ja alles besser! Und dann werden natürlich die alten Geschichtchen ausgepackt, man erzählt sich von wilden Ritten, nächtelangen Anstrengungen, von Witwern biblischen Ausmaßes, die am Doppelhaken gekämpft haben wie ein Dutzend Männer, ganz rare Gesellen waren das, doch zuletzt habe man sie ja doch immer besiegt, man habe sie besiegt mit den einfachsten Leinen und den einfachsten Haken, also fast mit den bloßen Händen, ganz ohne Geschirr und nur aus eigener Kraft, und manche, die glaubten, sie seien stark genug für den Kampf, aber es gar nicht waren, die gingen eben ab ins Wasser, wurden mitgeschleift, schluckten und prusteten, und einigen ging sogar ganz der Atem weg, die kamen dann nicht mehr hoch, die waren selbst schuld, gluck, gluck! Und eine Woche später hat man ihre kalten, aufgedunsenen Leiber flussabwärts gefunden, die weichen Teile des Körpers schon von den Greifen zu einer blassblauen Masse zerpickt. Es ist ja stets die schiere Übertreibung, die Witwer waren immer mindestens so schwer wie der Amboss beim Hufschmied vorm Dorf, nein, so schwer wie die Grenzsteine vorm Dorf, so schwer wie der fette Dolle, der letzten Winter vor seinem eigenen Haus erfroren ist, und sie selbst stark wie Ochsen, wie Bären! Die Greise haben ihre eigene Rangfolge; wer auf den moosigen Steinen im Fluss sitzen darf, wer schon zu schwach dafür ist und stattdessen auf der Brücke bleiben muss; selbst jetzt, wo sie dem Tod schon ins Auge blicken, hört es nicht auf, nie kommt es in ihnen zur Ruhe. Oft zieht sich das Warten über Tage hin, schon droht die Langeweile die ersten mürbe zu machen, manch einem fallen gar die Augen zu, doch es wird nicht aufgegeben.

•••

Max kann die Schritte der Greise hören, wenn sie das Fenster an seiner Kammer passieren, ihre schlurfenden Schritte im Schotter, das leise Murmeln und Gekicher, das gelegentliche Aneinanderschlagen der Krückstöcke, tock, tock!, ihren schmatzenden Atem.

Sein Körper ist immer noch malad, jeder Knochen, jede Sehne. Der Vater unterwegs zu einem Schlachthof in Vierserath. Die Mutter ist in der Küche zugange, sie schürt das Feuer, er kann die dichte Wärme spüren.

Die Städte ziehen mich an, aber machen mir auch Angst, flüstert er.

Klara sitzt schweigend auf dem Schemel neben seinem Bett.

Ich weiß nicht ... so groß, so anders, so viel. Ja, wenn ich da bin, wenn ich durch die Gassen schlender, über die Märkte, ja ... wie du sagst: Von was sollen wir leben? Ich kann doch nix, nix richtig. So landen wir ja nur im Dreck, ich hab's selbst gesehen, wie sie in den Ecken hocken, nur in ein paar Lumpen gehüllt, betteln müssense, jeden anbetteln.

Max, sagt sie. Wenn du es wirklich willst, dann ...

Ja, sagt er und nickt. Der Kopfschlächter will ab in die Kolonien, der will einfach weg, vom einen auf den anderen Tag, alles zurücklassen. Den Hof aufgeben, als sei's nichts. Ein paar der anderen in der Schenke haben auch schon drüber geredet.

Ach, die anderen, die anderen. Lass die doch reden. Was kümmern die dich?

Reich wollense werden, und bloß weit weg von hier.

Und du?

Ich träum vom Meer ...

Sie lacht leise. Die Mutter meint ja, alle Männer zieht's irgendwann ans Wasser.

Ich will nur so weit schauen können, dass man das Ende nicht mehr sieht.

Es gibt immer ein Ende, Max.

Glaubst du?

Still, sagt Klara und legt ihren Kopf auf seine Brust.

Wenn sie ihn berührt, und sei es nur ganz leicht, wenn sie mit den Fingerspitzen über seine Wange streicht, dann vergisst er den Schmerz.

•••

Beim ersten Schrei aus verdörrter Greisenkehle lassen die Männer von Chaltouva alles stehen und liegen, schultern ihre längst gepackten und bereitgestellten Büggel und ziehen sogleich los, die Saison ist ja nicht lang, ein paar Tage nur, jede Stunde zählt. In ihren Taschen aus Ochsenleder befinden sich ganze Sammlungen scharfer, spitzer Doppelhaken, die dazugehörigen Leinen und das passende Geschirr. Das Verrichten ihres gewohnten Tagwerks wird flugs gänzlich den Frauen übertragen: Frauen gehen nicht auf Witwer, es ist ihnen seit jeher nicht erlaubt. Zu gefährlich ist das ganze Unterfangen für sie, ihre Kräfte und Geschicklichkeit reichen nicht aus für einen ordentlichen Fang, so viel steht fest. Nun schuften sie stattdessen für zwei, sie kümmern sich um Haus und Feld und Kind und alles andere ebenso, sie placken sich ab und sitzen an den Abenden erschöpft und bleich an den Küchentischen, schälen auch noch die letzten Kartoffeln, stopfen die Löcher in den Socken ihrer Männer.

Die Männer! Schon während des kurzen Marschs zum Fluss hinunter wird die erste Flasche Branntwein geleert, noch bevor man sich an seiner Stelle einfindet, die zweite geöffnet. Manche Männer stehen stets an den gleichen Biegungen, vor den gleichen Felsen, doch die meisten wechseln ihre Standorte; in der Sonne, im Schatten, näher am Ufer, weiter in der Drift, in besonders niedrigem oder besonders hohem Wasser, am Anfang einer Terrasse, am Ende einer Terrasse. Die Männer tragen die Stellen in selbst gezeichnete Karten ein, die sie fein säuberlich in ein Stofftuch falten und stets bei sich tragen. Manche verlassen sich aber auch einfach aufs Glück und ihre Geschicklichkeit im Umgang mit Doppelhaken und Leine, andere wissen angeblich um uralte Geheimnisse; der Einfluss des Wetters, die Phase des Mondes, manche schöpfen sogar Flusswasser mit der hohlen Hand, kosten davon und glauben, am Geschmack erkennen zu können, wo die kapitalen Witwer auftauchen werden. So oder so bleibt der Witwer ein unergründliches Wesen. Und jeder weiß es natürlich besser! Jeder hütet sein Wissen, keiner gibt seine Geheimnisse preis.

Max erwacht in seiner Kammer aus tiefem, traumlosem Schlaf. Es ist dunkel und still im Haus. Er bleibt liegen, zieht sich die Decke bis ans Kinn und lauscht für eine Weile dem Regen, der auf das Vordach niedergeht, ein leises Prasseln. Er schließt die Augen, döst fast wieder ein, sein Körper immer noch matt und kraftlos. In der Küche ist der Vater bereits seit den frühen Morgenstunden zugange, legt Scheite nach, wärmt den Branntwein in Tonkrügen an; die ersten Witwer wurden im Morgengrauen gemeldet, sogar ein ganz garstiges Biest, das wie wild um sich geschlagen hat. Max lauscht weiter dem Vater, wie er am Herd und mit den Töpfen herumfuhrwerkt, die vertrauten Geräusche beruhigen ihn. Auf dem Stuhl neben dem Bett liegt schon seine Kleidung bereit, die gefütterte Weste, darüber die Joppe, die Hose aus gewachstem Leder, die hohen Stiefel, die am Oberschenkel ganz eng geschnürt werden müssen. Er müht sich aus den Leinen, rappelt sich hoch, streckt langsam die Glieder aus und spürt, wie sich das aufgestaute Blut allmählich in seinem Körper verteilt. Er schaudert, ihm wird schwindelig, er muss sich auf dem Stuhl abstützen, die Hände zittern dabei. Es ist eine Qual, doch es gelingt ihm, ganz langsam und ordentlich knöpft er sich Weste und Joppe zu, steigt keuchend in die Stiefel, bindet sie locker, aber sorgfältig.

Der Vater sitzt schon am Tisch. Auf Max' Platz liegt eine Pfeife aus geschnitztem Birnbaum, sein Geschenk für die erste Saison, das Pfeiferauchen ist ja seit jeher Brauch. Es ist eine schmale Pfeife mit kleinem Kopf und geschwungenem Mundstück. Max nimmt sie in die Hand, streicht mit dem Daumen über den Holm.

Danke, sagt er.

Der Vater nickt und schiebt ihm einen Krug mit Branntwein herüber.

Hier, trink erst mal, sagt er. Tabak is im Beutel. Danach gehn wir los.

Max trinkt langsam, lässt sich Zeit, draußen beginnen die Vögel zu singen, es wird langsam hell. Er stopft die Pfeife, zerreibt den Tabak vorsichtig zwischen den Fingern, schichtet ihn luftig im Kopf, so wie es ihm der Vater beigebracht hat. Die erste Flamme ist nur für die Glut, er zieht kräftig, der Tabak glimmt und richtet sich auf, doch er benutzt zum Glätten keinen Stopfer und auch keinen Hufnagel, wie die Männer in früheren Zeiten; sein Vater benutzt dafür die Zeigefingerspitze, die grau verfärbte Hornhaut ist Zeuge davon, und Max tut es ihm gleich, er tut es seinem Vater gleich. Beide sitzen sie am Küchentisch, nippen den Branntwein, der Pfeifenrauch erfüllt den gesamten Raum. Der Vater leert seine dritte Schale, seine Nasenflügel schon rot unterlaufen.

Los komm, sagt er und steht auf.

Im Windfang ziehen sie ihre mit Schafwolle gefütterten Mäntel an und gehen stumm, ohne sich zu verabschieden. Max folgt seinem Vater aus dem Dorf und über die Felder, da sind schon die ersten Gruppen, die ebenfalls ihre Büggel tragen. Der Fluss liegt wie ein Band aus flüssigem Silber neben ihnen; Max kaut auf dem Holm seiner Pfeife, der dunkle Tabak wird stärker und kratzt im Hals, der Sotter schmeckt bitter. Der Vater atmet schwer, seine Schritte stampfend, er muss immer wieder stehen bleiben, um zu verschnaufen, ein Rasseln in seiner Brust.

Guck nich so, sagt er, und Max schaut weg, schaut geradeaus auf den Pfad.

Am flachen, sandigen Ufer sammeln sich die Männer. Sie stehen beisammen, trinken die letzten Schlucke Branntwein aus ihren Flaschen und klopfen die Asche aus ihren Pfeifen, manche lachen. Max erkennt nur ihre Gesichter, das vom Müller, vom Dollen, vom Millerbeck.

Vater, sagt Max.

Der Vater nickt. Weiter hinten, am Moor.

Max schweigt.

Das Moor liegt flussaufwärts, im Schatten des Kalkriesen, der höchsten Erhebung der Ville.

Sie halten sich nicht weiter mit Geschwätz auf. Sie gehen los.

Die Landschaft wird karger, viele Felder liegen seit Jahren brach, die Schollen verkümmert, vergrünt. Zu mühsam sind Aufstieg, Aussaat und Ernte, zu gering der Ertrag. Der Vater keucht, bleibt stehen, ruht aus. Der Weg beschwerlich, die Luft dünn.

Da auf der Ebene, sagt er und zeigt die Richtung an.

Max geht dicht hinter seinem Vater, der sich bald bei jedem Schritt mit beiden Händen von den Oberschenkeln abdrücken muss.

Hier, sagt er schließlich und setzt sich auf einen flachen Stein.

Max bleibt stehen. Der Vater wischt sich mit dem Ärmel Schweiß von der Stirn und packt die Pfeife in seinen Büggel.

Da, sagt er.

Max folgt dem Fingerzeig des Vaters mit seinen Blicken und erkennt die Stelle sofort.

Eine Engstelle, das Wasser rauscht hier niedrig, aber schnell durch die Furt, die kaum zehn Fuß breit ist.

Er nickt.

Sie gehen bis ans Ufer, das kaum bewachsen und abschüssig ist, die felsige Kante fällt schroff ab. Der Vater bleibt stehen.

Musst klettern, sagt er. Aber schaffste schon.

Max hat sich umgedreht, seine Hand liegt bereits auf einem der Felsen nahe des Ufers, da öffnet der Vater auf einmal den Mund, seine Lippen schmatzen dabei trocken.

Max, sagt er und wartet darauf, dass ihre Blicke sich treffen.

Ja?

Der Vater sieht ihn lange an. Na denn, sagt er leise lächelnd und hebt zwei Finger zur Stirn. Sie stehen sich noch ein paar Augenblicke lang so gegenüber, abwartend, unbeholfen, unsicher, was sie als Nächstes tun oder sagen sollen.

Ja, sagt Max dann und klopft seine Pfeife aus.

Und der Vater geht, und dann ist da nur noch das Rauschen des Flusses, der jedes Hindernis nach seinem Willen formt.

Das Geschirr wird erst im Fluss angelegt, wenn man sich eingefunden hat und den eigenen Kräften ausreichend vertraut. Erst im sicheren Stand wird die Leine mit einem speziellen Knoten verknüpft und die doppelten Schlaufenenden an der Geschirröse befestigt. Das Leibstück wird nun fest um die Brust geschnürt, es muss stets im Kontakt mit dem Oberkörper bleiben, um jede Bewegung des Witwers anzuzeigen, die Leine muss so straff und stark sein, dass sie nicht reißt, selbst dann nicht, wenn sich der Mann mit seinem ganzen Gewicht dagegenstemmt. Ein passender Doppelhaken wird ausgesucht, mit leichtem Druck der Fingerspitzen noch einmal überprüft und schließlich an das Leinenende gebunden, die restlichen Haken werden als Reserve mit den messerscharfen Spitzen voran in das steife Leder des Rückenteils gedrückt.

Max kennt die Tücken der Strömung, alle Kinder spielen in der Nähe des Flusses, vor dem sie von Mutter und Vater gewarnt werden, doch manche trauen sich eben: Erst sitzen sie auf einem Felsen und tauchen eine Fußspitze hinein, sie spüren das kühle Wasser, wie es an Zehen und Ferse vorbeizieht. Später werden sie übermütig und wollen wissen, wie sich der Grund, wie sich die über Jahrtausende glatt geschliffenen Steine unter der nackten Sohle anfühlen. Max erinnert sich.

Die Furt, in der er steht, mag schmal, der Stand niedrig sein, doch die Strömung ist stark, er spürt die Kraft, die dem Fluss innewohnt, die einen sogleich packt; die Schnelligkeit des Wassers, das sich durch das steile Gefälle vergrößert hat und zu einer unberechenbaren Wucht geworden ist. Eiskalt und so klar, dass er bis auf den Grund sehen kann. Der Fluss ist laut, lauter, als er gedacht hat: ein hell schwingendes Rauschen, das jedes andere Geräusch zu vereinnahmen scheint. Max öffnet den Mund und schreit los, er schreit aus vollem Hals und mit ganzer Kraft, doch er ist sicher, niemand wird ihn hören. Der Fluss bricht sich an den nahen Felsen, feine Tropfen sprühen Max ins Gesicht und auf die Hände, es wird zuallererst ein Kampf mit der Kälte sein, mit der Kälte und mit sich selbst.

Die älteste Regel ist die, dass man dem Witwer stets einen Schritt voraus sein muss; man muss jedes seiner möglichen Manöver, jede blitzartige Wendung zur Flucht vorausahnen. Es ist ein Instinkt, der Instinkt eines Jägers, dem es gelingt, für einen kurzen Moment wie seine Beute zu denken. Man kann das Handwerk erlernen, darin sogar Perfektion erlangen, jedoch der Instinkt, den Geist zu wechseln und durch die Augen des Tieres zu sehen, der ist angeboren. Die Ältesten behaupten, man nimmt ja gar nicht den Witwer ins Visier, sondern die Leere, den Ort, an dem der Witwer sich noch nicht befindet, aber befinden wird, ohne dass er es selbst weiß.

Max schließt die Augen, nur für einen Moment, denkt er, für einen kurzen Moment erlaubt er es sich, und kaum dass er sie geschlossen hat, denkt er an Klara, er muss an sie denken, obwohl er das nicht will, sie gehört nicht in diese Welt, sie gehört in eine andere Welt und in eine andere Zeit, in eine Zeit, die noch vor ihm, die noch vor ihnen liegt. Doch da erscheint ihr weiches Gesicht, es ist gleich da vor ihm, ihre zarte, helle Haut, die noch kaum zerschundenen Finger, fast ist es, als würde sie ihn berühren. Dann verändert sich die

Strömung um seine Füße mit einem Mal, Max spürt das Wasser einen Daumenbreit an seinen Schenkeln steigen und öffnet die Augen. Der Witwer schießt gleich neben ihm durch die Furt, der gemusterte Rücken liegt bis zu den unteren Kiemen frei, fast gleitet er über die Oberfläche, an den Felsen entlang, mit der Hinterflosse versucht er, den schweren Körper durch rasche Bewegungen zu lenken; Max erstarrt bei diesem Anblick, jeder Muskel in seinem Körper spannt sich an. Vollkommen gebannt sieht er dem Fisch dabei zu, wie er an ihm vorbei die Terrasse hinabgleitet; nur noch ein letzter Schlag mit der Flosse, dann ist er aus dem Blick verschwunden.

Seine Finger zittern, das Herz pocht, unbeholfen lässt Max die Leine los, der Doppelhaken fällt ins Wasser und wird durch das eigene Gewicht bis auf den Grund gezogen, doch er achtet nicht darauf: Noch ganz erschrocken ist er von der blinden Kraft, von der Wildheit des Tieres, von seiner schieren Größe, seiner Gewalt. Witwer haben sich beim Versuch, sich wieder vom Doppelhaken zu lösen, schon selbst zerteilt, sind mit faustgroßen Löchern im Leib in den tiefen Kolken versunken. Doch bis ganz zuletzt suchen sie die Flucht, selbst wenn ihnen der Doppelhaken bereits die Eingeweide zerfetzt hat.

Natürlich hat er schon Witwer mit eigenen Augen gesehen, beim Wiegen oder in Seilers dunklem, kaltem Keller, wo sie erschlafft von den großen Galgen hängen, ihre noch feucht glänzenden Körper ruhig und fast schön. Er hat die scharfen Zähne in ihrem Maul mit den Fingerspitzen ertastet und beobachtet, wie die Musterung blasser und blasser wird, doch nichts davon hat ihm eine Ahnung vermittelt, wie mächtig und stark dieser Fisch in seinem ureigenen Element ist. Ein Ungetüm, das sich durch den Fluss arbeitet, gewaltsam das Wasser und jedes Hindernis in seinem Weg verdrängt. Langsam rollt er die Leine wieder auf, löst den Doppelhaken vorsichtig aus dem kiesigen Grund, will ausspucken, doch sein Mund ist trocken, die Zunge dick und klebrig. Er verlagert sein Gewicht auf den hinteren Fuß, schöpft mit der hohlen Hand Wasser aus dem Fluss, trinkt. Wie herrlich schmeckt das Wasser! Eine Wohltat nach all dem Branntwein! Er verreibt es sich auf Stirn und Nacken, richtet dann das Geschirr, sein Brustkorb begrenzt in den festgezurrten Lederriemen, ein Gefühl der Enge, er kann nur flach und kurz atmen, findet schließlich seinen festen Stand wieder, sieht sich über die Schulter, überblickt das Gefälle, wo der Fluss ihm in seinem Bett entgegenschießt.

Der Erfolg ist einem nie gewiss. Jede Saison sind es nur wenige, die einen schweren, einen fetten, einen stattlichen Witwer fangen; einen Witwer, der auch Aussichten hat. So ist die Saison für alle Männer zuallererst ein Warten im kalten Wasser. Die Abflucht ist da, doch wo ist der Witwer?, die Männer singen seine Namen in Gedanken. Es sind stille Beschwörungen, die gemurmelt werden, während man wartet, während man der Kälte widersteht. Man wartet und lauscht und wartet und lauscht, bis es Nacht wird und einem die Augen drohen zuzufallen, dann lässt man es gut sein und marschiert nach Hause. Am nächsten Morgen schon sucht man seinen Platz im Fluss wieder auf, und das Warten beginnt von Neuem, man wartet, beobachtet, lauscht, bis der Witwer schließlich auftaucht wie ein Geist. Man muss sich gedulden, bis er einem seinen Rücken präsentiert, erst dann lässt man die Leine schnellen. Und wenn sie endlich verfängt, wenn sich die Haken tief ins Fleisch des Witwers bohren, dann beginnt erst der eigentliche Kampf.

Noch ist keine Stunde vergangen, doch es kommt Max schon wie eine Ewigkeit vor. Er trinkt noch einmal Flusswasser aus der hohlen Hand, lässt es sich in den Nacken laufen, kühle Rinnsale auf seinem Rücken, es ist angenehm, langsam lässt das Pochen in seinem Schädel nach. Der Fluss bleibt laut und wild, Max lässt seinen Blick wandern, vom Kolk hinter der Terrasse, in dem sich das tiefe Wasser sammelt, über das Ufer, an dessen Rand die vom Wind davongetragenen Blüten und Gräser einen gelblichen Schaum gebildet haben, bis zur Mitte der Trift, wo das Wasser mit großer Geschwindigkeit rauscht. Die Kieselsteine auf dem Grund werden aufgewirbelt, dann ein schweres, dumpfes Geräusch, danach geht alles ganz schnell: Zwei Schwanzflossen tauchen aus der Gischt auf, zwei Schatten preschen unter der Oberfläche heran, schnellen an den Felsen vorbei, ihre Leiber schürfen über den nackten Stein, sind ganz ineinander verkeilt, Max sieht sie auf sich zukommen, ein Männchen, ein Weibchen, sie kämpfen! Das Männchen hat sich schon im Bauch des Weibchens verbissen, die Zähne tief ins weiche Fleisch gebohrt, doch das Weibchen gibt noch nicht auf, will sich mit letzter Kraft losreißen. Max schließt die Faust um die Leine, während Witwe und Witwer durch die Furt rollen, ihre gedrungenen Köpfe schlagen heftig auf dem Wasser auf, die Flossen drehen sich in der Luft, sie sind jetzt so nah, dass er sie mit der bloßen Hand anfassen könnte, ein ganz und gar erregendes Schauspiel, so unmittelbar, so roh, dass er seine Blicke nicht davon abwenden kann. Die Fische stürzen als ein Wesen an ihm vorbei, versinken im Kolk, nur noch einmal taucht der blass schimmernde Bauch des Weibchens auf, danach schließt sich der Fluss über ihnen, fließt unbeirrt weiter, es ist ein ewiger Kreislauf, die Witwer, die Abflucht, das Überleben. Er atmet aus. Bald kommt die Dämmerung.

Max streckt die Hand aus, in der er die Leine hält, und der Doppelhaken pendelt über dem Wasser. Es ist genug!, schreit sein Körper, kaum mehr spürt er die Finger, noch einmal sieht er sich um, das Ufer verschwindet schon im Halbdunkel, kein Witwer ist zu sehen. Dann geht er los, jeder Schritt schmerzt, die Ferse wund, die Zehen taub, die Schenkel abgeschnürt von den Stiefeln, das Geschirr presst ihm den Leib zusammen, da ist ein heißes Stechen in der immer noch maladen Rippe, und fast fällt er, stolpert über einen flachen Stein auf dem Grund, doch er fängt sich wieder, und dann ist er schon am Ufer, wo er sackschwer in den Sand fällt, der so tief wie Schlamm ist; es kümmert ihn nicht, er liegt dort, der Himmel über ihm rot wie Sauenblut, und er denkt wahrlich an nichts, nicht einmal an Klara, er ist so leer wie ein Krug nach einer durchzechten Nacht in Seilers Schenke.

Fast wie tot liegt er da, sein Atem ganz flach, dann hört er aus der Entfernung Stimmen, Lachen, Schritte auf den steinigen Wegen oberhalb des Röhrichts, er kriecht ins feuchte Untergras, das hoch genug gewachsen ist, sodass er ganz darin verschwindet. Die Stimmen kommen näher, es sind Männer aus dem Dorf. Er hört das schleifende Geräusch, das ihre Witwer im Gras machen, natürlich sind sie guter Dinge!, sie haben einen Fang gemacht, vielleicht werden sie Helden, vielleicht reicht es diesmal, noch kann es niemand mit Sicherheit sagen. Der Geruch von gutem Tabak steigt ihm in die Nase, die Männer spucken ins Gras gleich da, wo er liegt. Die Stimmen und danach nichts. Max steht auf.

Der Fluss wirkt in der Dämmerung anders, sanft, ruhig, und das Rauschen, selbstverständlich ist es noch da, man hört es ja, man hört es immer, aber leiser, gedämpfter, und es scheint nun nicht mehr nur vom Fluss selbst auszugehen, es entsteht nicht mehr durch eingeschluckte Luft, durch Verkräuselungen an Felsen und Kieseln, nein, es entsteht direkt in der Mitte von Max' Schädel, so, als würde das eigene Hirn es erzeugen. Hat er sich schon so sehr daran gewöhnt? Und was ist, wenn es nicht mehr weggeht, dieses Rauschen, wenn er es nun immerzu hören muss? Ob es den anderen Männern ebenso ergeht, hören sie es auch? Darüber denkt Max nach, steht da ganz verwundert am Ufer und sinniert vor sich hin, und deswegen spürt er die Hand auf seiner Schulter gar nicht, erst als sein Vater ihn kräftig schüttelt, versteht er.

Nun steht der Vater also vor ihm, aufgetaucht aus der Dämmerung, sein Geschirr ragt aus dem offenen Büggel, die Pfeife hängt im Mundwinkel. So wie er da steht, wie er da lebt und atmet im fahlen Licht der Dämmerung, wirkt er noch kolossaler, ein erschöpfter Riese. An seinem großen Haken hängt ein Witwer, sein Leib lang und dünn, der Kiefer aufgesperrt durch Sporne, das Maul dunkel und riesig.

Mir sind ja sogar noch zwei Beißer durchgegangen, sagt er.

Max grinst schief und schüttelt den Kopf.

Komm, zieh erst mal 's Geschirr aus und nimm 'n guten Schluck. Sein Vater öffnet ihm das Geschirr mit einer raschen, geübten Bewegung, Max holt tief Luft, dann reicht der

Vater ihm die Flasche. Max nimmt nur einen kleinen Schluck, der Branntwein scharf in seinem Mund, ganz langsam sackt er ihm von der Kehle in den Magen. Die Flasche in der einen, die Leine in der anderen Hand, so steht er da. Der Vater löst die Leine aus der Öse an seinem Geschirr und lacht.

Du darfst es nicht wollen, sagt er und wiegt die Leine in der offenen Hand. Du musst nur wissen, wann und wo der Witwer sein verdammtes Maul aufreißt. Hier, sieh, so.

Der Vater zeigt auf einen einsamen Ast an einer Schwarzerle nahe des Ufers, dann rollt er die Leine sorgfältig über seine Finger, dann geschieht eine Bewegung, die Max nicht nachvollziehen, der er kaum folgen kann; die Leine schießt dem Vater schnell und in einer exakten Geraden aus der Hüfte und weiter durch die Luft, so rasant wie der Biss einer Schlange verfängt sich der Doppelhaken im dünnen Holz. Der Vater lacht, mit einem kurzen Ruck an der Leine bringt er den Ast zum Brechen.

Das ist nicht wie 's Fett wegschneiden, wie 'n Filet oder Röllchen freilegen ... der Vater schüttelt den Kopf. Gibt 'n Grund, warum man das den Blagen nicht schon beibringt.

Max nickt.

Nu, in das Maul musst du den Haken aber erst mal bringen ...

Max hebt die Flasche an seine Lippen, spürt das kühle Glas, trinkt noch einen Schluck.

Hör, sagt sein Vater. Unten im Dorf, wenn wir da sind, dann musst du was für mich erledigen, ja? Er sieht dabei Max über die Schulter, sein Blick lauernd.

Erledigen, wiederholt Max und gibt ihm die Flasche zurück.

Ich wieg, ich muss ja an der Waage stehen, so ist das eben,

da lass ich keinen anderen ran, aber das, das kannst du erledigen.

Was soll ich tun?

Abholen, du musst was abholen, sagt der Vater. Beim Kopfschlächter, ein paar Fässer mit Innereien für die Festwurst. Das steht ja alles bereit.

Max schaut in den dunkelgrau gewordenen Himmel.

Ja, sagt der Vater. Aber schaffst du, das schaffst du schon.

Es ist ein langer Marsch zurück. Das Gras am Ufer ist platt getreten, leere Flaschen und abgebrannte Fackeln liegen herum. Sie rasten, setzen sich auf ein paar flache Steine, wischen sich mit ihren dreckigen Händen den Schweiß von Nacken und Hals, trinken den Rest Branntwein, brüten stumpf und atmen schwer. Weiter, weiter, sagt der Vater dann.

Weiter ins Tal, man muss achtsam sein, wie schnell ist man über einen Wurzelgrat, über verwittertes Gestein gestolpert oder ausgerutscht? Der Vater schleppt sich ja eh grad nur noch so durch die Dunkelheit, und da schlägt es ihn hin, er hat nicht aufgepasst, es rumst, ein kurzer Schrei, Max tritt fast auf seinen massigen Leib, der vor ihm liegt. Gift und Eiter!, schreit der Vater, verdammte Axt! Er spuckt und stöhnt und rappelt sich langsam wieder auf. Die Hand, verdammich, sagt er und streckt sie aus, der Ballen blutverschmiert.

Wasch doch die Wunde aus, sagt Max, aber der Vater schüttelt den Kopf. Ach was!

Er steht auf, spuckt sich in die Hand, wischt sie am Hosenbein ab. Wenn wir im Dorf sind, sagt er, gehste ins Haus, du redest mit keinem, du setzt dich in die Küche und wartest, bis ich an der Waage steh, ja? Bis das Wiegen so richtig losgeht, is das klar?

Max nickt.

Dann holst du den Rappen aussem Stall und reitest los, das Fuhrwerk steht beim Schlachter bereit, das ist alles erledigt … verstanden?

Ja, sagt Max.

Der Vater legt sich den schweißfeuchten Unterarm auf die Stirn. Müssen weiter, komm, schnauft er und bückt sich, um nach dem Witwer zu suchen, der ihm beim Sturz verloren gegangen ist. Er findet ihn im hohen Gras, da liegt er, kaum zwei Schritte entfernt, der Vater greift ihn sich, holt aus, wirft ihn zurück ins Wasser.

War eh nich schwer genug, sagt der Vater. Nur 'n magerer Geselle.

Im Dorf angekommen, warten die Männer schon ungeduldig an der Wiegestelle, die sich seit einem Jahrzehnt bereits vor der Metzgerei von Kronewald befindet. Um die große, exakt gehende Waage, an der in den guten, in den besten Zeiten das Filet von Rind und Schwein grammgenau abgewogen wurde, herrscht ja schon längst reges Gedränge. Ganz krabitzig werden die Männer, während sie darauf warten, dass es endlich losgeht, dass sie endlich an die Reihe kommen. Ein Schieben, ein Zerren, die Ellenbogen werden ausgefahren und eingesetzt, manchmal gibt es auch einen Tritt. Nur die folgende Regel gilt: Der Sieger der letzten Saison hat stets Vorrang vor allen anderen, wenn er einen Fang gemacht hat.

Mensch, Peter, warten ja schon Stunden!

Stunden! Du weißt doch gar nicht, wie sich das anfühlt, 'ne Stunde zu warten!

Ham gedacht, du bist ersoffen!

Ich geb dir ersoffen!

Na, nu, was bleich sieht er ja schon um die Nase aus, wie?

Was, bleich, du Hund!

Wo isser denn hin, dein Beißer, Peter, hattest doch einen gekascht, oder?

Nee, ach was!

Hatt dich doch gesehen damit, wie du aussem Graben bist?

Gesehen, gesehen, nix hast du gesehen!

Na, war sicher so mickrig, da hatter sich geschämt, der guter Peter!

Hör, da schwadroniert ja schon wieder der Millerbeck, die alte Fuchtel, kümmer du dich mal lieber um deine Stiefelchen und schwing keine großen Reden.

Nu, Peter, aber streit's doch nich ab, du hattest doch 'n Beißer im Arm, so war's doch?

Fott, fott geschmissen hab ich den, ich kümmer mich nich um die kleinen Schwarten, ich weiß ja, wann das losgeht, ich hab das doch im kleinen Finger, wenn's einer mit Aussichten is, und ich sag mal so, ich schwitz mich doch nich mit 'nem Ferkel ab, wenn ich stattdessen 'ne dicke Sau mir holen kann.

Palavert da vorne doch nicht die ganze Nacht, die halbe, oder palavert von mir aus beim Seiler, das spielt ja keine Geige, doch finster isses hier und feucht wird's mir am Arsch zudem, Peter! Schmeiß dich nu anne Waage!

Das Wiegen ist eine feierliche und sehr ernste Sache. Die Männer bleiben stumm und schauen grimmig drein, inspizieren jeden Witwer, der auf der Schale landet, ganz genau, messen seinen toten Leib mit ihren Blicken ab, schätzen sein Gewicht, achten auf jeden Handgriff, der an der Waage verrichtet wird. Und so wird die Liste auf der Tafel, auf der Gewicht, Datum und der Name vermerkt werden, jeden Tag ein wenig länger, die Witwer hoffentlich schwerer und schwerer, bis die Saison ihr Ende findet.

Niemand isst ja das Fleisch des Witwers, denn es ist bitter und voller Gräten, völlig ungenießbar. Die mit Aussichten lagert man nach dem Wiegen im kältesten und dunkelsten Ort Chaltouvas, im Bierkeller des alten Seiler, der sich jedes Jahr mit einem lauteren Murren dafür hergibt. Dort hängen sie dann neben leeren Fässern, alten Handpumpen, verstaubtem Grünglas, bis der Sieger auserkoren wird. Die Saison gilt erst als beendet, wenn für einen vollen Tag lang, vom Morgengrauen bis zur Dämmerung, kein Witwer mehr durch den Fluss kommt. Nur einer kann der Sieger sein. Nur einer kann und wird auf der Brücke über dem Mühlengraben stehen und sich feiern lassen. Nur einer wird sich über die aus geteerten Stämmen genagelte Brüstung lehnen und auf das Dorf hinabschauen. Er wird den Jubel hören, ein Chor aus Lobpreisungen, sein Name wird gerufen. Er wird den Neid spüren können wie eine warme Hand auf seiner Schulter.

Das Fest, sein Fest, das Fest des Siegers, wird gleich am Morgen des nächsten Tages beginnen; das Dorf wird unter der großen Linde am Ufer des Mühlengraben zusammenkommen, wo man trinkt, lacht und tanzt, wo man zähneknirschend den Sieger beglückwünscht. Gratulation!, werden die Männer rufen. Gratulation!, und dann werden sie die Festwurst fressen und ihren Frust im Kandisbier ersäufen, im Rausch werden sie alle noch einmal dick auftragen! Was nicht alles hätte sein sollen, was nicht alles hätte sein können, im Geiste planen sie ja schon die nächste Saison.

•••

Zurück zum lauten Lachen der Männer, zu den vom Branntwein rauen Stimmen, zur großen Galgenwaage, die im Schein des späten Feuers bereitsteht. Währenddessen, zur gleichen Zeit: Max biegt wortlos ab in die Gasse und geht weiter zum Haus. Der Vater erklärt sich derweil lautstark den Männern, das kann er genau hören, was und wie und warum, *seit Stunden!, nun endlich!, der Witwer so mickrig*, doch auf einmal brüllt der Vater: Ihr räudiges Lumpenpack!, und als er die Schärfe in seiner Stimme vernimmt, dreht er sich noch auf der Türschwelle um. Da stellen sich dem Vater schon ein paar der Männer entgegen und reden auf ihn ein, ihre Gesten dabei beschwichtigend, doch der Vater schlägt ihnen die Hände weg, zeigt selbst immer wieder auf die Waage. Das mach ich, keift er, ich mach das, ich ganz allein! Und da is wohl alles in Ordnung mit, hier, die Gewichte geeicht, na sieh doch selbst, gut verplombt!

Mensch, sagt einer, nu reg dich doch ab, warst so lang draußen, da hamwer eben angefangen zu palavern. Der das sagt, ist der Dolle, ein kleiner, knubbliger Mehlbauer, der auf seinen Feldern vor dem Dorf nur noch karge Ernten einfährt. Drei seiner Söhne sind ihm nacheinander unter der Hand weggestorben, die Fraisen und das Fieber haben sie geholt, und seitdem hat die Frau kein Wort mehr gesprochen.

Über die Gewichte wird hier mal gar nich palavert, das is Ehrensache, sagt der Vater und schiebt ihn zur Seite. Er hebt eins der aus Gusseisen hergestellten Gewichte hoch, es ist eines der leichten Blockgewichte, die zum Kalibrieren der Waage benötigt werden.

Ich, ich mach das, tönt er, ihr habt da dran gar nix zu suchen, und hier, da! Guckt euch die Plombe an, geeicht is geeicht!, da lacht der Dolle und macht eine verächtliche Geste, *kannst ja viel erzählen, wenn der Tag lang is, Mensch, Peter, das Gewichtchen da!*, doch bevor er sich versieht, hat der Vater schon damit zugeschlagen. Wuchtig trifft den Dollen der flach ausgewalzte Boden mitten ins Gesicht, da schießt das Blut nur so aus der Nase, tropft dunkel auf Hemd und Hose und Boden.

Peter!, brüllt einer, und zwei weitere Männer stürzen sich sogleich auf den Vater, der nach wie vor das Gewicht in der Faust hält, den Arm noch abgewinkelt vom Schlag, als sei er so in der Bewegung erstarrt.

Mensch, Peter!, das ist Millerbeck, verflucht noch mal, seine Stimme wird so hoch und schrill wie die eines aufgeregten Kindes, bist du jetzt ganz wahnsinnig geworden? Ist's mit dir nun durchgegangen?

Lasst mich, schreit der Vater, lasst mich!

Leg das weg, sagt dann einer, und das ist eine sanfte, ruhige Stimme, leg's weg, bevor noch mehr passiert, du musst dich ja so schon erklären, es reicht jetzt.

Die Stimme vom Seiler, Max erkennt sie. Er steht immer noch auf der Schwelle zwischen Gasse und Haus.

Komm rein, sagt die Mutter. Sie sitzt in der dunklen Küche am Tisch, den Kopf auf die Hände gestützt. Max antwortet nicht. Einer führt den Dollen weg, hält ihn dabei am Arm, der Dolle wimmert, sein Gesicht blutverschmiert, das Hemd zerrissen. Dann der Vater, immer noch voller Zorn und Wildheit, sein Körper zittert unentwegt, das Kinn aber reckt er stolz in die Höhe. Er ist umringt von den anderen Männern, sie halten ihn fest, doch sie selbst wanken ja schon vom Branntwein, erregen sich in ihrem Vollrausch, wollen Besänftigung, empfinden aber zugleich auch eine klammheimliche Freude an der unerhörten Begebenheit, von der sie soeben Zeuge wurden.

Ja, sagt Max dann und schließt die Tür. Vater hat seinen Witwer wieder zurück in den Fluss geworfen, sagt er und bleibt hinter ihr stehen.

Jaja, antwortet die Mutter und lacht leise. Wird alt, die werden ja alle alt, aber's dauert noch zu lang.

Er will, dass ich zum Kopfschlächter reit.

Ja, zum Kopfschlächter, wiederholt sie. Zum Kopfschlächter, mitten in der Nacht ... komm, setz dich erst mal, ich setz dir 'ne Brühe auf, muss nur 's Feuer schüren.

Nein, antwortet Max. Lass, lass nur. Ich geh zum Stall und mach los, dauert ja nicht lang.

Was gab's da draußen? Kleiner Rummel?

Ist Vaters Waage, sagt Max. Ist seine Aufgabe.

Aufgabe, spuckt die Mutter aus und schüttelt den Kopf. Sei du nur vorsichtig, ja?

•••

Da kochen sie Brühe, Rüben, schüren das Feuer, verbinden noch die eitrigsten Wunden und lassen sich dafür antatschen von schmutzigen Händen.

Allein bleiben sie in den Küchen, vor den Töpfen und Herden, allein sitzen sie später im Dunkel der Kammern auf den Bettkanten, strecken ihre Füße aus, reiben die geschwollenen Fesseln glatt. Von draußen hören sie das Lachen, das Grölen, die dröhnenden Stimmen ihrer Männer und pulen sich dabei das Fett und den Dreck von den Fingern, kämmen ihre matten Haare, legen sich hin und starren an die Decken, warten.

Später, spät werden die Männer heimkommen, sie kommen heim, lärmen in ihrem Rausch, fressen die letzten Reste aus den Küchen, stopfen sich gierig die Wänste voll, und dann kommen sie und legen sich in die Betten, ihre Leiber sackschwer geworden vom Branntwein, es knarzt und knarrt, und sie furzen noch dazu, rollen herum, wanzen sich ran.

•••

Der Stall ist warm, die Tiere stehen ganz eng beieinander, der Rappe angebunden, es war einmal ein schönes Tier, das schönste, das sie je besessen haben. Natürlich ein Kaltblüter, ein gedrungenes, schweres Arbeitspferd, das man auf die Felder schickt, kein elegantes Geschöpf, aber ein treues und starkes mit gestriegelter Mähne.

Max nähert sich dem Tier, das so dunkel wie die Nacht ist, es schüttelt seinen langen Kopf und wiehert, tritt auf der Stelle, der Geruch des Fells und feuchten Strohs steigt ihm in die Nase. Er streckt seine Hand aus, seine Finger finden die Nüstern, der dunstig warme Atem gleitet ihm dabei über den Handrücken.

Komm, sagt Max und greift nach dem Sattel.

Die Männer haben sich derweil vor Seilers Schenke versammelt, es ist ein Pulk erhobener Arme, sich schüttelnder Köpfe, Gemurmel. Man macht es unter sich aus, Kronewald zahlt eine rasch vereinbarte Summe Reppa, ein Seckel voller Taler für den Schmerz, dafür braucht man keinen Richter.

Max trabt los, die Feuer in den Häusern längst verglost, der Duft der gemangelten Wäsche, der Kien der Wälder, die des Nachts voller glitzernder Raubtieraugen sind. Max kennt den Weg, er lässt die Pechfackel in der Seitentasche neben dem Sattel, den Zündstein in der Joppe. Los, los!, da geht es weiter, durch den Hain, auf die Ebene, schon liegt das Dorf hinter ihm, vorbei am Unterstand auf dem Hügel, wo Dexheimer seinen Branntwein destilliert und wo es zu jeder Zeit nach vergorenen Trauben stinkt. Über das Land, ein Mosaik aus Feldern, Hainen und Remisen. Der Mond steht tief. Ein bestimmender Ruck am Zügel, ein kräftiger Druck mit den Schenkeln, so lenkt man den Rappen durch diese seltsame Nacht.

Hufe schlagen auf den Schotter, klack, klack, klack, Max und der Rappe nähern sich dem Haus des Kopfschlächters. Max schaut, ob ein Licht angeht, aber alles bleibt dunkel und still. Vor dem Stall glaubt er schon das Fuhrwerk des Vaters zu erkennen. Er führt den Rappen weiter, an einen mickrigen Streifen frischen Grases, dann steigt er ab, bindet das Tier an einen der Begrenzungspfähle. Hier ist überall der Geruch des Todes, wenn man ihn einmal gerochen hat, vergisst man ihn nie, so dicht, dass man ihn auf der Zunge schmecken kann, beißend und streng und ekelerregend. Max bleibt stehen und wartet. Doch da ist ein Geräusch, wenigstens das! Ein unterdrücktes Seufzen? Max geht weiter zum Stall, die Gasse zwischen den Koben ist notdürftig mit Heu ausgelegt, die Strände leer. Er macht noch einen Schritt in dieses höhlenartige Bauwerk, da ist nichts, sämtliche Liegeflächen verwaist. Max streckt die Arme aus und tastet sich vorwärts, folgt weiter dem Seufzen. Das kann doch nicht sein, ein leerer Stall!, als sei man davongerannt. Und dann erinnert er sich: in der Schenke vor ein paar Tagen, Seilers Geschichte, die Fenergierscheider, die Schlacht am Köppchen, und wovon der Kopfschlächter sprach, vom Kommiss, den Kolonien, dem Sold, jaja, vom Weggehen! Er sinniert über den genauen

Wortlaut, das erscheint ihm wichtig, und hat er es wirklich getan, ist er tatsächlich gegangen? Es ist doch erst ein paar Tage her! Dann wieder dieses Seufzen, nein, ein Wimmern ist es, unweit von ihm in der Dunkelheit. Er geht schneller, die Planken der Gasse seine Führung, da, ein feucht glitzerndes Augenpaar, eine Armlänge entfernt: ein Kalb, klein und verloren.

In diesem Augenblick wird aus Ahnung Gewissheit: Er ist allein. Der Kopfschlächter ist wirklich fortgegangen, der hat sich verdrückt. Nur er ist noch hier, nur er, der Max. Was tun? Er umfasst den schmalen Hals des Kalbs, das Gewebe noch ganz weich. Der Mutter wurde der Schädel eingeschlagen mit einem neunpfündigen Hammer und dann die Kehle durchgeschnitten, um sie ausbluten zu lassen, so wird es eben gemacht, das macht ein Schlachter, oder nicht? Und das Kalb, huch!, das wurde in der Hast einfach vergessen. Nun muss es in der Dunkelheit verkümmern, es vergeht schon halb vor Angst. Wie totgeboren ist es, das weiß Max, und es ist schwer, zu begreifen, was er tun muss.

Was er tun muss. Die Kehle, so weich und zart, das Auge so dunkel und voller Erwartung. Eine letzte Liebkosung, ein kurzer Klaps, und dann drückt er zu; es geschieht, es ist das Richtige. Es wehrt sich ja kaum, es ist ein rasches Niedergehen, einmal noch öffnet es das Maul und atmet heiß, spürt den festen Griff, will mit der feuchten Zunge das Salz von der Haut lecken. Max sieht seine Hände so, als seien sie kein Teil mehr von ihm, es sind die Hände des Vaters, es müssen die Hände des Vaters sein, so stark, so grob, so entschlossen, wie kann es anders sein? Als spürte er den Vater hinter sich, ein

Schatten, als führte er ihm die Hand. Kalt sticht es ihm in die Brust: Ein Teil des Vaters ist in ihm und bleibt in ihm, sein Geist fließt wie Blut durch ihn hindurch, und so wird es immer sein. Kann man dies ändern, es vergessen, es hinter sich lassen? Das Leben weicht nun endgültig aus dem Tier. Es ist das Erschlaffen der Muskeln, ein letztes Zittern durchläuft den Leib. Die Augen bleiben ihm offen stehen, groß und dunkel und erstarrt, als erblickten sie da etwas in der dunklen Unendlichkeit. Max lässt von dem Tier ab, sinkt in das feuchte Stroh, hinter ihm der tote Leib. Er sieht nicht mehr hin, er steht auf und geht, den Blick stur auf das von Mondlicht eingefasste Flügeltor gerichtet. Er geht aus dem Stall und weiter zum Fuhrwerk. Auf der Ladefläche drei große Eichenfässer, die Deckel fest in die Gebinde geschraubt und mit Wachs versiegelt. Max lehnt sich über die Seitenwand und streicht mit der Hand über die Dauben, das Holz kühl und hart.

Nachdem er den Rappen angespannt hat und endlich auf dem Bock sitzt, wird der Himmel über ihm allmählich hell. Als er sich wieder auf den Weg ins Dorf macht, poltern die Wagenräder über die Steine der Viehtrift, dass ihm die Zähne aufeinanderschlagen, doch er ist ja so entkräftet, so müde, fast gleiten ihm die Zügel aus der Hand. Er lässt dem Tier einfach seinen Lauf, langsam schreitet es voran, einsam rumpelt das Fuhrwerk über die Ville, die Nacht weicht einem klaren Morgen, aus der Dunkelheit ersteht die ihm so vertraute Landschaft.

•••

Der alte Kronewald wartet bereits auf dem Hof hinter der Metzgerei, die Pfeife in seinem Mundwinkel ist längst erloschen. Seine Hand liegt auf der Brust; das Wiegen der Witwer ist seine Sache, seine Sache allein, und die Gewichte sind allesamt geeicht, er betrügt keinen, das hat er noch nie getan, er ist ein Ehrenmann. Auf dem Grat der Ville erscheint schon das Fuhrwerk. Kronewald atmet aus. Er hat dem Dollen brav fünfzig Reppa versprochen für sein zerschundenes Gesicht, noch nicht einmal einen einzigen Knochen hat er ihm gebrochen; *nur eine harmlose Rauferei, ich hätt ihm ja auch mein Messer innen Balch geben können!* Man murrt sich eins, doch die Gemüter beruhigen sich ja erstaunlich schnell, auch der Dolle hat sich rasch wieder eingekriegt, fünfzig Reppa sind nicht schlecht! Den ein oder anderen Krug Bier hat man gemeinsam geleert, er hat brav die Zeche übernommen, und dann beginnt schon wieder das Palaver, das Sich-heiß-Reden, es ist ja erst der zweite Tag der Saison, schon so viele Witwer an den Haken, wie kommt's? Man weiß es nicht, man munkelt, es habe mit der Schneeschmelze zu tun, der Schnee habe etwas aus dem Schlick und Schlamm herausgelöst, was die Witwer so zahlreich werden ließ, und prächtige Exemplare sind es ja allesamt, groß und stark wie nur was.

Max fällt fast vom Bock, als er den Rappen zügelt, so erledigt ist er.

Mensch du!, zischt der Vater, und nu komm und hilf.

Der Vater klappt die Lade herunter, überprüft die Siegel an den Gebinden.

Der Kopfschlächter is weg, sagt Max.

Fortgegangen isser, der Hurensohn, sagt der Vater. Will in die Kolonien, er hat's mir ja schon erzählt, wochenlang hat der von nix anderem gefaselt. Er klopft auf die Fässer. Der hätt ja eh nich mehr lang gemacht. Und nu? Der träumt sich schön was zurecht, der beim Kommiss? Der verreckt ja noch aufm Schiff am Fieber. Hol ich mir 's gute Fleisch eben aus Vierheilig, oder ich schaff mir selbst wieder Vieh an, paar Rinder, paar Schweine, paar Lämmer, fett krieg ich die schon! Bin nur zu faul geworden, zu weich sindwer geworden ... aber jetzt komm erst mal her und pack mit an, hol die Planke da aussem Verhau, da rollen wir die Fässer drüber.

Und so placken sie in der Dämmerung, schaffen die Fässer über den Hof und weiter in den Lagerraum der Metzgerei. Max fragt nicht. Der Vater bricht das Siegel mit dem Knauf seines Messers, schraubt den Deckel ab, darunter eine Lage weißes Fett, dazwischen dunkel glänzendes Gewebe, das wie Eingeweide aussieht.

Was?, sagt der Vater, tu nich so fein. Wo soll ich's sonst hernehmen? Der Schlachter brauchte's ja nich mehr, der hätt's sonst anne Schwein verfüttert, nu hatter keine mehr. Und die Reppa müssen ja von woher kommen, ja, Max? Von nix kann ich auch nix fressen, die Mutter nich, du nich. Und das da, das kommt unters gute Brät, da schütt ich so viel Salz und Gewürz rein, das schmeckt den Luschen schon, das wird denen schmecken, nach drei Krügen geht denen doch die Zunge lahm, da hat noch keiner was dran auszusetzen gehabt, an meiner Festwurst, und so wird's auch diesmal sein.

Max nickt.

Geh, geh du nur und hol dir deinen Witwer, ich komm nach, ich bereit nur noch 'n Wolf vor und leg den Darm zurecht, hilf mir nur grad mit dem letzten Fass, ja?

Ja, sagt Max, ja, ist gut.

•••

Das Zimmer ist klein; Bett, Kommode, Waschtisch, ein Stück Kernseife, ein fadenscheiniges Handtuch. In den Kolonien hatte er stets die feinsten Zimmer gehabt: groß, geräumig, mit eigener Wanne und Spiegel, auf dem Bett stets frisches, sauberes und weiches Tuch.

Fordenbach schreitet das Zimmer ab, bleibt am Fenster stehen. Das Fenster geht zur Straße hinaus, und er schiebt den Vorhang zur Seite und sieht dem Treiben zu; Dampf steigt vom regennassen Kopfsteinpflaster auf, Menschen drängeln sich aneinander vorbei, stehen rauchend in Hauseingängen, Händler verkaufen ihre Waren an überdachten Ständen, Botenjungen rennen durch die Menge, Damen in taillierten Mänteln und Tüllhüten flanieren an Geschäften vorbei, bleiben vor Schaufenstern stehen und tuscheln, die Männer in Gehröcken aus dunkel gefärbter Wolle gekleidet, sie rauchen schwarze Imperials mit Spitze und grüßen einander mit einem lässigen Fingertippen an die Stirn.

Er knöpft sein Hemd zu, streicht sich sorgfältig den gestärkten Kragen glatt und steckt das Zigarettenetui aus Elfenbein in die Hosentasche. Danach reibt er sich ein paar Tropfen Eau de Cologne hinter die Ohren und nimmt den leichten Mantel von der Garderobe. Er schließt seine Zimmertür zweimal ab. Er behält die Schlüssel in der Hand. Lachen schallt ihm vom anderen Ende des Flurs entgegen, im Zimmer nebenan schläft jemand laut schnarchend seinen Rausch aus. Weiter durch das düstere Treppenhaus, in dem es nach kaltem Rauch stinkt.

Die Rezeption liegt im Untergeschoss, es ist eine kleine Pension, zentral gelegen, doch günstig. Er hat seine Papiere gestern schon bei der Amtsverwaltung abgegeben und den Schreiberlingen die hiesige Adresse hinterlassen. Aus dem Mund eines hageren, sehr bleichen Mannes mit akkurat gestutztem Schnurrbart hatte es geheißen, man werde sich alsbald bei ihm melden, der Amtmann möchte ihn persönlich sprechen! Cave!

Hab acht! Er hat ja keine Eile. Er bleibt vor dem Eichentresen der Rezeption stehen und legt die Hand, in der er den Schlüssel hält, auf eine der schäbigen Lederauflagen. Hinter dem Tisch sitzt eine rundliche Frau, der Stoff ihres Kostüms abgewetzt, ihr Haar an vielen Stellen ergraut. Sie wirkt so, als sei ihr Körper schneller als ihr Geist gealtert.

Die Frau hebt den Blick und sieht ihn aus wässrigen Augen an. Ja?

Gibt es hier noch eine Badeanstalt?

Eine Badeanstalt?

Er nickt.

Nun, sagt sie und lehnt sich zurück, der Stuhl knarrt. Im Gansert-Viertel, da gab es mal eine.

Ja, sagt er und lächelt. Ich erinnere mich.

Es ist ein diesiger Tag, die Luft schwer und sauer vom Geruch nach Essensresten, Abfall und Ungeziefer, fast stinkt es. Zu viele Menschen, in den Gassen kleben sie ja regelrecht aneinander, man ist sich teils so nah, dass man des anderen

Kopfhaut erkennen kann, die weiße und fettige Schicht gleich unterm Haaransatz, so nah, dass man den anderen riechen kann, den Schweiß, die beißenden Ausdünstungen, das phenolische Aroma von Rasierwasser, die schwindelerregend blumige Penetranz des Parfüms alter Weiber. Er zündet sich rasch eine Zigarette an, klappt das Etui zu, doch kaum dass er einen Schritt getan hat, wird er schon von einem Bettler angegangen, Herr, bitte, oh Herr!, beginnt die verfallene, schmutzige Gestalt und hebt ihre knochigen Hände wie im Gebet, anstatt eines Reppas bekommt er einen satten Tritt in den Balch und verkriecht sich wieder in der Gasse.

Es ist kühl, er zieht den Mantel enger um den Leib, nimmt einen tiefen Zug von der Zigarette, der dunkle Tabak hinterlässt einen bitteren Geschmack auf seiner Zunge. Durch das Gewühl der Gasse weiter auf die breitere Hauptstraße, wo der schrille Lärm ihn benommen und orientierungslos macht. Er bleibt in einem Durchgang stehen und schlägt den Kragen hoch, dreht sich weg von der Straße, weg vom Kindergeschrei, vom Lachen der Frauen, vom Husten und Spucken der Männer, vom Knallen der Hufeisen … in den Kolonien … hörte man nur die Soldaten beim Exerzieren, die peitschenden Knalle der Bickerstaff-Büchsen, wenn die Rekruten auf dem Platz ihre Schießübungen durchführten, die kurzen, knappen, hingebrüllten Befehle. Er liebte es, in der Morgendämmerung draußen vor den Befestigungsmauern zu stehen, am Rand der Steppe; der Himmel, die noch kühle Luft. Hier rauchte er die erste Zigarette des Tages, er rauchte sie immer allein, und der Wind, der aus dem Süden über die Hügel strich, schmeckte nach Sand und Salz. Die Hitze kam langsam, stieg ihm erst allmählich ins Gesicht. Oft saß er auf einer der Redouten und starrte in die Weite, als erwarte er dort etwas, eine große Gefahr, einen Angriff der Wilden oder wenigstens einen gewaltigen Sturm, doch nie geschah etwas. Er lehnt sich mit der Stirn an die Backsteinmauer der Passage und schließt die Augen, die Lider zittern, sein Atem geht schneller. Die Steine sind kühl und feucht, er dreht den Schädel so, dass seine Wange die Wand berührt, er bleibt eine Weile so stehen, verdreht und ganz eng vor der Mauer, bis sich sein Puls wieder beruhigt hat. Er kennt die Geschichten, dass man seine Zeit braucht, wenn man in der Heimat angekommen ist, dass sich die Sinne erst daran gewöhnen müssen, an den Lärm, die Enge, das Durcheinander der Stimmen, die bunten Farben, das hektische Auf und Ab auf den Straßen einer Stadt.

Er öffnet die Augen. Die Passage führt weiter in einen dunklen Hinterhof, wo das Kopfsteinpflaster aufgebrochen und mit einer Schicht Moos überzogen ist. Die Hauswände sind schwarz angelaufen vom Ruß, Schimmelsporen wuchern aus den Kohlekellern herauf, an sämtlichen Fenstern fehlen die Vorhänge; die Zimmer dahinter erscheinen ihm wie lichtlose Kammern oder Gefängniszellen. In einer Ecke rottet ein Karren ohne Räder vor sich hin, Mäuse rascheln unter zerknittertem und vom Wind in den Hof gewehtem Zeitungspapier und fauligem Laub. Er legt den Kopf in den Nacken, die Häuser kommen ihm nun vor wie eine enge Schlucht, nur ein schmales Rechteck Himmel ist sichtbar, die Wolken ziehen rasch vorüber.

Hier, sagt eine verwaschen klingende Stimme, rau vom Suff.

Er dreht sich nicht um, er sieht nur kurz über die Schulter: das Gesicht verborgen unter einem ausgebeulten Hut, die Krempe bis zur Nase gezogen, die Zähne nur noch Stumpen.

Du suchst was, oder? Du suchst doch was.

Er lässt die Schultern sinken, schließt eine Hand zur Faust.

Der Fremde lacht, kommt aus dem Dunkel einer Kellernische und bleibt auf der letzten Stufe stehen. Ich kenn solche wie dich doch.

Ja?

Ja, sagt er. Nach was Jungem, nach was ganz Jungem.

Er nickt.

Du musst mir nur folgen, hier, hier runter, die paar Reppa hat einer wie du doch sicher übrig, bist ja ein feiner Herr, also komm, komm, soll nich zu deinem Nachteil sein. Wirst sehen.

Er folgt dem Fremden in die Nische, die Treppe hinab in einen dunklen, feuchten Keller, in dem es nach Aas und alter Wäsche stinkt und die Luft voller Kohlestaub ist. Die Decke ist so niedrig, dass er den Kopf einziehen muss. Der Fremde geht weiter voran, er kennt sich aus, durch den einen Gang in den nächsten, an geschlossenen Türen vorbei in eine schmale Verbindungsgasse, schließlich eine schmale, steile Wendeltreppe hinauf. Sie gelangen in den Giebel, ein langer, leerer Raum, Reste von Vogelnestern liegen auf den mit Kot verschmutzten Dielen, ein auf der Stirnseite eingelassenes, rundes Fenster lässt nur mattes Tageslicht durch sein verstaubtes Glas, eine schäbige Récamiere steht darunter, die blassblauen Polster aufgeplatzt, die Füllung dunkel vor Feuchtigkeit.

Setz dich, sagt der Fremde. Und die Reppa, sagt er und streckt seine Hand aus. Die gibste mir vorher, is immer noch 'n Geschäft, ja?

Er sieht dem Fremden in das pockennarbige Gesicht, in die gelbstichigen Augen. Warum ist er nur mit dieser zerlumpten

Gestalt mitgegangen? Was hat er sich von diesem zwielichtigen Angebot erhofft, was war der eigentliche Grund dafür? Er versucht, sich diese Frage zu beantworten, seinem Handeln einen Sinn zu geben. Doch er fühlt sich zu benommen, zu betäubt, da sind stechende Schmerzen im Nacken, und er schluckt trocken, leckt sich mit der Zungenspitze über die Lippen, die sich aufgedunsen und heiß anfühlen.

Was?, macht der Fremde, nu kneif nich.

Nein, sagt er und greift nach den Talern, die er lose in seiner Hosentasche aufbewahrt.

Der Fremde lacht leise und nimmt sie ihm aus der offenen Hand. Ja, sagt er, gut, gut, und nu wart, hast ja 'ne Weile, und keiner stört euch hier, brauchst also nich gierig werden.

Er dreht sich um und verschwindet in der Tiefe des Raums. Gemurmel dringt aus dem Halbdunkel, ein Raunen, ein lautes Wort, ein schneidend scharfes Geräusch, eine Ohrfeige? – wieder Stille.

Fordenbach setzt sich auf den Rand des Sofas, das nach Urin stinkt, den Blick auf den rohen Holzboden gerichtet. Er drückt seine Fingerspitzen gegeneinander. Er weiß es ja, denn er kennt diese Praktiken aus den Kolonien, die Männer hat es nicht geschert, sie haben sich einfach genommen, was sie wollten. Man konnte es ihnen nicht austreiben, auch Fordenbach gelang es nicht, die angedrohte körperliche Züchtigung für sie keine Abschreckung, nicht einmal von den härtesten Stockhieben haben sie sich abhalten lassen. Er atmet die staubige, stinkende Luft. Schritte; er hebt den Blick. Aus dem Dunkel tritt schließlich ein Junge, vielleicht zehn, elf Jahre alt, noch ein Kind, doch das Gesicht schon verhärmt. Um seine Hüften ein Lumpen gebunden, der das Geschlecht verdeckt, ansonsten ist er so elendig mager, dass man die Rippen zählen kann. Nur das Haar glänzt noch, lang und schwarz fällt es ihm bis auf die Schultern, ein Rest Stolz, ein letztes Aufbegehren gegen das Schicksal. Der Junge bleibt vor ihm stehen, sein Gesicht eine Maske, der Blick scheint starr und erloschen. Fordenbach bemerkt die Haut um seine Fesseln, sie ist bis auf die Knochen aufgeschürft, es sind Wunden, die sich nie richtig schließen werden, die Wunden Gefangener. Fordenbach kennt diese Wunden. Er erhebt sich und sieht dem Jungen in die Augen, die so groß und rund sind wie die eines Tieres, und dann umfasst er diese Kinderhände, inspiziert die tiefen Schnitte der Fesselung, die vernarbten Unterarme, dann öffnet er ihm die Fesseln. Der Junge bleibt ganz stumm dabei, er rührt sich nicht, lässt alles geschehen. In dieser Welt kann es keine Hoffnung auf Erlösung geben, nur das Recht auf Vergeltung.

Fordenbach legt ihm den Zeigefinger über die Lippen, der Junge versteht. Dann richtet er sich auf, zieht seinen Mantel zurecht und geht los, bei jedem Schritt hebt er die Fersen an, ganz leise und bedächtig bewegt er sich durch das Dachgeschoss; *er schleicht.* Er bleibt vor einer Tür stehen. Aus dem Innenfutter seines Mantels zieht er langsam sein altes Messer aus Infanterietagen; die Klinge eines Pallasch, von einem fähigen Schleifer zu einer handlichen Blankwaffe umgearbeitet, die Beschalung aus edlem Hirschgeweih, die Zwinge aus poliertem Messing.

Die Tür öffnet sich mit einem Schnarren, dahinter befindet sich eine niedrige Kammer, in der es nach Räuchermehl und Mäusekot stinkt. Er dreht das Messer in der Faust, der Daumen umfasst jetzt den Knauf. Er windet sich durch die Kammer in einen schmalen Gang, der vor einer eingestürzten Backsteinmauer endet. Der Raum dahinter gehört schon zum benachbarten Haus; ein zur Kammer ausgebauter Dachstuhl mit großer Gaube, das Licht fällt strahlend hell auf eine Reihe weißer Laken, die an Wäscheleinen hängen, und da, vor den Leinen, auf einem einfachen Schemel, sitzt der Fremde. Er wiegt einen Säugling in den Armen, sein Fuß wippt dabei auf dem Boden, der Takt soll das Kleinkind beruhigen, er summt sogar eine Melodie, er muss der Vater sein. Das Messer wird ihm kalt in der Hand, er senkt es ab, es wäre ein Leichtes, diesem Mann die Kehle durchzuschneiden, nur eine entschlossene Bewegung, und er läge vor ihm auf den Dielen, ersaufend am eigenen Blut. Doch das Kind, das Kind hält ihn zurück, so nah liegt ja das Glück neben dem Leid, die Unschuld neben der Verkommenheit.

Der Junge steht immer noch vor der Récamiere. Fordenbach tritt neben ihn, öffnet ihm die Hand und legt dann das Messer hinein, schließt ihm die Finger um den Knauf zur Faust. Es gibt nur das Recht auf Vergeltung, Schmerz tilgt Schmerz. In den dunklen Augen des Jungen blitzt es mit einem Mal wild auf, das kleine, knochige Kinn beginnt zu zittern. Fordenbach nickt, und der Junge verschwindet mit dem Messer in seiner Hand in dem langen, leeren Raum.

Fordenbach geht die Wendeltreppe hinab, schnell, schneller, er muss hier raus, er hält es nicht mehr aus. Draußen, auf der Straße vor dem Haus, schüttelt er sich so, als sei das alles nur ein schlechter Traum gewesen, als müsste er bloß wieder in der Wirklichkeit ankommen, wieder wach werden. Trostlos liegt die Stadt jetzt vor ihm, er geht planlos und mit langen Schritten, fast rennt er, irrt durch die verwinkelten Gassen, über Plätze, ihm kommen die Gebäude mit einem Mal so fremd vor, ihre Formen eigenartig, und die Menschen ebenso, sie wirken unförmig, die Gesichter verzerrt, schon tritt ihm der kalte Schweiß auf die Stirn. Er kann nicht mehr sagen, was wirklich ist und was nicht. Er stürzt weiter, stolpert über einen Bordstein, schlägt auf den Granit und rappelt sich auf, rennt weiter, durch Häuserschluchten, die sich über ihm zu schließen drohen, der milchweiße Himmel wird schmaler und schmaler, dann steht er vor diesem Bauwerk, so groß und breit und mit beschlagenem Tor, er erinnert sich, er erkennt es wieder, das Amt, in dem Amt sitzt der Amtmann mit dem akkuraten Schnäuzer, dem kleinen Mund mit den feuchten Strichlippen, aus dem er zu ihm gesprochen hat, er erinnert sich. Er streckt die Hand aus, legt sie auf die Steinmauer, die kalt und rau ist, kalt und rau und wahrhaftig.

Er streicht mit den Knöcheln über die Oberfläche, die Mauer ist hoch, so hoch, sie reicht ja fast bis in den Himmel, und da sind auf einmal Redouten mit Kanonen, und die Fahnen des Königs wehen an den Masten, es ist wie in den Kolonien, wie kann das sein, wir sind doch so weit weg?, denkt er, wie kann mich das bis hierhin verfolgen, warum lässt mich die Angst nicht mehr los. Er legt den Kopf in den Nacken, blickt an der Mauer empor, von dort aus wird man über das Land sehen können, *man sieht hinein in das Land*, es ist flach, trocken und heiß, und dort gibt es nichts außer Sand und den Wilden. Sie sagen es ja allen, den Bluthunden und den neuen Rekruten, die eben erst Fuß auf diese Steppe gesetzt haben; sie sagen allen, dass die Wilden dort draußen in Erdlöchern leben und ihre eigene Brut fressen, und deswegen muss man sie züchtigen, man muss sie erziehen zur Ordnung, und auch wenn es gegen ihren Willen geschieht, ist es doch besser so für sie. Sorgt dafür, bringt ihnen die Ordnung des Königs, unseres Königs, tut, was not ist, tut es mit harter Hand, mit Schwert und Feuer und Musketenkugeln, zeigt dabei keine Gnade, kein Erbarmen, denn das, das wird ihnen wie Schwäche erscheinen.

Fordenbach sackt zusammen, lehnt sich mit dem Rücken gegen die Mauer, die Passanten bleiben vor ihm stehen, glotzen ganz ungeniert, zeigen mit dem Finger auf ihn, als sei er ein Bettler, ein Strolch, ein ... *Wilder?* Er spürt jetzt die Verachtung in ihren Blicken, den aufkeimenden Hass und ergreift die Flucht, spritzt durch den Pulk die Straße hinab, weiter, weiter, bis er außer Atem und erschöpft ist. An einer Kreuzung bleibt er endlich stehen, er kann nicht mehr, er ist erledigt, sollen sie ihn doch totschlagen! Der Puls dröhnt ihm bis in die Ohren, ein Stechen im Brustkorb, tief und scharf gleich neben dem Herzen, und die Finger zittern ihm so sehr, dass er sie zu Fäusten ballen muss. Er sieht über seine Schulter, doch nein, da ist niemand, keiner hat ihn verfolgt. Nur ein paar Kinder spielen am Straßenrand mit bunten Murmeln. Er setzt sich auf eine Treppenstufe vor eines der dunklen und niedrigen Häuser, es sind die Häuser von Arbeitern und Kleinbürgern, er kennt sie sehr gut, er ist in einem solchen aufgewachsen. Der Stein der Treppe ist ganz kalt an seinen Schenkeln, doch es ist ihm egal, er wischt sich den Schweiß von der Stirn, und ganz allmählich beruhigt sich sein Atem wieder. *Was ist nur mit ihm geschehen? Was ist aus ihm geworden? Ein Wrack, ein Nervenbündel, ja schon so schwach und vergreist wie eine alte Vettel, getrieben von den Geistern der eigenen Vergangenheit.* Er sieht den Kindern gedankenverloren bei ihrem Spiel zu; die Murmeln springen auf und ab, *klack, klack, klack* macht es auf dem Kopfsteinpflaster, rasend schnell rollen sie dann die Gossenläufer entlang, und die Kinder schreien und lachen und rennen hinterher, lesen die Murmeln schließlich aus brackigen Pfützen wieder auf. Irgendwann sind die Kinder nicht mehr da, wo sind sie nur hingegangen?, er hat sie nicht weggehen sehen, schon wieder erscheint ihm alles wie aus einem Traum, was ist die Wirklichkeit? Doch als er den Kopf hebt, als sein Blick die lange, ihm endlos erscheinende Häuserreihe erfasst, matte Lichter flackern jetzt hinter den meisten Fenstern, und es ist still geworden, da erkennt er hinter der Kreuzung an der Ecke des nächstens Häuserblocks seine Pension wieder; der schwarz ausgeblühte Sandstein, die längst verwelkten Blumen auf den Simsen.

Die rundliche Frau hinter der Rezeption ist alt, beschließt er. Sie ist alt, und ihre Träume hat sie schon längst beerdigt, wenn sie denn je welche gehabt hat. Jeder Mensch hat doch Träume, denkt er, nein, er weiß es. Sie ist alt, und auch ihr Geist ist alt, vielleicht sogar schon viel älter als ihr Körper, sagt er sich und sieht sie nicht einmal an.

• • •

Max verlässt das Haus und das Dorf, ohne sich noch einmal umzusehen. Allein und noch ganz im Tran, marschiert er durch die Morgendämmerung, überquert die taufeuchten Wiesen, steigt dann die steilen Hänge hinauf, unter denen der Mühlengraben in seinem Bett fließt. Der Himmel klart zu einem kaltgläsernen Blau auf, die Ville liegt als schwarzer, sanft geschwungener Saum am Horizont. Max denkt an Klara, es lassen sich kaum Worte für seine Gedanken finden. Er fühlt ihr nach, vielleicht kann man es so sagen, besser sagen. Er fühlt sich hinein in ihre Gegenwart und wünscht sich, sie würde jetzt, in diesem Augenblick neben ihm in der Dämmerung laufen, mit langsamen, kleinen Schritten, sodass er in gespieltem Übermut vorausrennen und auf dem Grat auf sie warten muss.

Der Weg wird ihm lang, die Steigung, jeder Schritt anstrengend, und als er sich umdreht und über das Tal blickt, wo sich der dichte graue Rauch schon von den Kaminen absetzt und die Häuser noch ein wenig kleiner und schmutziger wirken, spürt er die Einsamkeit. Die Vögel singen dazu, und es knackt und summt im Unterholz, ihm steigt der Duft des Kiens und der Machangeln in die Nase, die er sonst so sehr liebt, doch heute scheint er unempfänglich für diese Reize. Schon bald erscheinen die Männer an der Flussbiegung, man erkennt ihre Schemen im letzten Nebel, sie stehen da mit hängenden Schultern, ganz in sich versunken warten sie zwischen den

Steinen, als gehörten sie dorthin, so sehr schmiegen sie sich in die Landschaft. Max senkt den Blick, schaut keinen an, bis er unter ihnen ist, bis er in ihrer Mitte steht. Niemand spricht, doch dann passiert etwas: Einer der Männer legt ihm eine Hand auf die Schulter, so warm und schwer und vertraut wie die Hand des Vaters. Der Mann reicht ihm eine Flasche Branntwein. Du bist einer von uns, das ist, was sie sagen, sie sagen: Wir heißen dich willkommen.

Der Flaschenhals ist scharfrandig, das Glas angenehm kühl, als er es an die Lippen führt. Er schließt die Augen, bevor er trinkt. Und mit einem Mal ist sein Mund ganz voll davon, überall ist dieses Brennen, es steigt ihm hoch in Nase und Stirn, er kann nicht dagegen an, er prustet feinsten Nebel aus Branntwein, da erwachen die Männer mit einem Mal!, sie lachen laut los und schlagen sich so auf die Schenkel, als hätten sie nur darauf gewartet.

Mach dir nix draus, sagt einer, das is schon ein anderer Schabau als wie der aus Mutters Küche.

Langsam, sagt ein anderer, mach nur langsam, Junge, und lass die Hundsfott da ruhig mal verzälle, von denen haben sich ja paar richtig eingepisst, als se selbst noch halbe Bengel waren und da standen mit der Flasche am Hals, also nimm's nich so.

Ja, Max, da hatter recht, nimm's nich so, ziehen dich ja nur was auf, sieh's den Trotteln doch nach.

Ja, Max, sieh's uns nach …

Klopp den was drüber, Max, nee, nix nachsehen, die ham's nich anders verdient, die Halunken!

Lachen.

Sag, Max, wo ist dein Vater?

Ja, wo is dein Alter? Poft der noch, der faule Sack?

Nee, sagt Max. Der kommt noch, ja, ganz sicher kommt der noch.

Die Männer stehen eng um ihn herum, kreisen ihn fast ein, ihre schweren Körper dünsten Wärme und Alkohol aus, allmählich werden sie unruhig. Dann, wie auf ein geheimes Signal, schultern sie ihre Büggel, greifen ihre Flaschen und gehen los, marschieren flussaufwärts, flussabwärts, suchen ihre angestammten Stellen auf, reiben sich die Hände, lachen, die Witwer warten ja schon!

Max folgt einer kleinen Gruppe durch die felsige Uferlandschaft, das Rauschen des Flusses ihr ständiger Begleiter. Immer mehr Männer verschwinden wortlos im Röhricht, man hört noch ihre Schritte im Schlick, wie sie in den Fluss einsteigen, und dann sind sie für sich, allein mit ihren Gedanken und ihrem Beutetrieb. Max bleibt stehen, dreht sich um, die Flussbiegung liegt schon in weiter Ferne, sein Vater nirgends zu sehen. Weiter durch das Terrain, an moosgrünen Felsen vorbei, auf Pfaden, die nah am Mühlengraben entlangführen, der Fluss oft nur einen halben Schritt entfernt, die Gischt sprüht ihm manchmal bis auf die Stiefel, so reißend wird er in den abschüssigen Hängen.

Max erkennt die Stelle sofort, sie liegt gleich da unter dem Hartriegel, seine Schritte, die Schritte seines Vaters haben einen Pfad im Gebüsch hinterlassen. Als er am Ufer steht, der Fluss so schnell und glitzernd, da fühlt er sich ganz leer, wie ausgehöhlt, ohne Eigenes. Max muss an den Vater denken; da war Stolz in seinem Blick, gleich nach dem Grobel, als er sich malad und zerschlagen im Bett auskurierte, da kam der Vater an den Abenden und legte ihm seine Hand auf die Brust und nickte; eine knappe Geste, fast unbedeutend, doch es muss Stolz gewesen sein, oder nicht? Und dann gerade erst, noch am vergangenen Tag, als er Max geholfen hat, seinem eigenen Sohn aufgeholfen hat, nachdem der sich soeben mit letzter Kraft aus dem Fluss gekämpft hatte und erschöpft am Ufer lag. Doch immerhin! Die erste Abflucht, das erste Mal allein im Fluss! Da, in diesem Moment, empfand Max ein stilles Verständnis zwischen ihnen, eine Art Verbundenheit; der Vater sah ihm ja das erste Mal in die Augen und nicht durch ihn hindurch, wie sonst. Es ist ein alter, ein ewiger Kampf, den sie da ausfechten: Der Vater will, dass der Sohn wird wie er, nur niemals besser als er.

Max denkt wieder an Klara, es geschieht wie von selbst, immer wieder kehren seine Gedanken zu ihr zurück. Zu Klara, die auf ihn wartet, doch wie lange noch?, wie lange noch wird sie auf ihn warten. Ja, es ist Mut, der ihm fehlt, er fühlt es deutlich, bedrückend und schwer legt es sich auf sein Gemüt. Denn es ist so: Klara will gehen, will Chaltouva verlassen, will sich nicht mehr anschnauzen und herumkommandieren lassen, das weiß er. Er hört die Worte noch aus ihrem Mund. *Ich bin ja kein Ding!*, sagt sie, spuckt sie aus, und er versteht und sieht, wie es in ihr brodelt, wie da etwas in ihr wächst, gewachsen ist. Sie hat den Mut, der ihm fehlt. Jaja, es ist Mut, der ihm fehlt, der ihm zu so vielem fehlt. Sein Vater, die anderen Männer? Wahrscheinlich denken sie nicht einmal darüber nach, keinen Moment verschwenden sie darauf, Mut? Sie zweifeln nicht, *warum zweifeln sie nicht?*, warum zweifeln sie nicht an sich selbst, an allem? Sie tun die Dinge so, als würden sie gar keine andere Möglichkeit in Betracht ziehen, als würden sie keine Furcht kennen, aber das kann ja nicht sein, denkt Max, denn ein jeder fürchtet sich doch. Nur überwinden die Männer eben ihre Furcht, und dieses Überwinden nennt man Mut.

Mut! Der Schritt ins Wasser fällt ihm plötzlich leicht, viel leichter, als er angenommen hat, Der Fluss strömt um ihn herum und zerrt an ihm mit ganzer Kraft. Max atmet ein, hält die Luft so lange in der Lunge, bis er es nicht mehr aushält. Dann erst macht er den zweiten Schritt. Er spürt den abschüssigen Grund, der sich unter seinen Sohlen bewegt, fast rutscht er aus, doch er fängt sich wieder, und kurz vor der Felsgruppe, zwischen der seine Stelle liegt, hält er inne, sieht dem Fluss dabei zu, wie er von der langen und flachen Ebene gebändigt wird, nur um dann wie wild geworden durch die enge Furt vor ihm zu stürzen. In seinem Ohr das Rauschen, das jedes andere Geräusch und jeden Gedanken übertönt. Er greift nach seinem Büggel, entrollt die Leine. Er behält den Haken noch für einen Augenblick in der offenen Hand, streicht mit den Fingerspitzen über die Enden, die so scharf geschliffen sind wie neue Klingen. Mit einer ruhigen und entschlossenen Bewegung lässt er sie in das weiche Fleisch seines Daumens gleiten, es geht ja ganz leicht, vollkommen ohne Widerstand und ohne jeden Schmerz, nur ganz kurz wird es kalt unter der Haut. Um den Einstich bildet sich sogleich ein dunkler Blutstropfen, der anschwillt, bis er unter der Spannung schließlich zerplatzt. Max zieht den Haken langsam wieder aus seinem Daumen, es bleibt nur ein leichtes Brennen, und zwei, drei Blutstropfen lösen sich noch.

Alsbald kommen die ersten Witwer über die Furt, ihre schweren Leiber ragen aus dem niedrigen Wasser, sie schlagen mit den Flossen, um schneller voranzukommen. Max fragt sich, ob diese Kreaturen um den Wert wissen, den sie für die Männer Chaltouvas besitzen, da taucht einer gleich neben seinem Stiefel auf, aus dem reißenden Wasser neben der schroffen Felskante erhebt sich der dunkel glänzende Rücken, und einen Augenblick lang sieht er das offene Maul, die scharfen Zähne, angriffslustig schlägt der Fisch um sich, hart wie ein Faustschlag drischt die Schwanzflosse auf den Fluss ein; Max erstarrt, Speichel läuft ihm aus den Mundwinkeln über das Kinn, noch ein Schlag, er sieht die Zeichnung auf dem Rücken, die helleren Tupfer, dann die Seitenflossen, einen schmalen Streifen des hellen Bauchs, fast ist es ein schönes Tier, so kraftvoll und stur. Durch die Engstelle hindurch arbeitet sich der Witwer nun weiter in den Kolk, bald ist er nur noch eine Ahnung, ein Schatten in der Tiefe. Max starrt ihm nach, ein kapitaler Witwer, ein Trumm, wie sein Vater wohl sagen würde, war das, dann wischt er sich über den Mund und rollt endlich die Leine um seine Hand, überprüft den Sitz der Knoten, doch er weiß es ja schon: Er wird sie nicht auswerfen, etwas in ihm wehrt sich dagegen. Dafür ist er nicht gemacht. Was ist der Sinn? Warum sollte er etwas bändigen, was sich nicht bändigen lassen will?

Fast wie ein Kind beginnt er dann aus Langeweile, mit dem Haken zu spielen, senkt ihn ganz langsam in den Fluss ab, bis dicht unter die Oberfläche, lässt ihn dort treiben, lässt ihn tanzen. Zuerst zieht er ganz vorsichtig an der Leine, der Haken zuckt sofort, springt wieder zurück, dann lässt er der Leine ein wenig mehr Lauf, spürt der Strömung nach, der Drift, umfasst die Leine fester, ein langsamer, doch kräftiger

Zug, einmal, zweimal, dreimal, die Bewegung seiner Muskeln verselbstständigen sich, kurz und bündig werden sie, und die Hand entwickelt ihr eigenes Gedächtnis, und zack!, landet der Haken an der gleichen Stelle.

Dann passiert es: Einer der kleineren Fische, ein Stichling oder eine Elritze, stößt aus dem vergrünten, ufernahen Gewässer bis ganz nah vor die Felsen, noch im flachen, klaren Wasser verbleibt der Fisch, schwebt ruhig über dem Grund, die Augen dunkel und starr auf den Haken gerichtet; er kommt näher und näher, traut der Sache jedoch noch nicht ganz, immer wieder dreht er ab und schwimmt doch wieder zurück. Vielleicht ist es der letzte Rest Blut, der am geschliffenen Metall haftet und den Fisch anlockt, denkt Max, und so beginnt das Spiel. Er gibt Leine, bis der Haken von der Strömung mitgenommen und davongetragen wird, dann zieht er sie ganz sachte zurück, bis der Doppelhaken fast den Grund berührt, einmal schleift er sogar schon über die Kieselsteine, springt auf und ab, und der Fisch folgt, schießt hinterher, verschwindet kurz in einer Scharte am Felsen oder verweilt stehend in der Drift. Und wieder, vor, zurück, da scheint der Fisch schon am Haken!, nein, er berührt die geschliffenen Enden nur kurz mit seinem silbrigen Maul und verschwindet wieder. Es ist ein ganz und gar harmloser Zeitvertreib, doch als der Haken über den dunklen Strich, über die Grenze zum Kolk hinwegtreibt, brodelt es plötzlich aus den Untiefen hoch, ein großer Schatten schnappt zu, schnappt nach beidem, dem Doppelhaken und dem Fisch. All das geschieht in einem einzigen Augenblick: Das riesige Maul des Witwers schließt sich, und mit einer schnellen, kraftvollen Bewegung will er die Flucht ergreifen und wieder im tiefen Kolk verschwinden; die Wucht reißt Max von den Beinen, schon ist sein Gesicht unter Wasser, er prustet und spuckt und ringt nach Luft, sein Fuß verfängt sich in der Leine, wird weiter bis zu einem Felsvorsprung geschleift, wie Treibgut ist er nun, der Witwer lässt nicht nach, zieht und zieht und zieht, und Max schlägt mit der Schläfe gegen den spitzen Fels und spürt nur noch, wie ihm das Blut heiß übers Gesicht schießt, der Himmel über ihm, so klar wie an einem Sommertag, so ungewöhnlich hell ist der Himmel, das denkt er, und warum ist er nicht bei Klara?, der Tag am Fluss, ihr Tag am Fluss!, warum liegen sie nicht im feuchten Gras unter der Zwölf-Apostel-Buche?

Der Himmel, die Träume, die schiere Kraft des Witwers zieht ihn wieder unter Wasser, und in diesem Augenblick versteht er: Das hier, das hier ist ein Kampf auf Leben und Tod, und wie der Witwer will auch er überleben. Er spannt alle seine Muskeln an, ringt nach Luft, sein Leib beginnt zu zittern. Er dreht sich gegen den Felsen und auf den Rücken, die Leine gibt kurz ein wenig nach, er fasst an die Öse an seinem Geschirr, nestelt an dem Knoten, zögert – soll er es tun, soll er den Knoten lösen? Ja, er wird es tun, seine Finger wühlen sich in das feuchte Leder, das mit aller Kraft gewickelt wurde, doch im nächsten Moment reißt der Witwer an der Leine, diesmal mit voller Gewalt, mit voller Entschlossenheit! Max' Kopf schlägt noch einmal heftig gegen den Felsen, und dann ist es, als fließe der Fluss mitten durch seinen Schädel, als wäre da ein großes schwarzes Loch im Knochen. Der Himmel über ihm verdreht sich ganz seltsam, bis er schließlich in sich zusammenfällt.

Seine Gliedmaßen bewegen sich in der Drift, er ist wie im Halbschlaf, wie kurz vor einem Traum. Er kann sich selbst nicht mehr spüren, nur mehr sein Herz, tief im kalt gewordenen Körper, Schlag um Schlag, der Rest des Leibs schon wie tot. Die Augen fallen ihm immer wieder zu, der Schlummer in den Tod, er kommt nicht dagegen an. Dann hört er plötzlich eine Stimme, aus der Tiefe spricht sie zu ihm; sie flüstert nur, doch Max glaubt dennoch, sie zu erkennen – ist das Klaras Stimme?, aus dem Dunkel des Mühlengrabens dringt sie bis an sein Ohr, warum flüstert sie nur? Da wird sie schon leiser und leiser, bis sie nur noch Rauschen ist. Stille legt sich wieder um ihn, und die Kälte hat sein Herz schon fast erreicht, lauert nur darauf, auch noch den letzten Muskel niederzuringen. Da kommt der Witwer aus der Tiefe, taucht aus dem dunklen Kolk auf, schwimmt leise heran und öffnet sein riesiges Maul, Max spürt die scharfen Zähne auf seinem Schädel, dann der modrige Gestank, der ihm aus den Eingeweiden des Fisches entgegenschlägt, tiefer und tiefer, ganz düster wird's im Leib, schon ist er halb verschlungen, nur seine Beine ragen noch aus dem Maul heraus.

Die Morgendämmerung. Der Himmel noch voller Sterne, der Mond eine schmale Sichel.

Max!, schreit da jemand, und er öffnet ein Auge, aber will er überhaupt erwachen? Noch einmal: Max!, Max!, dann Schritte im Gebüsch, eine Hand, die nach ihm fasst, er spürt die Anwesenheit seines Vaters, er erkennt ihn am Geruch, er erkennt ihn an der Art, wie er ihn berührt. Max, sagt er noch einmal, Max will ihm antworten!, kann aber nur flach ausatmen, Flusswasser gurgelt aus seinem Mund. Der Vater legt ihm die Hand auf die Stirn, und es erhebt sich der Chor der

Männer: *Was? Nu, Gift und Eiter, nu sieh dir das an! Dicker, dicker noch als der vom Millerbeck!*

Der Bauch des Witwers schimmert in der Morgendämmerung, er treibt in Ufernähe, alle Männer starren darauf, es erscheint ihnen unmöglich.

Unter dem Staunen und Raunen der Männer zieht der Vater den Fisch auf die Sandbank und löst den Knoten an Max' Geschirr.

Max, schreit er mit zittriger Stimme.

Ja, Vater, antwortet er. Ja.

Der Vater beugt sich über ihn.

Mein Junge, flüstert er, sein Blick ist voller Stolz, eindeutig.

Als der Vater ihn aus dem Ufersand hebt, um ihn auf seiner Schulter ins Dorf zu tragen, erbricht Max Flusswasser.

Gleich, sagt der Vater, is gut, lass nur. Und er trägt den Sohn und zieht den Witwer, wendet seine letzte Kraft dafür auf, die anderen Männer sehen es ja, wie er unter der Last zusammenzubrechen droht, doch er spuckt aus und raunt: *Lasst mich, geht mir aus dem Weg, das is mein Junge, mein Junge is das, ich schaff das schon, das hättet ihr wohl gerne, nee, lasst mich, geht mir aus dem Weg.*

•••

Im Dorf schauen sie aus den Fenstern, stehen vor den Häusern, murmeln hinter vorgehaltener Hand. Die Männer folgen in gebührendem Abstand, Kronewalds Hemd ist dunkel vom Schweiß, es sind nur noch ein paar Schritte zu gehen.

Hier, sagt er und setzt den Sohn ab. Langsam, mach langsam, Max.

Die Mutter kommt raus, doch der Vater bedeutet ihr mit einer Geste, dass sie warten soll.

Schau, sagt er, Max!, sieh hin, nu kommter gleich an die Waage.

•••

Du meine Güte! Habt ihr das gesehen! Und dann ausgerechnet der Max, das Weichgesicht.

Aber das kann ja keiner ahnen, dass der da dieses Ungetüm rausholt!

Rausholt, das kann ich ja doch kaum glauben! Und ich sag euch, die Saison is noch lange nich vorbei, da kann ja noch viel passieren!

Was soll da passieren? Hastes doch gehört, mehr als acht Steine! Acht Steine, drei Unzen! Da stinkt keiner gegen an, das war's.

Oder meinst, du holst noch 'n fetteren Trumm raus, Ernst?

Ich sag, die Saison is nich vorbei, und dieses Jahr isses ja ganz wild im Fluss, oder nicht? Da sindse alle so fett und beißen und kämpfen wie nur was, das hatten wir ja noch nie, so 'ne Saison. Und ich sag, ob das alles stimmt, was der olle Kronewald sich da zurechtgewogen hat, acht Steine, drei Unzen? Sein eigener Sohn isses ja noch zudem, das lasst euch mal gesagt sein, der hat schon genug gefressen, der Kronewald, der tut doch alles, um mich auszustechen, so sieht's aus. Meiner war genau acht Steine! Wo der die drei Unzen für seinen Bengel noch hergeholt hat, was weiß ich!

Na, aber da, guck, bei Seiler hängter doch noch, da, geh gucken. Gibt's nix dran zu deuteln. Sieht 'n Blinder, dass der vom Max mehr dran hat als deiner, Ernst.

Ganze Nacht im Fluss, der Mühlengraben kalt wie Eis das Jahr, so kalt war der lange nicht mehr, da vergehste ja drin, frierst weg. Und der Junge? Dem hat's nicht mal 'n Fingerchen abgeklemmt! Ganz und gar heile is der geblieben. Das geht nicht mit rechten Dingen zu, das kann doch nich mit rechten Dingen zugehen, nie und nimmer!

Ernst, mach den Kopp zu. Is ja nur der Neid, der da spricht.

Nix Neid! Acht Steine war meiner!

Die Waage lügt nicht!

Das wollen wir doch erst mal sehen!

Komm mir nicht auf Gedanken, Ernst. Du hast doch selbst gemeint, der Kronewald könnt's machen, der hätt doch eh 'ne Waage, da könnt man drüber wegsehen, warum dann den teuren Eichmeister ausser Stadt noch löhnen?

Das stimmt ja, wasser sagt. Alles, was recht is.

Jaja, das kam von mir, ich wünscht, ich hätt mir auf die Zunge gebissen. Ich wünscht, abgebissen hätt ich sie mir!

Und die guten Gewichte, die wurden ja doch geeicht in Vierheilig, oder? Oder wurden die nicht geeicht? So wurd's uns ja gesagt, so wurd's uns versichert. Warum sollt der Peter denn lügen?

Ja. Und nu?

Ja, der gute Peter, der olle Kronewald, spei der Teufel drauf, wir ham ihm doch immer geglaubt, so blöd, wie wer waren.

Wo denk ich denn da noch hin?

Aber nee, das kann nich sein, ich sag euch, da is was im Busch.

Bis jetzt hat's dir auch immer genügt, lieber Ernst, ja? Wenn der deine fetten Witwer gewogen hat und du dann nachher auffer Brücke standst, hat's dir stets gereicht, da haste nie das Maul aufbekommen.

Ja, da is was dran.

Was dran, ich geb dir was dran!

Ruhe, Ruhe. Unrecht hatter nich, das musste zugeben, Ernst.

Mensch, hätt ich das gewusst, hätt ich damals nix gesagt … dann hättenwer die Witwer mit Säcke voller Asche aufgewogen, ja? Nur jetzt sag ich was, weil der Kronewald da rumgewerkelt hat, der hat an den Pfunden was gemacht, hat die Gewichte ausgehöhlt, ausgekratzt oder mit Blei angepinselt, was weiß ich! Wenn nich er auf der Brücke steht, dann halt wenigstens sein Sohn! Und gleich in der ersten Saison, dass ich nich lach, das stinkt doch zum Himmel, so faul isses.

Ernst, nu hör mal!

Ernst, Ernst, was hör mal!

Nix, wo war der Kronewald, der alte Kronewald, denn die ganze Zeit?

Der hat für uns alle die Festwurst gekocht, da war der, das hat der gemacht, so war's die letzten Jahre öfters.

Sagst du, wissen tunwer das aber nich, also verzäll nix! Ist doch wie gewürfelt, ich bleib dabei, dem sein Junge steht's erste Mal bei der Abflucht im Fluss und fängt gleich so 'n Trumm!

Hör mal, Millerbeckchen, ich sag dir mal was, ich sag dir jetzt mal was, jeder mit zwei Augen und auch noch die mit Glasauge sehn doch, und das haben wir alle gleich noch am Fluss gesehen, dass dem Max sein Witwer ja ein ganz und gar außergewöhnliches Exemplar is, ein Riese will ich sagen, da stinkt deiner gegen ab, ganz egal, was du da noch aussem Mühlengraben rausholst oder schon rausgeholt hast, also schwadronier nich, du kannst dich nich beschweren, 'ne ganze Dekade fast standst du da auffer Brücke, hast dich feiern lassen, nu is gut, reg dich ab.

Von dir lass ich mir gar nix sagen, du Hund!

Hör zu, der Max, wie der das gemacht, weiß ich nich, da kann ich ja nix zu sagen, aber der hat's gepackt, das muss man doch wohl respektieren, halbe Nacht im eisig kalten Fluss hat der gelegen, der wär ja fast weggestorben, der Junge, und nu kommst mit deiner Galle daher, willst ihn einen Betrüger nennen, Ernst, nich ich bin hier der Hund!

Du kannst daherreden, wie du willst, ich sag's dir, ich reit nach Vierheilig und hol von da den Eichmeister, der soll das ganz genau nachwiegen, das geht nicht mit rechten Dingen zu, das lass ich nich auf mir sitzen, das nich.

Eichmeister!, Ernst, lass doch gut sein.

Und wer soll den bezahlen, wer soll den bitte bezahlen, ja?

Lasst nur, ihr Lumpen müsst euch dafür schon nich krummlegen, meine letzten Reppa nehm ich mir, ihr werdet's schon sehen.

•••

In den Häusern und Hütten brennen noch die Kerzen und Öllampen der vergangenen Nacht, kaum jemand hat ein Auge zugetan. Über die Felder weht der Wind, der Buchenwald liegt still in der Dunkelheit, ein Junge stromert in aller Frühe mit einem Haselnussstock in den aufgeworfenen Erdwällen vor dem Dorf; manchmal lassen sich dort Kupfermünzen oder andere verlorene Dinge auffinden. Noch hat er nur ein paar Feldmäuse aufgescheucht. Jetzt springt er über die Grasnarbe, rennt über die lehmige Erde, dann bleibt er plötzlich stehen und schaut. Am Rand des Feldes, schon zur Waldgrenze hin, da hat er eine dunkle Erhebung erkannt. Er läuft darauf zu, bleibt davor stehen und umfasst den Stock fester. Ist es ein verendetes Tier oder etwas Liegengelassenes?

• • •

Max liegt in seinem Bett, den Kopf auf ein Kissen gebettet, sein schlotternder Körper in eine große Felldecke eingewickelt. Die Kammer ist dunkel, die Mutter sitzt auf einem Schemel neben dem Bett, flößt ihm Knochenbrühe ein.

Sie beflistert seinen maladen Körper, den maladen Geist.

Es ist das Fieber, das Fieber ist es.

Eine Nacht im Fluss.

Kein Mann kann so zäh sein.

•••

Bring ja die Frauen und Kinder hier weg, die sollen innen Häusern bleiben, das müssen die nich sehen, ja? Bring die weg, sag ich!

Meine Güte, das ... schaut euch das an, das is doch der Ernst, ja?

Ja, ja, das isser.

Wer hat den denn da so gefunden?

Der kleine Mats ...

Und was hat der hier gewollt, der Knilch, morgens allein aufm Feld?

Was weiß denn ich ...

Der Jung rennt hier immer rum, faselt was von 'nem Schatz.

Schatz, wasn für 'n Schatz?

Der is dumm wie 'n Esel, der sucht doch nur Taler im Dreck.

Aber das muss ja doch 'n Tier gewesen sein?

Welches Tier tut denn so was, welches Tier kennst du, das so was tut?

Bären, von den Bären heißt es, dasse anne Köpp gehen.

Na, Bären, wann haben wir hier den letzten Bären gesehen? Da hat mein Vatter ja noch gelebt!

Das war kein Bär, kein Tier, sehten euch doch mal richtig an, dem is der Schädel eingeschlagen worden, mitm Hammer oder sonst was Schwerem.

Ja, wer macht so was?

Gestern haben wir noch beisammengestanden, mittem Ernst, was hatter da nicht schwadroniert.

Wovon hat denn der schwadroniert?

Was, was?

Ach ja, das Geschichtchen ummen ollen Kronewald, schon richtig.

Was für 'n Geschichtchen?

Der Ernst hat gemunkelt, dass der Kronewald an den Gewichten rumgemacht hätt ...

Der Peter?

Genau, der Kronewald.

Und als der Ernst nu loswollt, den Eichmeister besorgen, so, wie er's gesagt hat ...

Da hatterm eben den Schädel eingeschlagen?

Das passt.

Der Peter?

Woher wollt der das denn wissen? War doch nicht mal dabei, bei dem Schwatz!

Na, na, das Dorf hat doch überall Ohren! Fix geht das!

Bei seinem Sohn isser wohl gewesen, beim Max.

Na, dann hat's ihm einer durchgestochen, so musses ja gewesen sein.

Habter also ein Lästermaul unter euch, der hat's von euch gehört, und der steckt's dann dem Peter weiter ... und am Ende hamwer noch mehr Lug und Trug und Geschichtchen!

Dem Dollen hatter doch auch fast den Schädel eingeschlagen, neulich erst! In dem lauert's ja, das sag ich euch, Augen wie vonnem Raubtier hat der ...

Ich weiß ja nich.

Wissen tu ich's auch nich, aber passt schon, bei dem kocht der Jähzorn hoch, geht ganz fix.

Sicher passt das, die Frage is nur, was wer tun?

Was heißt das, was wer tun?

Was sollen wer denn nu machen?

Na, müssen doch was machen, können doch den Ernst nich einfach hier im Dreck verscharren.

Nee, nee, hast recht.

Sicher hab ich recht.

Sag, der alte Kronewald, wo ist der eigentlich?

Der Mörder schläft ja immer seelenruhig im Bettchen, heißt es doch.

Hat sich ja schon verdächtig rar gemacht, der Halunke ...

Der is bei seinem Jungen, der sitzt daheim.

Den holen wir uns jetzt, oder?

Ja, und dann?

Was und dann?

Na, Auge um Auge ...

Halt die Schnauze, Dolle.

Was, wer war das?

Ich, ich war das, und das reicht, keinem wird hier der Schädel eingeschlagen.

Seiler! Na, du hast gut reden, du aufgeblasener Wicht, du ...

Pass bloß auf, dass du dir nich dein Maul verbrennst.

Das klären wir unter uns, damit hast du ja gar nichts zu schaffen.

Ach nein?

Nein.

Bin ich also keiner von euch?

Das schon, das wohl.

Nur warum sollten wir denn grad auf dich hören, Seilerchen?

Weil ich der Einzige bin, der hier noch bei Verstand is! Eure verdammte Abflucht hat euch schon ganz kirre gemacht, nich mal mehr klar denken könnt ihr. Und wenn ihr dem alten Kronewald nun genauso den Schädel einschlagt, wo hört das dann auf, ja? Müsster dem Max und der Alten ja ebenso den Schädel einschlagen, oder denkt ihr, die halten bis zum Ende ihrer Tage das Maul?

Dann tunwer das eben!

Du, du hast gut reden, gibst immer an wie 'n Schwarm Mücken, aber 'n Mörder, 'n Totschläger biste doch nich ... also hört auf zu schwadronieren, nix passiert hier.

Seilerchen, wer hat dich denn zum Anführer ernannt, ich war's jedenfalls nich ... der Kronewald, der erscheint mir doch schon was verdächtig, verdächtig genug, dasswer alle mal bei dem anklopfen und nachhorchen, das kannste uns nich verdenken!

Ich sag, wir setzen den fest, wir sperren den im verlassenen Magazin da inne Arrestzelle, und dann, dann wird der's schon ausspucken!

Was soll der ausspucken, wenn's nix zum Ausspucken gibt?

Den kriegen wir schon dazu, wart's nur ab.

Wenn du's 'nem Mann abzwingst, isses nich mehr die Wahrheit.

Wir wissen doch, dasser's war, Seiler.

Nichts wisst ihr, ihr wollt's nur glauben, das is alles. Und nachher seid ihr nichts anderes, nachher seid ihr die Mörder.

Nu, Seiler, gut daherreden kannste, was tunwer denn? Hier weiter rumstehen?

Ich reit nach Vierheilig und geh da aufs Amt, berichte den Offiziellen davon, die sollen einen herschicken, der das hier regelt, einer, der Gesetz und Ordnung vertritt.

Gesetz und Ordnung? Die hat's doch sonst nie gekümmert, was hier geschieht, oder?

Hör, wenn's der Kronewald wirklich gewesen is, dann hängt er ja so oder so bald am Strang, da endet's dann ... und keiner hat sich die Hände beschmutzt. Ich will ja Gerechtigkeit, so wie ihr, nur wenn wirem Kronewald nu den Balch aufspießen und er's nachher nich gewesen is, sind wir keinen Deut besser, dann müssenwer damit leben, dann tragen wir alle die Schuld, oder nich? Und?, willst du's etwa machen, willst du dem Peter, mit dem du vor paar Tagen noch in meiner Schenke ordentlich gezecht hast, willst du dem mittem Neunpfünder den Schädel einschlagen oder 'n mittem Hanf am Lindenast aufknüpfen, ja? Oder du, oder du? Na, hab ich mir gedacht.

Seiler, hast ja recht.

Seilerchen, aber sieh mal, nu, wie soll's denn anders gewesen sein? Der Ernst wollt uns den Eichmeister besorgen, weil der Junge vom Kronewald den dicksten Trumm seit Ewigkeiten aussem Mühlengraben zieht und es da schon längst Gemunkel und Vermutungen von seiner Seite gab, und kaum dass er's recht wohl ausgesprochen hat, liegt er hier, dud.

Kann ja 'n Räuber gewesen sein, Schwarzbrenner oder 'n einfacher Dieb, der sich nachts durchs Dorf schleicht, und der Ernst hatten drangekriegt ... wer weiß da was Genaues?

Die wissen schon, wieses machen, lass dir das gesagt sein.

Aber was is, wenn du's warst, Seilerchen?

Ich?

Ja, schwadronierst hier groß rum, nachher bistes selbst gewesen! Na?

Jetzt hör dir doch selbst mal zu, du Hund. Warum sollte ich

dem Millerbeck den Schädel einschlagen? Ihr mit eurer Abflucht, das war mir alles schon seit jeher gleichgültig, wer da auf der Brücke steht und wer nicht. Wer zu mir saufen kommt und die paar mageren Reppa dalässt, das is alles, was mich interessiert.

Hatter auch wieder recht, der Seiler.

Mensch, Seiler, ich sag, so machen wir's. Du, du machst das, du reitest da nach Vierheilig und gehst zu den Amtmännern, die schicken wen, die schicken einen, der uns das sagen kann, wer dem Ernst den Schädel eingeschlagen hat.

Und dann knüpfen wer den auf!

Das sehen wir dann ...

Nix, aufgeknüpft wird der.

Ja, so is recht, so wird's gemacht.

Und der Kronewald, den lassen wir einfach laufen, ja? Der kriegt doch von der Sache Wind und flieht nachher über die Ville, und fott isser!

Nix, der flieht nich.

Ja, sagst du.

Den arretieren wir mal schön selbst, was sagter?

Gemach, sag ich. Ich geh den holen, ihr seid mir grad ein zu wilder Haufen, ihr könnt ja kaum an euch halten, da liegter nachher noch im eigenen Blut, sagt der Seiler.

Arretieren, damit der Peter nicht flieht, das müssen wer aber doch schon?

Und wer soll denn dann über den wachen, solange wie du fott bist?

Du, du machst das.

Der Dolle?

Ganz recht. Du setzt dich mitm Schlüssel vors Magazin und passt drauf auf, dass keiner annen rangeht.

Ich, warum denn ich?

Hast ja noch die halbe Fresse blau von eurer Klopperei, wenn dem Peter nu was passiert, solange ich weg bin, da wissen wer dann sogleich, wer aus Groll dafür gesorgt hat, dasser se kriegt, und wer wissen auch, wer eilig die Zelle aufgeschlossen hat. So werd ich's denen aus Vierheilig berichten, so haben die Dinge dann ja gelegen, so sieht's aus. Also, Dolle, da vertrau ich dir, ja? Kann ich dir vertrauen?

•••

Auf dem Tisch ein Krug Wasser und zwei leere Becher.

Klara legt die Hände auf die Tischplatte, faltet sie wie zum Gebet.

So sitzen sie da. Dann hebt Klara an, um zu sprechen, doch ihre Mutter kommt ihr zuvor und hebt die Hand.

Nichts, sagt sie. Da is nichts, als wär's Herz aus Stein, so kalt. Kannst du dir das vorstellen?

Klara nickt.

Die Mutter lehnt sich auf dem Stuhl zurück und schüttelt den Kopf. All die Jahre, und nu isses so. Mich kümmert's nich, sollt's mich kümmern?

Nein, sagt Klara. Ist gut, wie's ist.

Als sei er nie wirklich hier gewesen, sagt die Mutter. Als sei er gar nicht bei mir gewesen.

Klara nimmt einen Schluck, das kühle Wasser benetzt ihre Lippen.

Wir schaffen's auch so, wir brauchen keinen.

Ja, sagt die Mutter und lächelt knapp. Wir schaffen's auch so.

•••

Komm, sagt der Seiler. Wir haben ja keine Zeit zu verlieren. Die gehn dir sonst an die Gurgel, und dann war's das, haste mich verstanden?

Mensch, sagt Kronewald. Die sollen wegbleiben, die Schweine. Is mir schon recht, dass der Millerbeck fott is, ja Deivel noch mal, is ja nur die Wahrheit, nur war ich's nich, ich schwör's dir doch bei allem, was mir lieb und heilig is.

Jaja, is ja gut. Nun komm!

Ich geh nich ins Magazin, inne Zelle, warum sollt ich?

Peter, sagt der Seiler. Nu komm schon.

•••

Stille liegt über Chaltouva.

Ernst Millerbeck, totgeschlagen!

Man kennt ja den Tod, in der Ville erscheint er schon fast wie ein alter Bekannter.

Er streckt seine Finger nach den Jüngsten und Ältesten gleichermaßen aus; Fraisen, Wassersucht, Fieber und Schwäche.

Die Männer sterben am Suff und am Stumpfsinn; sie gehen aus dem Leben, wie sie aus der Schenke gehen. Im Grunde ist es gleich.

Die Frauen sind zäher, *hatlievich*, wie man es hier nennt. Seit Jahrhunderten halten sie dieses harte Leben aus, ohne je zu murren, und belohnt werden sie mit weiteren Jahren des kargen Daseins, des dumpfen Vegetierens.

Die Nacht kommt.

Da liegen sie nun in ihren Betten, die Männer, Frauen und Kinder, sie liegen da mit offenen Augen und finden nicht in den Schlaf.

Ernst Millerbeck, totgeschlagen!

•••

Seit wann sind Sie wieder in der Heimat?

Seit ein paar Tagen erst.

Der Amtmann nickt. Und haben Sie sich schon gut eingelebt?

Ich bemühe mich. Vierheilig hat sich ja doch sehr verändert.

Tja, nun, wie lange waren Sie in den Kolonien?

Dreizehn Jahre.

Und was genau haben Sie in den Kolonien gemacht? Hier in diesem Schrieb steht ja lediglich, Sie seien Sonderermittler gewesen.

Ich habe für Sicherheit gesorgt.

Sicherheit?

Ganz recht.

Sind die Wilden denn immer noch nicht gezähmt?

Die Kolonien können auch einen zivilisierten Mann verändern.

Führen Sie aus.

Die Hitze, die Langeweile ...

Und wie genau haben Sie dort für Sicherheit gesorgt?

Durch die Einführung strenger Regeln.

Wie darf man sich das vorstellen? Was haben Sie unternommen, wenn die Regeln einmal nicht eingehalten worden sind? Ja?

Ich habe den Delinquenten ausfindig gemacht und ihm die Beine verbrennen lassen.

Die Beine verbrennen lassen? Der Amtmann lacht. Sie scheinen mir ja ein Freund konsequenter Methodik zu sein.

Nach dem dritten Peitschenhieb klaut selbst das verdorbenste Gör keinen Apfel mehr.

Jaja, das ist wohl korrekt. Nun, warum ...? Sie haben um Versetzung gebeten, steht hier.

In den Kolonien betrachte ich meine Aufgabe als beendet.

Der Amtmann lehnt sich in seinen Sessel zurück. Nun, es ist nur so, Sie haben den Antrag auf Versetzung dreimal innerhalb kürzester Zeit gestellt, das ist dann doch schon eine eher spezielle Angelegenheit.

Inwiefern speziell?

Sie müssen verstehen, Sie sind ja nicht der Erste, der aus den Kolonien heimkehrt, wir haben schon reichlich Erfahrung in diesen Angelegenheiten sammeln dürfen, und, sagen wir es so, nicht immer glauben wir, die Motive, die dahinterliegen, genau verstehen zu können, das heißt: die *tatsächlichen* Motive.

Ich bin stets meiner Pflicht nachgekommen.

Die Pflicht, ja, die Pflicht, wiederholt der Amtmann. Das stellt Ihnen auch keiner in Abrede, nein, das ganz sicher nicht. Man könnte jedoch meinen, man könnte jedoch annehmen, dass Sie der damit einhergehenden großen Verantwortung nicht mehr nachkommen wollen? Oder können? Ich meine, immerhin stehen Sie noch im Dienst des Königs!

Betrauen Sie mich mit einer neuen Aufgabe. Dort, wo der König mich braucht.

Sie hätten noch zwei Jahre Dienst in den Kolonien vor sich gehabt, also ... bevor wir über neue Aufgaben nachdenken, lassen Sie uns noch diese, sagen wir, offenen Fragen rasch erläutern. Der Amtmann lächelt.

Wenn Sie so viel gesehen und getan hätten wie ich, dann würden Sie mich verstehen, sagt Fordenbach.

Ich bezweifle nicht Ihre Treue.

Nein?

Nein, sagt der Amtmann. Ich muss mir jedoch sicher sein – Verlässlichkeit, Ehrlichkeit, Loyalität. Drei Anträge zur Versetzung, ich meine ... Das verstehen Sie doch? Manche sind der Aufgabe nicht mehr gewachsen, verlieren zuerst ihren Glauben, danach ihren Verstand.

Das trifft auf mich nicht zu.

Nein? Warum sitzen Sie dann hier, vor mir? Der Amtmann räuspert sich. Vielleicht stellen Sie ja auch alles infrage, geraten ins Grübeln ... man kann entweder für oder gegen den König sein, ja?

Ich habe nie am König gezweifelt ...

Sehen Sie, ich kenne Sie nicht persönlich, ich kann Ihre Worte demnach nicht richtig einschätzen, ich kann Sie nur nach Ihren Taten beurteilen, die ja hier in Ihrer Empfehlung penibel aufgeführt werden: tadellose Arbeit in der Polizeitruppe, ein richtiger Kriminalist ... Sie stammen aus Vierheilig, oder nicht?

Ja, das ist richtig.

Der Amtmann hebt die Augenbraue. Wollten Sie zum Kommiss, um Abenteuer zu erleben, Ruhm zu erlangen, wenigstens ein klein wenig Beute machen? Sie können ruhig offen reden, es liegt ja sonst nichts gegen Sie vor ...

Nein, nichts davon.

Ihr Vater war Stellmacher?

Er hat nie Hand an mich gelegt.

Es ist ja sicher ein ordentliches Gewerk, eine ehrliche Arbeit ...

Ich hatte nicht das notwendige Geschick dafür.

Nun, im Grunde sind Sie dann doch Handwerker geworden, meinen Sie nicht?

Man könnte es so sehen.

Sehen Sie, ich entscheide nicht darüber, was mit Ihnen geschieht, es ist, wie Sie gesagt haben: Jeder befolgt seine Befehle.

Das verstehe ich gut.

Nun denn. Unsere Prozedur sieht eigentlich etwas anderes vor, Gewissensprüfung et cetera pp, keine schöne Sache, die würde ich Ihnen gerne aufgrund Ihres hervorragenden Leumunds ersparen.

Was geschieht stattdessen mit mir?

Ich hätte da eine Aufgabe, die ich Ihnen gerne anvertrauen würde, auf Bewährung selbstverständlich ... und dann sehen wir, dann werden wir sehen, wie wir mit Ihnen weiter verfahren.

Pflicht bleibt Pflicht.

Dann lassen Sie mich ausführen. In einem der Dörfer in den Höhenlagen ist es zu einer Art, sagen wir, Vorfall gekommen. Uns ist zugetragen worden, dass dort einem Mann der Schädel eingeschlagen wurde und es wohl bereits einen Verdächtigen gibt, den die restlichen Bewohner eigenmächtig festgesetzt haben.

Ich verstehe.

Wir haben in diesem Fall Glück, denn oft werden selbst die schwersten Straftaten vom einfachen Volk nicht den Behörden zur Kenntnis gebracht. Der Amtmann nimmt einen Federkiel vom Tisch, tunkt ihn in das Tintenfass. Was uns nicht gefallen kann.

Nein, natürlich nicht.

Es darf nur eine Exekutive in diesem Land geben. Die des Königs.

Selbstverständlich.

Hören Sie, die Bewohner dieser Dörfer da an der Ville, das ist unausstehliches Lumpenpack. Dort will niemand leben, man lebt dort wie ein Schwein, ja? Das hat sich eh recht bald erledigt, die brauchbaren Männer im entsprechenden Alter lassen sich ja schon fast alle freiwillig rekrutieren, und zähe Burschen sindse und formbar dazu, jaja! Bald sind diese Sippen also ausgestorben, dann hat sich das. Der Amtmann nickt, lächelt. Doch der König duldet keine Selbstjustiz, auch in diesen Landstrichen nicht, ein Reich zerfällt ja immer von der Peripherie her. Tun Sie also, was Sie tun müssen. Das Gesetz des Königs gilt für alle. Klären Sie das, klären Sie den Fall, und wenn Sie zurückgekehrt sind ... Die Akte über den Sachverhalt mit Aussagen des Zeugen und so weiter erhalten Sie von mir persönlich. Sie reiten noch heute los. Ich versiegle Ihnen dieses Schreiben und notiere: Auf mein Geheiß hin, im Dienste des Königs, für den Sonderermittler Wenzel Fordenbach.

DRITTER TEIL

• • •

Fordenbach wartet in einem hellen, langen Gang, er wartet und starrt auf den weißen Marmorboden. Türen gehen auf und schließen sich wieder, Männer mit ausdruckslosen Gesichtern treten auf den Flur, gehen schweigend an ihm vorbei, es kommt ihm wie eine Ewigkeit vor, endlos. Dann endlich: Ein junger, verhärmt wirkender Bursche mit dünnen Lippen und eingefallenen Wangen bleibt vor ihm stehen, händigt ihm einen schmalen Faszikel aus und erklärt ihm in knappen Worten den Weg zum Stall des Regiments. Dann verschwindet er wieder in dem hellen, langen Gang, Fordenbach bleibt noch sitzen, streicht mit den Fingerspitzen über das gebundene Papier, liest ein paar Zeilen, *die Zusammenfassung der Ereignisse, eine Zeugenaussage*, begleitet von einem dumpfen Pochen in seinem Kopf.

Der Stall liegt abseits, in einem der Nebengebäude, davor eine gepflegte Koppel, der Sand glattgezogen, ein junger Offizier führt einen Schimmel aus der Box und übergibt ihn an Fordenbach. Er reitet auf seinem Schimmel durch die wuchtigen Stadttore von Vierheilig und dreht sich auf der Brücke noch einmal um. Die Stadt liegt ruhig in der Morgendämmerung. Die dreistöckigen Backsteinhäuser im Zunftviertel dunkel und verschlossen, die Marktstände schon mit Leinentuch verhängt. Schlohweißer Rauch steigt aus den Kaminen. Es riecht nach Salzlake, Kot und nassem Tierfell. Er atmet flach ein und gibt dem Schimmel die

Sporen. Das Tier schüttelt seine Mähne und trabt los, aus dem Stall, aus der Stadt.

Der Weg führt ihn am Rand eines Waldstücks vorbei, es ist das königliche Jagdgebiet, ein langer, ausgedehnter Forst, danach folgt der Auftritt zur Ville, die sich langsam vor ihm erhebt. Der Höhenweg wird immer steiler, Schotter und Erde spritzen unter den Hufen weg. Auf dem Grat angekommen, sieht er schon ins nächste Tal hinab, eine kalte, dunkle Schlucht, zwischen den Felsen nahe des Mühlengrabens verteilt liegen mehrere Weiler – Schwarzenraben, Bulderen, Türnich –, mageres Vieh grast auf den verkümmerten Weiden, weit und breit ist keine Menschenseele zu sehen.

Fordenbach hat sich die Karte, die ihm der Amtmann gegeben hat, genau eingeprägt, er benötigt keinen weiteren Blick darauf. Die verfallene Ruine einer alten Kirche zu seiner Rechten, auf der Felswand gegenüber prominent das Fort, die Garnison, ein massiver, kastenförmiger Bau mit Wachtürmen und Redouten, die Fahne des Königs weht träge im Wind. Der Weg führt an einer verlassenen Mühle vorbei. Es ist ein milder Tag.

Der Schimmel, den ihm der Amtmann aus den Beständen des Hofs überlassen hat, ist ein schönes, kräftiges Vieh, das noch auf den leichtesten Druck seines Schenkels mit Gehorsam reagiert. Auf dem Grat hält er sich links, reitet durch einen Hohlweg, der immer schmaler wird. Er duckt sich unter Sträuchern und Ästen, bis er an eine Lichtung kommt. Das Dorf kommt in Sicht. Er zügelt den Schimmel, trabt über eine morsch wirkende Holzbrücke, die über einen seichten Fluss führt, auf beiden Seiten des Ufers flache, mit Linden und Buchen bewachsene Auen. Ein paar Kinder spielen auf einer Schottergasse, allesamt hagere kleine Rotzbengel, die ihn anstarren, ihm nachrennen.

Ein Fremder kommt ins Dorf geritten. Wir sehen ihn auf seinem Schimmel, hören das Geräusch der Hufe im Matsch. Das Dorf erscheint ihm fast verlassen, die Türen sind verrammelt, kaum ein Fensterladen steht offen, und es ist keine Seele zu sehen, doch! Da, ein junges Mädchen, hübsch, sie sieht ihn mit stechendem, misstrauischem Blick an.

Wo sind alle?, fragt er und zügelt das Pferd.

Das Mädchen antwortet nicht. Sie hebt ihre Hand und streckt den Finger aus.

Ah, die Schenke!

Er bindet den Schimmel vor der Tränke an und sieht sich um; die Gassen aus schmutzigem Schotter, sie gehen allesamt vom Brunnen ab und scheinen ins Nichts zu führen, die Schindeln der Dächer geflickt, der Geruch von brackigem Wasser und zerkochten Rüben liegt in der Luft, ein Hahn kräht dazu. Die Dämmerung schluckt allmählich das Tageslicht, hinter ihm die Dunkelheit.

Er geht über den feuchten Schotter, hat es geregnet?, legt eine Hand auf die Türklinke und lauscht. Gemurmel, Lachen, das Auf und Ab von Stimmen. Er wartet noch, lauscht weiter dieser Sprache, die ja keine Sprache ist, die in seinen Ohren wie das bloße Auswürgen von Lauten klingt. Er zieht die Tür auf. Innen ist es düster, ihm schlägt ein schwerer Dunst entgegen; Schweiß, Alkohol, nasses Holz. Die Stimmen verstummen sogleich. Die Männer halten sich die

Krüge vor den Bauch, ihre Gesichter fettig glänzend, alle tragen sie die Kluft der Villebewohner, roher Stoff und Westen aus Schafsleder, in ihren Mundwinkeln glimmen Tabakpfeifen.

Er zieht seinen Handschuh von der rechten Hand und schreitet zur Theke.

Mein Name ist Wenzel Fordenbach, sagt er und zieht das offizielle Papier aus der Innentasche seines Mantels. Er faltet das Papier auseinander, zeigt das Siegel des Königs und lässt den Männern Zeit, um es genau betrachten zu können.

Die Männer nicken. Jaja, sagt einer, ein anderer murmelt: Dass ich nich lach!

Ich bin im Namen des Königs geschickt worden, um den Tod des Schuhmachermeisters Ernst Millerbeck aufzuklären.

Totgeschlahn habense den!, sagt einer.

Fordenbach hebt die Augenbrauen. Nennen Sie es, wie Sie wollen.

Wie wir wollen, äfft ihn einer nach.

Du, sagt Fordenbach und zeigt auf den Mann. Schnauze!

Die Männer verstummen wieder.

Fordenbach räuspert sich und sieht in die Runde, die Männer glotzen ihn erwartungsvoll an. Schließlich hebt er seine freie Hand. Na, wo?

Unten, unten im Keller, sagt der Mann hinter der Theke.

Und Sie, wer sind Sie?

Seiler, sagt der Mann. Ich bin der, der nach Ihnen geschickt hat.

Nach mir schickt man nicht. Sie haben den König gebeten, dass man hier für Recht und Ordnung sorgt.

Seiler legt sich sein Spültuch über die Schulter. Unten im Keller.

Er öffnet eine im Boden eingelassene Luke. Hier, sagt er, da unten.

Gut, gut. Fordenbach zieht sich den Handschuh wieder an und dreht sich zu den restlichen Männern im Schankraum um.

Sauft euer Bier, pafft eure Pfeifen, aber atmet mir nicht in den Nacken, ja?

Ja, jaja, flüstern die Männer.

Dann bedeutet er Seiler, dass er vorgehen soll.

Eine Holztreppe mit schmalen, bei jedem Schritt nachgebenden Stufen führt in ein feuchtes, modriges Kellergewölbe. Die Männer scharen sich um die Luke und starren hinab, murmeln, flüstern, kichern.

Fordenbach schüttelt den Kopf.

Das Licht ist schlecht, nur ein paar Kerzen brennen, und er bleibt stehen und sieht sich um.

Was ist das da?

Die Witwer, antwortet Seiler. Nur die allerschwersten kommen hier rein, sagt er und hebt seine Hände. Nach dem Wiegen. Bis die Saison zu Ende ist.

Die Saison?

Sie stammen nicht von hier, oder?

Nein, sagt Fordenbach.

Seiler geht weiter durch das Gewölbe, Fordenbach folgt ihm durch einen engen Gang, schließlich gelangen sie in eine alte Räucherkammer, wo der mit einem Leinentuch abgedeckte Leichnam von Ernst Millerbeck liegt.

Er liegt im Dreck, sagt Fordenbach und beugt sich zum Leichnam hinunter.

Da, wo Platz ist, liegt er.

Tja, macht Fordenbach und zieht dann das Tuch weg. Er betrachtet die Leiche eingehend, sein Blick suchend, die Augen zu Schlitzen verengt, die Stirn in Falten. Das Gesicht zertrümmert, der Kopf dabei gespalten, die Wunde scharf abgegrenzt, kaum eine Handkante breit, sagt Fordenbach. Gibt es hier eigentlich einen Mediziner?

Nein, sagt Seiler.

Zu wem gehen Sie dann, wenn es etwas Ernsthaftes ist?

Seiler lacht. Wir sterben, sagt er dann.

Ich verstehe. Fordenbach kniet sich nieder, tastet mit seinen behandschuhten Fingerspitzen langsam und sorgfältig die Wunden ab, dreht den Kiefer des Toten hin und her, wischt ihm die Haare aus der Stirn.

Dieser Mann wurde von vorne angegriffen, sagt er. Keine der üblichen Waffen, das geschah aus dem Lameng.

Ja, sagt Seiler. Vielleicht ein Boschenknoppen?

Fordenbach schüttelt den Kopf. Damit jagen Sie ja nicht mal mehr den dümmsten Rotzbengeln Angst ein, wer begeht denn heute noch den Grobel? Nein. Hart, schwer, scharf. Ihr Verdächtiger, was ist der von Beruf?

Metzger.

Na, sehen Sie. Ein Fleischklopfer, ein Wetzstahl, ein Pfannenstiel.

Der Kronewald mag ja ein Hitzkopf sein, aber er ist doch kein Mörder.

Sprechen Sie für das ganze Dorf?

Nein, nein, das tue ich nicht.

Fordenbach steht auf. Wo ist der Verdächtige arretiert?

•••

Seiler geht voraus, Fordenbach folgt ihm, die restlichen Männer versammeln sich in einem Pulk vor der Schenke.

Das Magazin am Ende des Dorfes beherbergte einst eine Dienststelle für Meldereiter der Garnison, eine Sattlerei sowie ein kleines Waffenarsenal mitsamt Gerätewart, zudem eine Arrestzelle für randalierende oder betrunkene Soldaten. Seit Jahren steht es leer.

Hab ihm heut Morgen noch Trockenfleisch und einen frischen Krug Bier gebracht, sagt Seiler. Pisspott hatter auch dadrin.

Wie lang ist er schon in der Zelle?

Drei Tage und zwei Nächte.

Fordenbach leckt sich über die Oberlippe. Sie warten hier vor der Tür und halten mir jeden vom Hals, klar?

Seiler nickt.

Fordenbach tritt ein. Es riecht nach Sattlertran und Pfeifenwichse, auf den Holzdielen und in den Raumecken hat sich trockenes Laub gesammelt. Ein Pult steht dort, offenbar vergessen, darauf noch ein paar letzte Blätter vergilbtes Papier, eine leere Waffenkammer, ein Stuhl mit drei Beinen, unbrauchbar.

Er sieht den Mann schon durch die Gitterstäbe, wie er auf der Pritsche sitzt, den hängenden Kopf in die Hände gestützt.

Fordenbach räuspert sich. Peter Kronewald, der Metzger?

Kronewald hebt den Kopf. Wer will das wissen?

Fordenbach umfasst einen der Gitterstäbe und rüttelt daran. Er betrachtet den Mann, sein fleischiges Gesicht, die schütteren Haare, die Knopfaugen. Auf seinen Wangen ein Netz aus roten Äderchen, die Hände groß, stark und behaart, die Haut der Finger jedoch glatt und fein, es kommt vom ständigen Umgang mit Fett. Fordenbach stellt sich vor, wie diese Hände einen schweren Gegenstand greifen, schwer und scharf genug, um die Verletzungen zu verursachen, die er soeben gesehen hat.

Sie haben diesen anderen Mann erschlagen. Ich denke, mit einem Wetzstahl oder vielleicht einem Fleischklopfer. Sie sind ja ein ziemlicher Brocken, groß, und was wiegen Sie? Na, zwölf Steine sicherlich. Da reicht ja ein Schlag aus, um den anderen niederzustrecken.

Kronewald steht auf und atmet scharf ein. Er will einen Schritt auf Fordenbach zugehen, bleibt dann aber doch stehen, sein massiger Körper wirkt dabei plump.

Da schicken sie schon so einen feinen Pinkel hier hoch ...

Ich tue nur meine Pflicht, sagt Fordenbach, greift in die Innentasche seines Mantels und holt sein Zigarettenetui heraus. Rauchen Sie? Er nimmt den neugierigen Blick des Metzgers auf, der Blick ist nicht misstrauisch, fast ist es der gutgläubige Blick eines kleinen Kindes.

Was sind das für welche?

Nelkenzigaretten.

Kronewald schüttelt den Kopf, zieht aber eine Zigarette aus dem Etui. Ich kann nich sagen, dasses mir um den Millerbeck leidtut, da bin ich ehrlich, denn ein Schwadroneur vor dem Herrn war's, ein Schwätzer und Tunichtgut, nur im Fluss warer verdammt tauglich, die letzten Jahre, ja, da stand immer er auf der Brücke, hat schon an mir genagt, gefressen hat's, das geb ich ja zu, und ich hätt's ihm schon gern gezeigt, das sicher, das ja, aber nich so ... ich hatten doch eh gehabt, denn mein Sohn, der Max, der hat ja den schwersten Witwer rausgezogen, den wir hier je gesehen haben, und da, jaja, da is der olle Millerbeck ja fast vor Neid vergangen, der Lümmel! So hatt ich ihn doch, ich brauchten dafür ja gar nicht erst erschlagen, nein. Ich hätt's ihm ja doch jeden Tag angesehen, wie's in ihm kocht, bisser sechs Fuß tief verscharrt wird, hätt ich's ihm angesehen.

Er lacht laut auf, und Fordenbach tut es ihm gleich, er lacht mit, ahmt das Lachen sogar nach, es ist ein hämisches, aber ehrliches Lachen. Als wieder Stille zwischen den beiden eingekehrt ist, reißt er ein Streichholz an, zündet sich seine Zigarette an und hält die Flamme nah genug vor die Gitterstäbe, sodass Kronewald sie noch erreichen kann.

Mich interessiert alles, der Neid, der Witwer, die Saison, euer ganzes kleines, verdrecktes Loch interessiert mich, also lass hören!

Lieber reiß ich mir die Zunge raus, sagt Kronewald und nimmt einen tiefen Zug, lässt den Rauch aus den Nasenlöchern kriechen. Verpiss dich besser wieder nach Vierheilig, wo du hingehörst.

Fordenbach steckt sich die Zigarette in den Mundwinkel und nickt. Das werde ich schon noch tun.

Warte, sagt Kronewald. Warte mal.

Fordenbach bleibt stehen und dreht sich um.

Kronewald hält die Zigarette unbeholfen zwischen Daumen und Zeigefinger, die andere Hand umfasst einen der Gitterstäbe. Er wirkt auf einmal ganz kraftlos, das Gesicht im fahlen Licht fast schon bleich. An den Gewichten, da hab ich nix dran gemacht, sagt er. Das sind gute Gewichte, die sind gegossen und geeicht und verplombt, das weiß jeder, dass man da nix dran fuchteln kann, das is 'ne Ehrensache, dass man das nicht tut, ich hab da nix dran gedreht, nie.

Gut, sagt Fordenbach und geht ab.

Vor der Tür wartet Seiler. Fordenbach nickt ihm zu und stellt sich neben ihn, beide schauen zu den Männern, die immer noch vor der Schenke auf der anderen Seite des Dorfes stehen, sie anstarren, gestikulieren, lachen.

Die Meute hätt ihm sicher gerne die Kehle durchgeschnitten, sagt Fordenbach.

Seiler schnaubt nur.

Dieser Mann, Kronewald, der Metzger, lassen Sie ihn gehen. Unverhohlen dumm, so einer kann sein Maul einfach nicht halten, verrät sich mit dem ersten Satz.

Der war's also nich ...

In ein paar Tagen wissen wir, wer's war, sagt Fordenbach.

Seiler sieht ihn erstaunt an.

Eine Handvoll Männer, ein paar Kinder, Weiber hab ich hier noch keine gesehen. Fordenbach macht eine das Dorf vermessende Geste. Und wo will man schon hin? Ins nächste Drecksloch? Nein, das riskiert doch keiner, denn es verrät einen ja nur. Das sind Bauern und Handwerker, Kleingeister, das Gewissen plagt sie, es plagt sie, und dann ... Er lächelt. Lassen Sie den Mann ruhig gehen. Besorgen Sie mir nur eine Waschschüssel, eine gute Decke und eine Öllampe, ich werde fürs Erste hier Quartier beziehen.

Im Magazin?

Kümmern Sie sich auch um den Schimmel, in den besten Stall soll er, und er kriegt nur gutes Futter, ja? Nicht den Dreck, den ihr euren Zossen gebt, verstanden!

Und wer zahlt das?

Ich werde für Sie beten, sagt Fordenbach. Reicht Ihnen das?

•••

Max liegt unter Steppdecken in seinem Bett, als er die Stimme des Vaters in der Küche hört.

Das sind ja Hunde, alles Hunde sind das, sagt er. Da sperren die mich weg wie so einen ...

Is gut, sagt die Mutter. Bist ja jetzt hier.

Jaja, hier, aber vorbei is das nich, das schwör ich dir aber.

Lass gut sein, lass doch.

Ach, halt dein Maul, sagt der Vater. Koch deine Suppe da und halt dein Maul.

Max steht auf, bleibt vor seinem Bett stehen, sieht die schattenhaften Bewegungen der Mutter in dem schmalen Streifen Licht unter der Tür. Er legt die Hand auf die Klinke.

Dann eine Stimme, die er nicht kennt.

Die Gewichte, sagt sie, die Worte klingen hart und knapp, mit wenig Atemluft gesprochen. Die will ich sehen, sofort.

Ja, sagt der Vater. Ist gut.

Scharfes Einatmen. Husten. Schritte. Stille.

•••

Fordenbach zieht den Stuhl unterm Tisch hervor und setzt sich, die Füße ausgestreckt.

So!, sagt er und greift nach dem Zigarettenetui in seinem Mantel. Dann bedeutet er Peter Kronewald, der noch ganz verloren und verwirrt in der Küche steht, sich ebenfalls zu setzen.

Er öffnet das Etui, zählt die Zigaretten, tippt mit der Fingerspitze auf die gezwirbelten Enden, nimmt eine heraus.

Natürlich ist mir das aufgefallen, sagt er.

Peter Kronewald setzt sich ihm gegenüber und legt seine Hände flach auf die Tischplatte. Was, was ist dir aufgefallen?

Fordenbach zündet ein Streichholz an. Ist gut gemacht, das muss ich sagen – ja, es ist gut gemacht, man übersieht es sicher leicht, wenn man nicht genau weiß, wo man hinschauen soll. Man braucht schon Expertise!

Expertise?

In den Kolonien, sagt Fordenbach und nimmt einen Zug, da haben die Rekruten manchmal versucht, ihre eigenen Gewehre zu sabotieren, um nachts keine Wache schieben zu müssen …

Kronewald nickt stumm.

Mit Sand, Fordenbach lächelt, ein bisschen Sand in die Basküle, ins Schloss, da klemmt dann auf einmal alles, da passt dann plötzlich nichts mehr ineinander … kein Schuss ließe sich da mehr abfeuern.

Aber wir sind hier nich in den Kolonien.

Nein, sind wir nicht, sagt Fordenbach. Trotzdem will ich wissen, wer das mit den Plomben gewesen ist, es ist ja so offensichtlich wie bei den Rekruten.

Kronewald seufzt und faltet die Hände. Ich war's ja nich, das sag ich, wie ich hier steh. Stimmt schon, ja, so isses, da hat sich wohl einer an den Plomben zu schaffen gemacht, irgendein Hundesohn, kurz vor der Saison war's, ich hab's bei 'ner Kontrolle gemerkt, ich kontrolliere ja regelmäßig!, doch gesagt hab ich nix. Die hätten mich im Verdacht gehabt, das halbe Dorf, das ganze! Also halt ich besser 's Maul, ja? Was hätt das sonst gegeben? Das Blei hab ich auf der Justierkammer wieder warm gemacht und dann die Eichmarke reingedrückt. Ich hab alles wieder ordentlich gemacht, wie es sich gehört, ja? Wie sich das gehört!

Millerbeck, sagt Fordenbach. Der war's, oder?

Kronewald zuckt mit der Schulter.

Ich versteh schon, wenn Sie es mir nun sagen würden, wenn Sie mir sagen, wie es ist – ja, der olle Millerbeck, der isses gewesen, der wollte das Misstrauen, die Zwietracht, ein kleiner Verdacht reicht ja schon aus, um alles infrage zu stellen ... Das passt, alle würden mit dem Finger auf Sie zeigen, auf den Metzger. Er hat Sie linken wollen, Sie haben ihn zur Rede gestellt ...

Ich war's nicht, wiederholt Kronewald.

Ein Metzger, ein Schuhmacher ... und einer bleibt liegen. Die alten Geschichten, Neid, Gier, Hass?

Was willst du wissen, sag schon, spuck's aus!

Was muss ich denn wissen?

Bah!, macht Kronewald. Ich red mich doch nich rein, nich in meiner eigenen Küche!

Ich kann dich auch nach Vierheilig schleifen und dort einkasernieren lassen …

Du machst mir keine Angst, du!

Nu erzähl schon, wasser hören will, verdammich!, sagt die Frau, die Mutter. Ihre Stimme laut und deutlich zu hören, doch sie bleibt hinter der halb geschlossenen Küchentür stehen.

Is ja gut, is ja gut … Kronewald räuspert sich. Na, wie's halt so is, wer auf der Brücke steht, wer die Saison gewinnt, der zahlt seine Zeche ja nich mehr selbst, dem sein Wort hat Gewicht, auf den hört man, der is was wert.

Darum geht's also?

Ach, Kronewald leckt sich über die Oberlippe. Du musst ja wissen, ich!, ich hab jahrelang die fettesten Witwer aussem Graben rausgeholt, lange vor dem, da warer ja stets bleich vor Neid, der lütte Ernst …

Dann hat sich das Blatt gewendet.

Ja, ja, dann durfte der Ernst endlich auch mal auf der Brücke stehen, seitdem gibt er halt an wie 'ne Tüte Mücken, in der Saison is man schon mal hitzig, aber sei's drum.

Du hast einen Sohn, ja?, und der Millerbeck eine Tochter, ist das korrekt soweit?

Kronewald nickt stumm.

Und das ist alles?

Was glaubst denn du?

Beide sind jung, und na ja, nehmen wir mal an, dass …

Nein, sagt Kronewald. Da wird nix angenommen.

Der Sohnemann vielleicht verliebt, und gleich in der ersten Saison holt er den dicksten Trumm raus, der Millerbeck ist voller Missgunst und Eifersucht. Ein Wort gibt das andere …

Kronewald lacht laut auf. Der Max? Im Leben nicht.

Max heißt er also, Fordenbach lächelt. Aber zutrauen tuste deinem eigenen Sohn ja nicht viel, oder?

Was weißt du schon.

Wo ist der eigentlich abgeblieben, der Sohn?

Fieber hatter, sagt die Mutter, hohes Fieber. Der liegt inner Kammer.

Fordenbach lehnt sich zurück. Komm mal raus da, Mutter, und zeig dich.

Die Mutter öffnet die Tür, bleibt aber im Spalt stehen.

Was weiß denn die Mutter über all das? Ein Mann wird totgeschlagen! Vielleicht war's ja der eigene Mann, der eigene Sohn? Was sagt die Mutter dazu, was weiß sie?

Ich sag dir, was ich weiß, die Mutter schnaubt und verzieht den Mund. Putzen, kochen, die Brut durchbringen, die Beine breit machen, Ärsche abwischen. Das, davon weiß ich was, das kenn ich! Zur Genüge!

Na, anspucken musst du mich ja nicht gleich, du alte Vettel, lacht Fordenbach, meine Güte!

Die Tür fällt ins Schloss. Die Mutter ist fort.

Ich sag dir was, Fordenbach beugt sich über den Tisch, der Millerbeck, der war's, damit er was gegen dich in der Hand hat, für den Fall ... Aber ich sag dir noch was: Ich glaub nicht, dass du ihn erschlagen hast, weder du noch dein Sohn. Zu nah, zu nah, ihr seid euch ja so nah wie Waschweiber, wie alte Eheleut, da will man den anderen doch leiden sehen, man will sehen, wie der sich grün und blau ärgert; ich kenn solche wie euch, kleine Männer. Ich kenn solche wie euch zur Genüge, würd deine Vettel sagen.

Fordenbach drückt die Zigarette auf der Tischplatte aus und steht auf. Noch biste aber nicht vom Haken, Metzger, ich hab schon ein Auge auf dich. Auf euch! Auf euch alle!

•••

Klara legt das Schälmesser zur Seite, greift die Kartoffelschalen mit beiden Händen, wirft sie in den Blecheimer, der unter dem Tisch steht.

Sie sieht die Mutter an, die mit der Zunge schnalzt.

Was?

Klara schüttelt den Kopf.

Fehlt er dir etwa?

Sie zuckt mit der Schulter.

Wir bringen deinen Vater unter die Erde, und dann sehen wir. Wird schon weitergehen, is ja immer weitergegangen.

In der Werkstatt sind die Stiefel vom Kommiss, die sind ja fertig, sagt Klara. Ich bring sie in die Garnison, das sind schon noch ein paar Reppa.

Die Mutter nickt. Ja, sagt sie. Tu das. Und Klara, sie hält sie am Arm fest. Ich würd's dir nich nachtragen ...

Was würdest du mir nicht nachtragen?

Sind ja sicher dreißig Reppa, das ist nicht viel, doch's geht sich schon aus, wenn du nicht auf großem Fuß lebst.

Nein, sagt Klara. Kann dich nicht alleine lassen, nicht nach alldem, das geht nicht.

Die Mutter lächelt. Gehst ja so oder so ... wenn nicht heut, dann eben morgen.

•••

Die Männer stehen auf dem Hof hinter der Metzgerei, schauen Kronewald dabei zu, wie er Max' Witwer erneut an die Waage hängt.

Der Dolle muss ihm dabei helfen.

So, sagt Fordenbach. Acht Steine, drei Unzen.

Acht Steine!, ruft einer.

Ich hab euch gesagt, ich hab da nix dran gefuchtelt, stimmt alles.

Stimmt alles, von wegen.

Schnauze, sagt Fordenbach. Acht Steine, drei Unzen ... und die Gewichte sind sehr wohl geeicht, die Plombe vom Eichamt aus Vierheilig völlig instand, das hätte man sich also alles sparen können.

Was soll das denn heißen?

Dass acht Steine und drei Unzen acht Steine und drei Unzen sind, sagt Fordenbach.

Der Ernst hat also nur geschwätzt ...

Und ihr habtem ja auch noch geglaubt, das is ja das Schlimmste, das Allerschlimmste! Dass ihr diesem Büchsenscheißer geglaubt habt!

Nu tu nich so, als ob du den Trumm da rausgeholt hättest. Haste nich!

Du aber auch nich, ja!

Spuck mal nich auf 'n Toten, Peter, macht man nich, so, hier, so spuckste auf 'n Toten, so wie du daherredest!

Ich spuck nich auf 'n Toten, ich spuck auf euch, ihr Hunde.

Nee, nee. Saison is bald vorbei, und dann steht der Max auf der Brücke, wie ich's gesagt hab, wie ich's schon immer gesagt hab, ich hab den Jungen ja gemacht, ich wusst's ja schon immer.

•••

Die Dämmerung bricht herein.

Fordenbach liegt auf der Holzpritsche, die Arme im Nacken verschränkt.

Er döst. Er hört Seiler kommen. Da ist etwas an diesem Mann, was ihn von den anderen unterscheidet. Er ist nicht so grobschlächtig, wählt seine Worte mit Bedacht.

Hat er ein Geheimnis?

Ganz sicher wird es herausfinden.

Ja?, sagt Fordenbach und öffnet die Augen.

Seiler steht vor der offenen Arrestzelle.

Ihr Zeug, sagt er. Hab's auf den Tisch gestellt.

Fordenbach nickt.

Und der Schimmel steht bei mir im Stall, gleich hier drüben.

Gut, sagt Fordenbach. Noch eine Sache ...

Ja?

Sind Sie von hier?

Seiler lächelt. Der Branntwein geht aufs Haus, sagt er noch, dann dreht er sich um. Und vergessen Sie Ihr Gebet nicht!

•••

Max fröstelt es, er fühlt sich immer noch fiebrig, die Haut heiß und der Geist wirr.

Er zieht den Mantel aus Otterfell fester um sich und bleibt in der Mitte der Brücke stehen.

Er legt beide Hände auf den Lauf, das Holz glatt und speckig.

Er blickt auf den Mühlengraben, in diesem Abschnitt fließt das Wasser langsam und macht sich breit, die Auen bieten ihm den Platz zum Mäandern.

Ein paar Männer sitzen auf den großen Steinen am Ufer, er kann die Glut ihrer Pfeifen im Halbdunkel erkennen, ihr heiseres Lachen hören.

Er steht dort, bis die Männer aufstehen und gehen. Bis die Nacht einkehrt. Dann lehnt er sich weit über den Handlauf und spuckt ins Dunkel, spuckt in den Fluss.

•••

Fordenbach wartet auf dem mit Riedgras bewachsenen Hügel.

Da bringen sie Ernst Millerbeck in die Erde.

Kein Pfarrer kommt; hier gibt es keine Gläubigen.

Vier Holzpfähle für die vier Himmelsrichtungen werden verbrannt.

Der Leichnam wird in ein Leinentuch vernäht und in sein Grab verbracht.

Die Männer singen Klagen in alter Sprache.

Fordenbach zündet sich eine Zigarette an, beobachtet schweigend und aufmerksam.

Die Männer schaufeln Erde in das Grab.

Die Frauen stehen abseits, die Witwe und ihre Tochter ganz am Rand, die Hände vor dem Schoß gefaltet.

Sie weinen nicht, ihre Gesichter reglos. Sie starren auf das sich langsam füllende Grab.

Eine letzte Schippe noch, dann ist es vorbei.

•••

Die Männer hocken am Tresen, trinken Kandisbier aus Tonkrügen und paffen ihre Tabakpfeifen. Ihre Stimmen laut, die Gesichter gerötet vom Alkohol.

Fordenbach tritt in die Schenke.

Die Männer sehen ihn an und nicken, wissen nicht, wie sie sich verhalten sollen. Sie sprechen mit gedämpfter Lautstärke weiter, rücken näher zusammen.

Er bleibt vor dem Tresen stehen.

Seiler stellt einen Krug Bier vor ihn hin.

Fordenbach trinkt einen Schluck und wischt sich mit dem Handrücken über den Mund. Infanterie, sagt er dann.

Nein, sagt Seiler und schüttelt den Kopf.

Ich hab geraten.

Wie lange haben Sie in den Kolonien gedient?

Fordenbach hebt eine Braue.

Ihre Zigaretten, antwortet Seiler.

In dreizehn Jahren gewöhnt man sich so einiges an.

Ganz offensichtlich.

Was haben Sie in den Kolonien gemacht?

Handwerk, antwortet Fordenbach. Ich war nur ein kleiner Handwerker.

Die Schusterahle des Königs ... Das Bier geht jedenfalls aufs Haus.

Was genau hat das mit dem Witwer auf sich?

Das alte Spiel, sagt Seiler.

Ich verstehe ...

Fordenbach beobachtet Seiler aus den Augenwinkeln, und da bemerkt er, dass Seiler es ihm gleichtut: Das Gefühl eines Hinterhaltes stellt sich ein, er kennt es nur zu gut.

Dieser Mann, fragt er. Millerbeck. Kam er oft in die Schenke?

Ja, das tat er.

Was bleibt einem hier schon. Fordenbach leert seinen Krug, legt jedoch die Hand über das Gefäß.

Vor der Schenke bleibt er stehen, grad da, im Schatten neben der Tür, wo niemand ihn sehen kann. Er hört das Gewirr der Stimmen, das Lachen, das Klirren der Flaschen und Krüge, ruft sich die aufgedunsenen Gesichter der Männer am Tresen in Erinnerung, ihre Blicke nicht hasserfüllt, sondern ablehnend aus begründeter Furcht: Niemand will es ja glauben, dass unter den Seinen ein Mörder lebt.

Langsam geht er durch das Dorf, der Schotter knirscht unter den Stiefeln. Er geht, bis er am Fluss unterhalb der Brücke steht. Er geht bis ans Wasser und zündet sich eine Zigarette an. Er kostet jeden Zug aus, genießt das blumige Aroma des Tabaks; es ist die letzte dingliche Sache, die ihn noch an die Kolonien bindet. Der Rest ist Erinnerung, Geister der Vergangenheit. Dann stellt er sich vor, wie es sich anfühlen würde, einfach so im Fluss zu verschwinden. Ein Schritt, und noch ein Schritt, seine Kleidung wird nass und schwer und treibt auf, die Strömung zerrt an ihm, nimmt ihn mit in die Dunkelheit.

Als er wieder am Magazin ankommt, steht da ein mit Tuch abgedeckter Teller vor der Tür. Er sieht sich um, lauert da jemand in einer Nische?, aber da ist niemand, nichts bewegt sich. Er schließt die Tür, setzt sich in die Arrestzelle, wo er den Teller auf die Pritsche stellt und die Öllampe entzündet. Unter dem Tuch findet er eine Pastete in Hefekruste ausgebacken. Der Duft des Fleisches steigt ihm in die Nase, die Pastete ist noch warm. Er klappt sein Messer auseinander, schneidet die Kruste an, pult ein wenig von der Füllung heraus; fein gehacktes Fleisch mit Kräutern, er schnüffelt und prüft, doch dann vergisst er sein Misstrauen, teilt die Pastete in zwei Hälften und isst, verschlingt sie regelrecht. Das Fleisch ist saftig, die Kruste dünn und knusprig, in seinem Mund vereint sich alles zu einem großen Genuss. Er kaut, schluckt, spürt das Fett auf den Lippen, isst, bis nichts mehr da ist, leckt zuletzt noch den Teller sauber.

Dann legt er sich auf die Pritsche, öffnet den Gürtel und zündet sich eine Zigarette an. Er zählt die Zigaretten in seinem Etui, es sind noch zehn Stück, zehn Stück sind übrig geblieben. Im flackernden Schein der Öllampe liegt er da und raucht und döst und schlummert zu guter Letzt ein; er träumt, dass er eines der Kinder ist, die er mit Murmeln in der Gasse hat spielen sehen. Eine ganze Handvoll Murmeln hat er in der Hand, sie sind bunt und aus kaltem, hartem Glas. Es wirft sie, und sie springen und rollen in alle Richtungen, er rennt hinterher, wie Kinder es eben so tun, er rennt hinterher und will sie einsammeln, und als er sich bückt, da ist es gar keine Murmel, sondern ein herausgerissener Augapfel.

Er wacht auf, der Hals schweißnass, ein Kribbeln auf seiner Haut, er glaubt, es sind Insekten, Sandwürmer, anderes Geschmeiß, das aus der feuchten Erde gekrochen ist, um in seinem Fleisch ihre Larven abzulegen, so war es ja in den Kolonien! Ständig der fein stechende Schmerz, die roten Wunden, die rasch eiterten und manchem das Blut vergifteten, gefährlicher als die Wilden!, daran stirbt man eher als im Kampf, man stirbt entkräftet und matt im weißen Tuch des Lazarettbetts, da geht sie dahin, die versprochene große Ehre, daran ist ja nun gar nichts Heldenhaftes. Das weiß auch Wenzel, und schon reißt er sich das Hemd vom Leib, sie sind ja schon überall!, in den Achseln, den Augenwinkeln, selbst auf der Zunge. Er spürt sie, er spuckt, er kommt hoch. Hastig will er Licht machen, das erste Streichholz geht ihm glatt aus, die Finger so zittrig, das nächste entzündet schließlich das Öl in der Lampe, und im flackernden Schein schaut er nach, sucht rasch die nackte Haut ab, betastet sich an Brust und Nacken, fühlt über Wangen und Hals, doch da ist nichts, er braucht ein paar Momente, um es zu begreifen. Er ist nicht mehr in den Kolonien. Er atmet aus und lässt sich wieder auf die Pritsche sinken.

•••

Die Werkstatt des Vaters erhellt durch den Schein einer einzigen Öllampe. Der Geruch nach Leder und Kautschuk, der sich in jedem Ding verewigt hat, der nicht mehr weggehen wird.

Klara stellt die Lampe auf den großen Tisch, auf dem noch Teksfuß und Schusterkugel, Halbmondmesser und Putzholz liegen, gerade so, als sei der Vater nur für ein kühles Bier in Seilers Schenke verschwunden.

Vier Paar Stiefel, schwere Reitstiefel, das Leder am Schaft ausgebessert und vernietet, die Sohlen vernagelt, es ist das letzte Werk des Vaters. Sie stellt die Stiefel in einer Reihe auf den Tisch, dreißig Reppa vielleicht, es wird schon eine Zeit lang reichen. Sie nimmt eines der Werkzeuge in die Hand, sie fühlen sich eigenartig fremd an, sie weiß nichts damit anzufangen. Sie sperrt die Tür wieder zu, geht die Gasse an der Schenke vorbei, die Stille im Dorf ist eine angespannte.

Sie wartet am Ende der Gasse, es sind nur ein paar Schritte zu seinem Fenster. Sie spürt, dass Max noch wach ist. Sie bleibt im Schatten vor dem Haus stehen, die Läden sind zugeklappt, und dahinter ist es dunkel. Sie streckt die Hand aus, legt sie sanft auf die Lamellen. Soll sie klopfen, sich bemerkbar machen? Ein Wort, ein rascher Kuss? Nein, etwas hält sie zurück, es ist nicht der Anstand, obwohl der Tod des Vaters doch noch so frisch ist, so nah. Die anderen würden es ja sicher nicht gutheißen, was würde man nur über sie sagen, sich erzählen?

Sie spürt ja keine Trauer. Und die Worte der anderen, sie sind ihr gleich. Es ist wegen der Mutter: Sie hat sie gehalten, beschützt, war immer an ihrer Seite, hat sich aufgewendet und verausgabt, und nun? Das ist ein schäbiges Gefühl, was sie überkommt, die Mutter verlassen, sie alleine zurücklassen.

Klara, sagt eine Stimme, es ist die von Max, sie klingt ja so schwach und erschöpft; das Fieber hat ihn ermattet.

Ich seh dich, sagt er. Ich kann dich doch sehen. Du stehst da vor dem Fenster, gleich hier, warum sagst du nichts?

Warum sagst *du* nichts?

Da kommt eine Wut in sie, ein Aufruhr, kurz und hart schlägt sie gegen die Lamellen und geht, sie geht die Gasse entlang zum Brunnen.

•••

Hier hat es ja begonnen, am Brunnen.

Sie mag es, dort zu sitzen, auf den kühlen, feuchten Steinen, das mochte sie schon immer. Dort kann man den langen, gewundenen Schotterweg sehen, der vom Dorf wegführt.

•••

Ein Fiebertraum:

Max sitzt am Küchentisch, drei Blagen um ihn herum, sie schreien, sie zetern, sie pissen und scheißen sich voll, haben Hunger, haben Durst, er weiß es doch nicht, er weiß nicht, was er tun soll, brüllt nach Klara: Klara!

Doch sie kommt nicht.

Klara!

Wo ist sie nur, wo kann sie sein? Sie gehört doch hierhin, hier, an seine Seite.

Dieses Weib, denkt er, der werd ich's zeigen!

Sie ist sicher draußen, draußen bei den Hühnern, sie ist beim Stall.

Ja, und dort findet er sie.

Sie steht vor dem Käfig, der offen ist, ihr Mund verschmiert von brauner, feuchter Erde.

Sie hält den letzten Hahn in der Hand, sein Genick gebrochen.

Hier, sagt sie, friss, friss nur, friss.

Und er schweigt und sieht dabei zu, wie sie sich den Hahn in den Mund stopft, zuerst den Kopf mit den rotgeschwollenen Lappen, dann den gefiederten Leib, tiefer, immer tiefer und weiter hinab, bis nur noch die Sporne aus ihrem Mund ragen.

Sie sackt zu Boden, Klara!, er will sie ja halten, etwas tun, sie retten!, rette sie doch!, nur kann er nicht, kein Muskel zuckt, nicht einmal eine Sehne, bloß Untätigkeit.

Max reißt es hoch, reißt es aus dem Schlaf. Er würgt, doch da kommt nichts, nicht einmal die eigene, saure Galle.

Er wischt sich mit dem Laken den Schweiß von der Stirn.

Er starrt in die Dunkelheit.

Sein Herz klopft hart und schnell in seiner Brust.

•••

Die Mutter kommt in den frühen Morgenstunden in seine Kammer.

Sie setzt sich auf die Bettkante, und er wird wach, öffnet die Augen, sieht sie an.

Sei ruhig, sagt sie und legt ihm die Hand auf die Stirn.

Du hast Fieber, sagt sie dann, du hast immer noch Fieber.

Max will etwas erwidern, öffnet schon den Mund, doch als sie ihren Zeigefinger über seine Lippen legt, versteht er.

Du hast Fieber, sagt die Mutter noch einmal, dann steht sie auf und schließt die Tür.

Doch er hört ihre Stimme in der Küche, wo sie mit dem Vater spricht, sein Brummen und Ächzen nur ein schwacher Widerspruch.

Und? Fieber hat der Junge immer noch, Mensch! Fieber! Was soller da schon im Fluss? Reicht das nich? Ist es nich genug jetzt einmal?

Jaja, macht der Vater. Schon gut.

Und so geht der Vater allein los, den Büggel auf der Schulter und die Flasche Branntwein in der Hand, die Doppelhaken geschliffen und scharf im Lederriemen.

•••

Die Männer tun das, was sie schon immer getan haben; sie marschieren durch den Morgennebel, in Gedanken schon im Fluss, doch etwas ist anders diesmal. Das Misstrauen hat in ihre verschworene Gemeinschaft Einzug gehalten, nun wissen sie nicht, was sie tun, wie sie sich verhalten sollen. Da ist die Frage der Schuld, ein jeder erscheint verdächtig. Die Männer belauern einander, ein stummer, stiller Blick, fast wie zufällig.

Fast vergessen sie die Witwer.

Sie schleppen sich ins kalte Wasser, rollen lustlos die Leinen in der Hand hin und her, in ihren Köpfen drehen sich die Gedanken im Kreis, lenken sie vom Wesentlichen, vom Eigentlichen ab. Gegen Mittag wird es ihnen allen klar, dies wird der letzte Tag der Saison sein. Immer weniger Witwer kommen über die Terrassen und durch die Furten, lange bevor die Dämmerung einsetzt, kehren die Männer aus dem Fluss zurück. Sie warten nicht mehr auf die Dunkelheit, kosten die letzten Stunden nicht mehr aus, hoffen nicht mehr auf ihr Glück. Sie wissen, sie spüren: Die Saison ist entschieden.

•••

Max bleibt in der Kammer, wie die Mutter es ihm aufgetragen hat.

Ihm wird fad, die Zeit lang.

Er legt sich wieder in sein Bett.

Das ist es nicht, er hat es satt herumzuliegen.

Er öffnet das Fenster, atmet frische Luft.

Da sieht er den Mann, gleich da, wie er eben in die Gasse hinterm Haus einbiegt.

Ein Fremder, das erkennt er auf den ersten Blick.

Der Mantel, die Haare, der Gang.

Es muss dieser Mann aus Vierheilig sein.

Max weiß, er ist gekommen, um Fragen zu stellen.

• • •

In den frühen Morgenstunden hat Fordenbach das Magazin bereits verlassen.

Die Bilder des Traums noch in seinem Kopf. Seitdem wandert er umher, ziellos. Er bleibt stehen und pisst vor dem Dorf ins Gebüsch und zündet sich eine Zigarette an, spürt sogleich die Wirkung des Tabaks auf nüchternen Magen. Die Wahrheit liegt hinter diesen verschlossenen Türen, hinter den verrammelten Fenstern, in den kalten und feuchten Stuben, Kammern und Küchen. Er bleibt nach ein paar Schritten stehen, betrachtet die Häuser mit ihren niedrigen Dächern und Windfängen, den wuchernden Kräutergärten, dem grauen Putz.

Fordenbach überquert den langen, schmalen Schotterweg und geht am alten Friedhof vorbei bis zum Flussufer. Er sieht die Männer, schattenhaft und winzig sind sie in der Ferne. Er schnippt die Zigarette in den Fluss, bückt sich, wäscht sich Hals und Gesicht, trinkt aus der hohlen Hand; das kühle Wasser tut gut, er fühlt sich gleich besser. Mit dem Tageslicht im Rücken kehrt er ins Dorf zurück, das immer noch verlassen wirkt, aber nicht verlassen ist; die Weiber sind schon da, die Weiber und die wenigen Kinder, selbst die Kleinsten haben ja alte, graue und verhärmte Gesichter. Ohne Männer wirkt das Dorf auf ihn noch fremder, noch entrückter. Er sieht in jedes geöffnete Fenster, blickt ungeniert in die Küchen, wo die Frauen stehen und in ihren verbeulten Töpfen rühren, ihre Brut verdreschen oder sich die strähnigen Haare kämmen.

Er bleibt vor der Schwelle zu Kronewalds Haus stehen und klopft an die Tür.

Ja!, tönt es aus dem Inneren. Im Türspalt erscheint das Gesicht der Mutter. Sie trägt Schürze und Kittel, die Wangen sind gerötet. Sie sieht ihn so still und schweigend an, als hätte sie ihn erwartet.

Die Pastete war sehr gut, danke.

Pastete?

Fordenbach lächelt. Was geschieht als Nächstes? Die Toten sind ja schon unter der Erde.

Das Fest, sagt die Mutter. Das Fest noch, dann is Schluss.

Schluss?

Ja, sagt sie. Schluss.

Der Junge in der Kammer, Max ...

Welcher Junge?

Das ganze Dorf spricht ja über ihn.

Mein Junge isses, sagt die Mutter. Ich hab ihn in die Welt gebracht.

Ja, sagt Fordenbach und wartet ab.

Fieber, immer noch hatter Fieber.

Sah recht munter aus, da eben am Fenster.

Die Mutter schüttelt den Kopf. Du machst mir keine Angst.

Lass, sagt Max. Ist gut.

Fordenbach schnalzt mit der Zunge. Setz dich, sagt er und zeigt auf den Küchentisch.

Is immer noch mein Haus, faucht die Mutter. Ich sag, wer sich wo setzt!

Die Mutter versperrt ihm den Weg.

Das wagst du ja nicht, sagt Fordenbach und schiebt sie zur Seite. Sie gibt nach, ihr Körper weich und kraftlos.

Nun, sagt er und setzt sich auf den Stuhl gegenüber von Max. Wie hast du das gemacht? Du wirkst ja wie ein Knilch, noch nicht mal Flaum am Kinn.

Ich weiß nicht, antwortet Max.

Du weißt nicht.

Nein ...

Ich glaube, du lügst.

Warum sollte ich das tun?

Jeder hat was zu verbergen.

Nein, sagt Max. Da gibt's nichts.

Hast einen Fisch aus dem Fluss gezogen, der das Dreifache von dir wiegt.

Glück, sagt Max. Das war Glück.

Das ganze Dorf spricht davon, sagt Fordenbach. Dein Name ist in aller Munde. Und wie du eine Nacht lang im kalten Wasser überlebt hast.

Im Bauch des Witwers, da hab ich überlebt, in seinen Bauch bin ich gekrochen.

In den Bauch des Witwers bist du gekrochen?

Max nickt.

Die Tochter von diesem Schuhmacher, Millerbeck.

Ja.

Fordenback reibt die Spitzen seiner Zeigefinger aneinander.

Max schüttelt den Kopf.

Nein?

Nicht so.

Wie dann?

Nicht so.

Weißt du, was ich mich frage?, sagt Fordenbach und legt seinen Ellenbogen auf der Stuhllehne ab. So einer wie du, so ein Hänfling ... kriegt der den Millerbeck überhaupt um?

Max schüttelt wieder nur den Kopf.

Dein Vater glaubt ja, du hast nichts drin, keine Kraft, keinen Willen.

Hat er das gesagt?

Nein, das behaupte ich einfach so. So ein Schwächling wie du soll mal seine Metzgerei übernehmen? Da brauchst du ja drei Lakaien, um deine Sau an die Haken zu kriegen. Wie stellst du dir das überhaupt vor?

Das werden wir dann schon sehen ...

Also, raus damit, wie war das mit dem Millerbeck?

Ich hab dem Mann nichts getan.

Hast du überhaupt schon mal was getan? Ja, sagt Max. Ich hab 'nem Kalb den Hals abgedreht.

Immerhin!

Und du? Hast du wenigstens mal das Meer gesehen?, fragt Max und lächelt.

Fordenbach atmet ein, es scheint, als müsse er sehr lange überlegen. Ja, sagt er schließlich. Ja, ich habe das Meer schon gesehen.

Und? Hat es ein Ende?

Fordenbach steht auf. Ich kenn solche wie dich, heute so, morgen so, für nichts stehen, keine Haltung, nur schwadronieren. Fürs Erste reicht's mir mit dir.

Der Mutter legt er beim Hinausgehen die Daumen auf die Kinnspitze und drückt ihren Kopf nach unten.

Verhalt dich, sagt er leise. Sonst wird's dir leidtun.

•••

Im Morgengrauen kehrt auch endlich der Vater heim.

Das Rumpeln in der Küche, dann die Stille.

Max weiß es.

Heute war der letzte Tag der Saison.

In der Diele ein Ächzen und Stöhnen. Er öffnet die Tür.

Der Vater mit seinen Sachen, dem Büggel, den Haken, einer halb vollen Flasche.

Soll ich dir helfen?, fragt Max.

Nein, das schaff ich schon allein, schon gut. Verstau das Zeug ja nur fürs nächste Jahr ...

Der Vater zuckt mit der Schulter. Ach, macht er und schaut Max an.

Mein Sohn, sagt er. Mein Sohn. Siehst noch so schwach aus, fast durchsichtig.

Ja, antwortet Max. Wird schon.

Aber hast du gut gemacht. Acht Steine, drei Unzen.

Max nickt. Vater, sagt er dann.

Ja, was?

Komm, ich pack das weg für dich, ich pack dein Zeug weg, setz du dich nur in die Küche, mach die Flasche in aller Ruhe leer, ich mach das schon, ich pack's weg bis nächstes Jahr, bis zur nächsten Saison.

Der Vater atmet aus. Ist gut, mein Junge. Bist ja noch malad, ich kann's schon selbst tun. Seine dunklen Augen müde und schon halb geschlossen. Lass nur, lass gut sein, wird schon gehen, bist ja selbst runter bis auf die Knochen, bleib hocken.

Nein, sagt Max und nimmt ihm den Büggel ab. Ich schaff das schon, ich schaff's schon. Ich helf dir, wart nur grad, ich komm hoch, lass mich das machen, Vater, nu komm, is nix dabei, komm.

•••

Als Fordenbach ins Magazin zurückkehrt, findet er vor der Tür einen Blechnapf, abgedeckt mit einem Leinentuch, daneben eine verkorkte Flasche Branntwein. Er setzt sich auf die Treppe und zieht das Tuch vom Napf. Gebratene Rüben, eine große Kartoffel mit Rosmarin gewürzt.

Er nimmt den Napf mit in die Arrestzelle, setzt sich auf die Pritsche und isst mit den Händen, nein, er frisst, schlingt, zerbeißt und zerkaut die Rüben, die Kartoffel bewahrt er bis zum Schluss auf. Er hegt kein Misstrauen, keinen Verdacht mehr, er empfindet nichts außer Hunger, selten hat er in den letzten Jahren so gegessen, deftig und viel. Und wenn Gift so schmecken sollte, sagt er sich, dann soll es so sein, dann ist dieser Schmaus hier eben meine Henkersmahlzeit. Aber warum sollten ihn die Dörfler vergiften wollen, woher nur dieser Argwohn? Er weiß es ja, es kommt aus ihm selbst, er hat der Welt und den Menschen nie getraut.

Er zündet sich eine Zigarette an, es sind noch vier im Etui übrig. Er klappt es zu, legt es neben sich auf die Pritsche, raucht langsam und kostet dabei jeden Zug aus, döst dann ein. Als er wieder erwacht, fällt schon das Mondlicht durch den vergitterten Schacht, wirft Muster auf den Boden. Er setzt sich auf, sein Körper fühlt sich so an, als würde er zerfließen, es wird ihm ganz leicht, fast wie ein Rausch ist es. Er lacht, einem Kind gleich. Er ist Wenzel Fordenbach, Sonderermittler, was immer das auch bedeuten mag. Er ist ein Glieder-Abquetscher, Knochen-Zertrümmerer, ein Aufschlitzer, ein Schänder von Körpern und Seelen, ein Erpresser von Wahrheiten.

Er geht los. Als das Dorf hinter ihm liegt, schlägt er den Weg zum Friedhof ein. Es ist ein Marsch durch das Dickicht, über Totholz und an krummen Eichen vorbei. Oben auf dem sanft ansteigenden, bemoosten Hügel ein Baum mit zwölf Stämmen. War da ein Schatten, eine rasche Bewegung zwischen den Bäumen? Er spuckt aus, zieht sein Messer aus der Scheide und stapft weiter durch die Nacht. Ein Knacken hinter ihm, vielleicht nur ein zerbrochener Ast nach einem unachtsamen Schritt? Aber dann wieder nur Stille der Nacht und weit, weit hinten das Flussrauschen.

Er hat Männer gesehen, deren scharfer Verstand stumpf und matt wurde; Männer, die begannen, Geister in ihren Augenwinkeln zu sehen, die überall verfaultes Fleisch rochen, sich bei Tageslicht über die Schulter sahen, Stimmen in ihrem Kopf hörten, die ihnen zum Schritt über den Abgrund rieten. Er kennt das. Die Hitze macht es, und das, was man tut, die Wilden zähmen, wie es die Veteranen nennen, einen Willen brechen, zerbrechen, den letzten Stolz zerstören, doch aus jeder Demütigung nimmt man etwas mit, ein kleiner Teil der Demütigung verbleibt ja stets bei einem selbst, denn man weiß ja, und das ist einem die größte Furcht, man weiß ja, man ist selbst nicht davor gefeit. In dieser Nacht wird er nicht wahnsinnig.

•••

Das Fest beginnt schon am frühen Morgen mit dem traditionellen Hängen: Der Witwer wird aus dem Keller von Seilers Keller geholt und an einem Haken unter dem Brückenpfeiler befestigt, wo ihn jeder im Dorf sehen kann.

Zwei Männer schleppen ihn über den Schotterweg und durch die Gasse.

Vier braucht es, bis er hängt. Es geht nur mit vereinten Kräften.

Acht Steine, murmeln sie.

Acht Steine, drei Unzen, sagt der Vater.

Ach, halt doch dein Maul, Peter ...

Über dem Dorf klart der Himmel auf, die Sonne beginnt allmählich, die Leiber zu wärmen. In den Auen spielen die Kinder Fangen, sie schreien und lachen dabei, sind ausgelassen. Einen Augenblick lang scheint gar die Zeit stillzustehen, die Zeit und jeder Gedanke an Vergänglichkeit; als seien es wieder die guten Tage, wo das Leben leichtfiel, wo es unbeschwert war, wo man zwar den Lärm der Schlachten aus der Weite hören konnte, die dumpfen Schläge der Kanonen, die Soldaten jedoch in Scharen ins Dorf kamen und ihren Sold versoffen und alles leer kauften und laut prahlten mit ihren Heldentaten.

Niemand schafft, niemand arbeitet, man bereitet sich auf die Festivitäten vor: Die Männer sammeln das Feuerholz, schnitzen die alten Symbole in die Scheite, schaffen sie in die Auen und schichten sie zu großen Kegeln auf. Die Frauen heben in der feuchten Erde flache Gruben für die Kohlen aus, sie graben mit kleinen Spaten eine lange Linie entlang des Flusses, formen aus Grasbüscheln und Erdklumpen einen Wall, der die Glut vor dem Wind schützen soll. Dann bringen sie die Kohlen in Weidekörben aus dem Dorf, verteilen sie mit geschickten Bewegungen, vermengen kleine und große Stücke, breiten die getrockneten Späne darüber aus und entzünden das Feuer, das niedrig und heiß abbrennt.

Die Roste werden im Fluss noch einmal gewaschen und mit Werg aus Dachshaar eingerieben, danach werden sie über die Glut gelegt. Auf langen Spießen tragen die Männer die Würste aus Kronewalds Metzgerei heran, es sind im eigenen Darm aufgewickelte Kringel, die mit rohen Zwiebeln und klein gehackten Schwartenstücken auf die Roste kommen. Dann ist es ein unruhiges Abwarten, bis es endlich dämmert, bis endlich die Feuer angezündet werden, bis Kronewald das Fass ansticht, der Sieger auf der Brücke über seinem Witwer steht und die Saison somit ihr Ende findet.

Die Männer freuen sich auf den Rausch, die Frauen auf ein paar Stunden ohne Wäsche, Kochen, Schuften, die Kinder tollen herum, finden sich selbst eine Beschäftigung, schmeißen flache Steine in den Mühlengraben, sind selig. Die Feuer brennen, die Flammen lodern, Rauch steigt empor, ein Knacken, ein Kräuseln. Alle stehen sie beisammen, bilden einen Pulk. Max geht durch die Reihen; er ist es, der die Saison beenden wird. Er schreitet an den Männern und Frauen und Kindern vorbei, die ihm zujubeln, fühlt ihre warmen und schweißnassen Körper gleich neben sich, die Hände, die nach ihm greifen, ihn rütteln, kurze, knappe Gesten, Lobpreisungen seiner Stärke. Sein Witwer hängt am mittleren Pfeiler der Brücke, die Kreatur im Schein des Feuers dunkel und feucht glänzend, Max ist selbst ganz erstaunt ob der Größe. Ja, es war der Witwer, der ihn verschluckte, der ihm in seinen Eingeweiden die nötige Wärme spendete, um die Nacht zu überleben, die Nacht im eiskalten Wasser des Flusses.

Dann beginnt das Fest. Kronewald zapft den ersten Krug, den er Max mit feierlicher Geste überreicht. Max trinkt, ein langer, langsamer Schluck, süß und stark läuft das Bier seine Kehle hinab, ein warmes Schaudern, das ihm bis in den Kopf steigt. Nein, denkt er, es war alles nur ein großes Glück, doch da umarmt ihn schon sein Vater, die schweren, schwitzigen Arme umschließen ihn, drücken ihn eng an den fleischigen Leib. Die Männer füllen ihre Krüge nach, das zweite Fass wird schon angeschlagen, jemand spielt die Zither und ein anderer das Scheitholz, es wird im Takt gestampft, sich im Kreis gedreht, Hände werden ausgestreckt, es wird geklatscht und gesungen, getrunken und gelacht, ein Fest.

•••

Klara sitzt in ihrer Kammer.

Der Vater hätte gesagt: Wenn du mir wegrennst, wenn du mir nachher gar zum Max rennst und ich euch zusammen auf dem Fest seh, dann setzt es aber was!

Doch nun ist der Vater tot.

Die Mutter sagt: Bleib nicht hier, bleib nicht daheim, es ist doch gleich. Kümmer dich nich um die anderen, die sollen sich um ihren eigenen Dreck scheren. Geh du, geh du nur.

Klara versteht.

•••

Fordenbach sieht dem Treiben aufmerksam zu, es ist ein Kommen und Gehen, ein beständiges Fressen und Saufen. Die Feuer brennen, die Flammen schlagen hoch, die Fässer sind geleert, der Tanz wird zum wollüstigen Akt, im Riedgras stöhnen schon die ersten Weiber, die Männer keuchen über ihnen. Als er wieder ins Magazin zurückkehrt, sinkt er sackschwer auf die Pritsche. Dann übermannt ihn der Schlaf.

• • •

Das Lachen der Männer, Max hört es noch bis ans Ufer.

Es ist mitten in der Nacht, kühl und modrig zieht es vom Fluss herüber.

Er ist berauscht. Er sitzt im hohen Gras und schaut auf das Wasser.

Was hat der Fluss in seiner Ewigkeit schon alles gesehen, was kann er über das Vergehen der Zeit sagen, was weiß der Fluss über die Liebe?

Er trinkt den letzten Schluck süßen Biers, dann sinkt er ins Gras. Über ihm der Himmel, die Wolken ziehen dunkelgrau vorbei, verdecken den Mond.

Er hört Schritte hinter sich. Der Rausch befiehlt seinen Sinnen Gleichmut.

Max, sagt Klara. Sie berührt seine Stirn mit ihrer offenen Hand.

Ja, sagt er. Ich bin hier.

Stille.

Sie sehen sich nicht an, doch spüren die Gegenwart des anderen, den Leib, die Wärme.

Komm, sagt Max und streckt die Hand aus, Klara küsst seine Finger.

Sie legen sich ins Gras, Schulter an Schulter, drehen ihre Köpfe einander zu, schauen sich an, schauen in die Augen des anderen.

Kein Wort kommt ihnen über die Lippen.

Nur das Schweigen ist richtig.
Ihre Blicke fühlen sich richtig an.
Er küsst sie, einen sanften Kuss auf den Hals.
Ihr Atem an seiner Wange.
Ihre Finger in seinem Haar.

•••

In der Morgendämmerung: Ein Körper liegt am Ufer, die Beine im niedrigen Wasser.

Wir sehen nur einen Ausschnitt des großen, des ganzen Bildes; die Beine, vielleicht noch einen Teil des Oberkörpers, der so daliegt, als würde der Mensch bloß schlafen, als wäre er im Rausch eingeschlafen.

Doch da ist Blut.

Schwarz ist es, im Sand und auf den Steinen schon getrocknet.

• • •

Wer ist es, wer kann es sein?

Noch ein Toter!

Der alte Kronewald ist das, sagt der Seiler und berührt den kalten Leib mit der Stiefelspitze.

Fordenbach nickt. Wie beim Ersten, Schädel gespalten.

Einer der Männer dreht sich um und kotzt ins Gras.

Zurück, schreit Fordenbach. Haut ab!

Er sieht Max auf dem Hügel vor dem Hain. Du, sagt er und zeigt auf ihn, wo warst du letzte Nacht, ja?

Max hebt beide Hände.

Fordenbach packt ihn an der Kehle, ringt ihn nieder, presst ihm sein Knie auf den Kehlkopf.

Bei mir!, schreit Klara. Sie kommt, sie kniet sich neben ihn ins Gras, woher ist sie gekommen? Aus dem Riedgras, aus dem Wald? Bei mir war der Max, er war bei mir, die ganze Nacht.

Die Männer murmeln.

Bei dir, wiederholt Fordenbach. Bei dir war er.

Max kommt hoch. Nun sieht er den Vater, er sieht ihn das erste Mal, wie er ganz reglos im Fluss liegt.

Ja, sagt Fordenbach, ja, verdammt!

Max geht an Fordenbach vorbei, geht an den Männern aus dem Dorf vorbei, fällt in den Sand, der an seinen Knien reibt, das ist sein Vater! Er fasst ihn an, doch sein Gesicht ist nicht mehr da, das bekannte, vertraute Gesicht des Vaters, es gibt nun zwei Gesichter, getrennt durch eine blutige Wulst.

Das kann nicht sein, denkt er. Der Vater ist doch der stärkste Mensch, den er kennt.

Gleich ist er wieder da, gleich kommt er hoch, es ist ja nicht so, wie alle denken.

Doch die Haut bleibt weiß, die Augen starr, was soll es anderes sein?

Tot ist er, tot.

Ja, sagt Fordenbach und spuckt in den Fluss.

•••

Sie ziehen ihn aus dem Fluss, tragen ihn ins Dorf.

Niemand weint.

•••

Fordenbach trinkt den Branntwein aus der Flasche.

Was ist das hier nur?, sagt er.

Die Schenke ist leer.

Seiler zapft ihm einen Krug Bier.

Dich hab ich auch nicht gesehn, letzte Nacht, das Fest, ja?

War hier, sagt Seiler. Ich mach mir nix aus Festen.

Ach nein?

Bin für mich, dann bin ich frei.

Ein Philosoph, dass ich nicht lach, da predigt er von einem Haufen Kuhscheiße herunter.

Nein, sagt Seiler. Man lebt allein, man stirbt allein.

Was, was willst du mir damit sagen? Spuck's aus, du Greis.

Seiler schüttelt den Kopf. Ich kenn solche wie dich, sagt er, er spricht leise, flüstert fast. Wo ich gewesen bin? Hier, da, in der kleinen Kammer, da war ich.

Ich brech dir die Knochen, dann sagst du was anderes, dann erzählst du's mir schon, dann sagst du die Wahrheit.

Kannst mir ruhig alle Knochen brechen. Ich hab da in der Kammer gelegen.

Lass gut sein, sagt Fordenbach. Zwei Männer sind tot. Wichtigtuer, Gernegroße, die ihre Vetteln kommandieren, wie ich Rekruten kommandiert hab, die im Kopp nix anderes haben als ihre dicken Fische. Das sind doch kleine Geister, Witwer hier, Witwer da, und wer steht auf der Brücke?

Redest schon wie einer von uns, sagt Seiler.

Nein, Fordenbach hebt den Zeigefinger, das … ich piss auf euch, auf solche wie euch.

Mag sein, dass du 'n großer Schlächter bist, das ja, sagt Seiler. Aber sonst bist du doch 'n grüner Junge.

Du Hund!, du weißt doch was, spuck's endlich aus, oder ich schieß dich tot!, schreit Fordenbach und zieht seine Drakenberg aus dem Halfter.

Er spannt den Hahn und senkt den Lauf auf Seilers Stirn, schon berührt die Mündung die dünne Haut.

Na, komm, sagt Seiler. Mach, mach und drück ab, tötest du mich, dann tötest du nur mich, aber der Rest, das hier, das Dorf, Chaltouva, und die Geheimnisse, die bleiben ja, nur ich bin weg.

Du Hurensohn, sagt Fordenbach und zieht die Drakenberg zurück.

Er leert den Krug.

Er geht.

•••

Der Morgen bringt Regen.

Die Männer sagen, es ist die gleiche Art Regen, wie er sonst erst lange nach der Saison fällt. Wenn die Kolke voll sind, schwimmen die letzten Witwer zurück, schwimmen flussaufwärts in die Höhenlagen, um dort eine neue Generation hervorzubringen.

Die Erde ist weich und schlammig und rutschig.

Für Peter Kronewald, den Metzger mit den großen Händen, brennen die Feuer nur kurz.

Der Regen löscht die Flammen.

• • •

Fordenbach frisst.

Er hört die Frauen jedes Mal, wie sie ihm die Blechnäpfe vor die Tür stellen.

Ihre Schritte schwer auf den Treppenstufen, doch er bleibt auf der Pritsche liegen und wartet, bis sie wieder verschwunden sind.

Dann erst steht er auf, öffnet die Tür einen Spaltbreit und holt sich rasch den Napf.

Er verschlingt alles, bis zum letzten Bissen, er lässt nichts übrig.

Seit zwei Tagen hat er das Magazin nicht verlassen.

Seit zwei Tagen frisst er den Blechnapf leer und raucht danach eine Zigarette.

Es bleiben ihm noch drei in seinem Etui übrig.

Er döst ein.

Er wacht auf.

•••

Max sieht den Fremden durch das Dorf stolpern.

Sein Blick ziel- und rastlos. Er glotzt und starrt, aber da ist kein Wiedererkennen, kein Feuer. Es sind tote, leere Augen.

•••

Fordenbach frisst, doch fühlt er sich immer schwächer.

Die Kraft verlässt ihn zusehends.

Noch zwei Zigaretten im Etui.

Er wandelt durch das Dorf und muss am Brunnen pausieren.

Schon ist er erschöpft.

Er setzt sich auf den feuchten Steinrand.

Im Dorf ist es so, als sei nichts geschehen.

Vor ihm werden Fensterläden und Haustüren versperrt.

Die Männer gehen ihrem Tagwerk nach und beachten ihn nicht.

Die Kinder verstecken sich vor ihm in den Gassen.

Jetzt hat auch noch Seilers Schenke geschlossen!

Als er zurückkommt, steht ein dampfender Napf vor der Tür des Magazins: Kraut mit Rüben in Lorbeerblättern gedünstet, ein mageres Stück Spickspeck.

Fordenbach frisst, und etwas frisst ihn.

• • •

In dieser Nacht träumt er, und alles beginnt von vorn. Wenzel sieht den Hafen von Ingelheim aus dem dichten Nebel auftauchen, dort liegt am Kai vertäut das Schiff, das sie alle in die Kolonien bringen soll, eine dreiwöchige Passage, es ist ein riesiger Kahn. Einer unter Tausenden ist er, unser Wenzel, und sie treiben ihn an, kommandieren ihn mit der Peitsche.

Einmal an Bord, ist der Ton rau: Du, du kommst hier rüber, aber mach dich ja nich zu breit in der Kajüte, is schon eng und niedrig genug du, Hund du!, und Wenzel gehorcht.

Der, sagen sie zu ihm und zeigen auf einen Mann in einer Weste aus gegerbtem Rindsleder, der kommt ja aus Fernegierscheid, oder war's Ravenstein? Ist ein ganz Wilder, wilder noch als die Wilden, ein Veteran. Sie erzählen es sich hinter vorgehaltener Hand, und wenn der Wilde rüberguckt, schweigen sie alle und gucken in die Luft, als sei nichts. Nachts kommt der Wilde ihm dann auf den Leib gekrochen und schmatzt in sein Ohr: Schnauze oder ich schneid dir die Kehle durch! Doch Fordenbach kann seinen Stolz nicht hinunterschlucken, er tritt ihn von sich herunter und stößt ihm rasch sein Messer durch die Wange, es flatscht nass. Am nächsten Morgen beim Appell kann man dem Wilden dann bis auf die Zähne sehen, das Fleisch an den Rändern schon dunkel geworden. Noch einmal kommt er, feige von hinten und auf Deck, Fordenbach ist schneller: Er trägt das Messer seit jener Nacht stets im Gürtel verborgen unterm Mantel. Die Klinge bricht zwischen den Rippen ab, es fließt kaum Blut. Die Luft entweicht dem Wilden aus den Lungen mit einem leisen Pfeifen, dann fällt er um. Ein Toter auf Deck!, schreien sie, Fordenbach wird arretiert und verhört, kurz und knapp sind seine Antworten, beschlossen wird Totschlag, doch die Offiziere munkeln schon: Habt mal schön ein Auge auf den, der ist tüchtig, keinen Deut nachgegeben, immer vorbereitet, der will's wissen! Wir geben dem einen Monat Knast, damit auch keiner murrt, da kühlt der schon sein Mütchen, sorgt nur für gute Ration, damit der uns auch ja nicht vom Fleisch fällt, danach schleifen wir den aber, der kommt mir so vor wie einer, den man gut schleifen kann, ein gutes Werkzeug wird der werden, wartet's ab, der weiß, worum's geht.

In Antwerpen wird angelegt, der Hafen voller Schiffe aus aller Herren Länder, die Kolonialtruppen sind gefürchtet, vor allem die frischen Rekruten, die saufen und huren und prügeln, denn am nächsten Morgen geht es für sie ja schon weiter; die Polente kümmert sich da nicht mehr. Kaum einer stellt sich ihnen in den Weg. Kaum einer widerspricht. Fordenbach sieht in seinem Traum die schmale Gasse, dunkel und feucht und die Häuser ohne Glas in den Fenstern, nur mit Tüchern und Decken verhängt. Ein schwerer Geruch zieht ihm entgegen, Opium, syrischer Tabak, Branntwein aus Mandeln, Schnupftabak; die Männer langen nach allem, nach Frauen, nach Knaben, denn es ist nicht sicher, was der Morgen bringt.

In der Dämmerung schleppen sie sich berauscht wieder an Bord, Fordenbach ist da längst aus dem Arrest entlassen und langt so ordentlich zu, dass er über die Reling kotzt. Die See wird stürmisch. Dann tagelang Windstille, die Männer liegen in den Hängematten und Kajüten und kratzen sich, kauen auf

Zitronen herum, rauchen Pfeife, spielen Fischauge um den noch ausstehenden Sold. Auf Deck erzählt man sich schon reichlich Geschichten über die Wilden, dass sie schwach, aber hinterhältig sind, dass sie einen aus den Wäldern mit Giftpfeilen beschießen und ihre Frauen dabei stumm bleiben, wenn man sie erst einmal erbeutet hat. Für die Truppe, der Fordenbach später angehören wird, geht es zu einem engen Pass, sie sollen dort den Nachschub sichern. Immer wieder kommt es dort zu Scharmützeln und Überfällen. In dieser Festung, sagen sie, da schläft man besser mit dem Messer zwischen den Zähnen.

Mittags wird es unter Deck heiß, es stinkt nach Kot und Urin, die Männer sitzen um die Masten, palavern. Tage vergehen, Wochen. Endlich kommt die Küstenlinie in Sicht, ein langer, hellbrauner Streifen, es ist Fordenbachs sehnlichster Wunsch, festen Boden unter den Füßen zu spüren, nur ein paar Tage später ist es dann schließlich so weit. Die Knie schlottern ja noch vom Seegang, und der Kopf muss sich erst wieder an das Land gewöhnen: Es duftet nach Salz und Steppe und regennassen Wäldern, er kann es immer noch riechen, dieses Land, selbst jetzt im Traum. Die Sonne senkt sich, der Himmel geht klar, die Hitze spürt er im Nacken, immer noch ist da dieses Stechen, es geht nicht mehr weg, es geht nie wieder weg, er wacht davon auf.

Nein, er liegt nur im dunklen Magazin, er ist immer noch in diesem Loch.

•••

Die Mutter war nicht mehr am Grab.

Unter der Erde und vergessen.

Sie sitzt in der Küche und trinkt Branntwein aus einem kleinen Glas.

Seit Tagen hat sie nicht mehr gekocht.

Sie essen Brotrinden und löffeln die letzte Butter aus dem Bottich.

In der Nacht flüstert sie wie im Delir, ihre Worte klingen wie Beschwörungen.

Sie liegt allein in dem großen Bett in der dunklen Kammer, sie spricht wie zu sich selbst, doch Klara hört, was die Mutter zu sagen hat.

•••

Max bleibt am Brunnen stehen und legt drei Steine auf den Rand.

Das ist ihr Zeichen.

Er wischt die Steine von der Mauer, und sie fallen in den Schacht, ins Dunkel.

Dann geht er zurück ins Dorf und klopft an die Tür.

Die Mutter öffnet.

Klara, sagt er. Ich will zu Klara.

Ja, sagt sie und macht ihm Platz.

• • •

Fordenbach wartet am Fluss auf das erste Licht.

Die Sonne erwärmt schon im Morgengrauen die Erde, den Leib.

Er raucht seine vorletzte Zigarette.

Was ist, wenn er einfach nicht mehr nach Vierheilig zurückkehrt? Dort haben sie ihn doch schon längst vergessen, da ist er sicher.

Sie betrachten seine Aufgabe als erledigt.

Sie betrachten ihn als erledigt.

Er ist ganz und gar nutzlos geworden in diesem Dorf.

Vielleicht war ich auch schon immer nutzlos, denkt er. Wer kann das mit letzter Sicherheit sagen?

Als er an der Schenke vorbeigeht, sieht er Seiler, der leere Fässer aus dem Keller schafft. Fordenbach nickt ihm zu, doch Seiler sieht an ihm vorbei. Ein Geist. Im Dorf machen die Frauen Wäsche, wringen Tücher und Hemden in großen Bottichen aus, sind in den Küchen zugange, feuern die Herde an, rupfen die mageren Hühner. Vor einem der geöffneten Fenster bleibt Fordenbach stehen, sein Blick fällt auf eine grauhaarige Alte, die ihre Töpfe und Pfannen mit Kognaköl einreibt. Sie gießt das Öl aus einer Blechkanne auf ein Stück Werg und wienert Griffe und Deckel, dann die Unterböden, die regelmäßig unter Feuer stehen. Da ist etwas an ihren Bewegungen, das ihn aufmerken lässt. Sie hebt die Pfannen und Töpfe mit einer Leichtigkeit an, die Finger mit dem Werg gleiten über das dunkle Gusseisen, sie reibt und poliert, es erscheint ihm ja so mühelos, ganz in Fleisch und Blut übergegangen. Die Hand, so groß und sehnig wie eine Männerhand, hält einen schweren Grapen an einem seiner drei Beine, stellt ihn auf den Herd, danach ist der Deckel an der Reihe; das Werg färbt sich schon dunkel von den Holzkohleresten und der Asche, Fordenbach starrt, und die Alte hält inne. Als sich ihre Blicke treffen, wird ihm klar, dass es eine der Witwen ist.

Die Alte schlägt die Fenster vor ihm zu, die Läden krachen ins Scharnier, Fordenbach erschrickt. Er macht einen Schritt zurück und fasst sich so an den Kopf, als sei er getroffen worden, von einem Stein oder einem Geschoss. Da ist keine Wunde, kein Blut, auch kein Schmerz, nichts. Er hat es sich nur eingebildet. Doch dann spürt er es; wie er an etwas festhalten will, an einem bestimmten Bild, einer Geste, er ist sich nicht sicher, es bleibt ihm noch verschlossen, unklar, doch er weiß es, ganz allmählich wird aus der nebulösen Ahnung ein Gedanke entstehen, und dieser Gedanke wird ihm Klarheit verschaffen, Geduld, Geduld! Von dieser Erkenntnis ganz benommen, kehrt Fordenbach ins Magazin zurück und beginnt zu denken. Er denkt und denkt und denkt, setzt sich auf die Pritsche, legt sich auf die Pritsche, schlägt mit dem Kopf gegen die nackte Wand, rauft sich die Haare, reibt sich die Augen, wenn ich es doch nur sehen könnte!

Was übersehe ich?

• • •

Klara schmiegt sich an Max.

Sie liegen in seiner Kammer auf dem Bett.

Draußen die Kinder, Lachen und Schreien.

Bald werden sie nicht mehr spielen.

Aus Jungen werden Männer gemacht.

Aus Mädchen Weiber.

Das Leben hier wird sie so stumpf werden lassen wie der Mühlengraben die Kieselsteine in seinem Bett.

Und kaum dass sie aufsehen, um sich zu fragen, was eigentlich hinter der Ville liegt, was dort vielleicht auf sie wartet, sind ihre Stunden schon zerronnen.

All das ist weit weg für Max und Klara; denn sie wissen ja, es sind ihre letzten Stunden in Chaltouva.

Bald gehen sie fort.

Bald gibt es nur noch sie.

•••

In der Nacht legt jemand Hand an die Grobelhütte, die im Wald darauf wartet, Heimstatt für das nächste Ritual zu werden. Die Flammen fressen sich an den Pfählen hoch, greifen über aufs Dach, der Rauch wird dunkel und dicht. Kein Auge sieht die Glut in der Morgendämmerung, die Grobelhütte nur noch ein verkohltes Gerippe, das mit dem ersten Wind zu einem Haufen Asche zerfällt.

• • •

Fordenbach sitzt auf der Pritsche, die Tür zum Magazin hat er offen gelassen. Trotzdem wird ihm immer heißer, er legt sich Jacke und Hemd ab, sitzt mit nacktem Oberkörper da, geht ziellos im Magazin umher, trommelt auf dem alten Schreibtisch einen unbestimmten Rhythmus, doch seine Sinne bleiben stumpf, dem Verstand, seiner schärfsten Waffe, fehlt die Präzision, er findet sein Ziel nicht.

Er wartet bis zur Dämmerung, doch keine der Frauen bringt ihm einen Blechnapf, hungrig legt er sich nieder. Spät in der Nacht verfällt er in einen unruhigen Schlaf, wieder träumt er, er sieht aus der schmalen Schießscharte der Festung auf den ins Dickicht gehauenen Weg, bald werden die Pioniere damit beginnen, das Fundament für eine Wehrstraße zu legen. Ein Trupp Söldner der Handelskompanien stößt nach langem Marsch zu ihnen, sie bringen Nachschub und haben auf dem Weg Gefangene gemacht, die Männer und Jungen werden gleich noch im Innenhof erschossen, ein Leutnant zetert, dass man sie ja gut für den Bau der Wehrstraße hätte verwenden können, sie seien schließlich kräftig genug gewesen! Die Frauen und Mädchen werden in die Verliese verbracht, am Abend kommt einer der Gefreiten ins Quartier und bietet sie den Männern feil, jeder, der will, kann, sagt er, morgen machen wir auch denen die Hälse ab! Fordenbach sieht das Gesicht des Mannes noch im Traum vor sich, dieses feine, fast aristokratische Gesicht, glatt rasiert und ganz bleich, nur eine kleine Narbe auf der Wange, die wirkt wie ein frisch entzündeter Strich. Er wacht auf, starrt ins Dunkel, nichts tut sich, er denkt weiter, ruft sich die Alte vor Augen, die Witwe, diese Küche, etwas an diesem Bild muss ihm klar werden, etwas ist in diesem Bild, das er noch entdecken muss, mit dem er zur Wahrheit gelangt, doch dann schiebt sich ein anderes Bild davor, verdrängt die wienernde Alte in der Küche; es ist der Junge aus Vierheilig, der Junge mit den gefesselten Händen, mit den großen, dunklen Augen, das Dachgeschoss, der lange, leere Raum, das Messer in seiner Hand, wird er es benutzen? Ja, er sticht seinem Schänder von hinten in den Nacken, fängt ihn ab wie ein Stück Wild, zertrennt ihm dabei die Nervenstränge, macht ihn lahm, sodass der Mann zusammensackt und nach vorne kippt, der Säugling, den er eben noch in seinen Armen hielt, fällt einfach auf den Boden, sogleich beginnt er zu schreien.

Fordenbach wird klar: Er wird wieder in die Kolonien geschickt werden, das weiß er, das muss er verhindern, vorher wird er jedem Einzelnen hier die Handwurzeln brechen, die Zehennägel herausreißen, den Männern wird er die Hoden mit einem Amboss zerquetschen, und wenn es das Letzte ist, was er tut. Er wacht auf, will aufstehen, nein, sein Körper zu schwach, sein Geist zu schwach, die Lider fallen ihm wieder zu, er kommt nicht dagegen an.

Im Traum: Aus dem Jungen wird wieder die Alte, die Witwe, aus dem Küchenfenster spricht sie zu ihm, sie sagt: Wir haben dich ja genau beobachtet, genauestens! Deine Leistung ist tadellos, nun glauben wir, du bist geeignet, bestens geeignet, ein Avancement bieten wir dir an. Du gehst zur Polizeitruppe, ganz offiziell, mit Befugnissen, denn in der Truppe gibt es Kungelei, Nepotismus, es wird Handel betrieben mit den Wilden und den Söldnern, das muss unterbunden werden! Und Fordenbach nickt und sieht sich im nächsten Augenblick schon auf der staubigen Wehrstraße stehen, wo ein Trupp in der Nähe eines Wasserlochs drei Wilde gefangen genommen hat und nun abführen lässt. In der Festung lässt er für sie auftischen, sodass sich die Offiziere schon fragen, ob er den Verstand verloren hat, doch nach und nach wird es ihnen klar: mit Hand und Fuß, mit Speis und Trank und Geschenken verschafft er sich ihr Vertrauen. Es dauert, doch dann hat er sie so weit, er deutet jedes ihrer Worte und jede Geste; sie sagen ihm, was er wissen will, sie fürchten sich nicht mehr. Nach ein paar Wochen hat Fordenbach ein großes Verzeichnis angefertigt mit Namen, Orten, geheimen Routen und den dazugehörigen einheimischen Schriftzeichen, die zur Markierung dienen. Danach lässt er die drei Wilden auf dem Hof exekutieren und macht sich sogleich auf den Weg. In dem Verzeichnis sind sogar Namen hoher Offiziere aufgelistet, die illegalen Handel mit Waffen betreiben und sich zudem an Waren, die aus der Kolonie in die Heimat verschifft werden, bereichert haben: Frachtpapiere werden gefälscht, Ladungen falsch ausgezeichnet, es wird sich gütlich getan und fleißig in die eigene Tasche gewirtschaftet. Er sieht den ersten Namen auf der Liste und sieht das pausbäckige Gesicht des Leutnants vor sich, als er ihn eigenhändig arretiert, diese aufgedunsene, schwitzige Fresse, und als er ihm den ersten rostigen Nagel durch den Fingerknochen treiben lässt, pisst der Hurensohn sich doch glatt ein, was ist es für ein Gejammere und Gezetere! Fordenbach wird gedroht mit einem qualvollen Tod, die längste Zeit war er beim Polizeitrupp, bei Wasser und

Brot wird er verrecken, ausgepeitscht wird er werden, doch nach dem dritten Nagel plaudert der Leutnant, der verrät ja glatt alles und jeden, diese Ratte, erst spuckt er Fordenbach auf die Uniform, dann sagt er: Überleg dir, kleiner Wenzel, überleg dir genau, wer ist überall, wer ist immer da, immer, wer ist immer zugegen, doch wen sieht man trotzdem nicht? Wen übersieht man? Wer ist das, wer kann das sein? Das schaffst du nicht, kleiner Wenzel, da gehst du zugrunde dran, du endest mir wieder in den Kolonien, hier, im Lazarett endest du als alter, grauer Mann, du verreckst an Blattern und Eitergeschwüren unter der siedend heißen Sonne, dich verscharren sie noch im Hof! Lass es dir gesagt sein, nimm doch lieber deine Drakenberg und steck dir den Lauf ins Maul, denn das schaffst du nicht, er lacht Fordenbach ja geradezu aus, und Fordenbach steht auf, nimmt den Hammer und treibt dem fetten Leutnant den nächsten Nagel durchs Ohr in den Schädel, da schreit er dann wie am Spieß, und das Blut spritzt nur so aus ihm heraus, bis ihm der Kopf schwer auf die Schulter sinkt, es ist aus. Fordenbach verlässt das Verlies durch einen dunklen Gang, ganz am Ende bleibt er vor einer Kammer stehen, was ist das für eine Kammer?, die ist ihm ja noch nie aufgefallen, die Tür verschlossen, doch er hört Geräusche, das sind Geräusche, jaja, jemand schafft und tut doch dahinter, und als er sie öffnet, ist es die Alte, die Witwe, die ganz gebückt dasteht und mit den schweren Pfannen und Töpfen hantiert, wie sie es so tun, die Weiber, und er sieht ihr dabei zu, immer noch hält er den Hammer in der Hand, er will gleich damit losprügeln, sie damit verprügeln, ihr die Wahrheit aus den Knochen prügeln, kennt sie die Wahrheit?, oder bin ich etwa schon wahnsinnig geworden?, das denkt er und erinnert sich an die Worte des Leutnants: Wer ist immer da? Wer ist überall? Wen sieht man trotzdem nicht? Wen übersieht man? Und da beginnt er zu verstehen, das Bild, der Gedanke, die sich zur Wahrheit formen, die Wahrheit tritt hervor, nun ist nichts mehr unklar, nichts mehr nebulös: Es sind die Weiber, die Weiber sind's! Er erwacht.

Er wechselt einem Jäger gleich die Sicht, sieht nun mit und aus den Augen der Witwe, sieht die Küche vor sich, die gusseisernen Pfannen, das Werg, die Löffel aus geschnitztem Holz, die braun gewordenen Kartoffelschalen, der Mann, der besoffen lallt und furzt und sich erregt, und dann der kurze Augenblick: der Deckel des Grapen, die scharfe Kante, der Mann sitzt noch am Tisch, sein Leib ganz warm und weich durch den Branntwein und das süße Bier, er palavert, schwadroniert und ahnt nichts, dann der Schlag, ganz und vollkommen unerwartet, so muss es gewesen sein, nur so kann es geschehen sein. Er hat den Schlag nicht einmal kommen sehen, und so kann er ihn nicht abwehren, ist vollkommen überrascht, die eigene Alte!, diese Vettel!, niemals! Nein, nicht mal mehr seine Hände heben kann er. Der erste Schlag streckt ihn also sogleich nieder, dann der zweite, dritte, vierte ... Aber warum? Warum nur? Das gilt es herauszufinden, mit allen Mitteln! Fordenbach wird diese Vetteln in die Mangel nehmen, er wird es aus ihnen herauspressen, er wird es aus ihnen herauspressen, ihr Schweigen, ihr Ausharren, ihr Geheimnis, sagt die Wahrheit!

Er will aufstehen, er will atmen, tief einatmen, doch irgendetwas hindert ihn daran, muffig feuchter Stoff füllt ihm den Mund aus. Was ist hier los? Was ist geschehen? Er will danach greifen, den Knebel entfernen, doch er kann seine Hände nicht bewegen, auch die Arme nicht, die Beine nicht, hat man ihn etwa ans Bett gefesselt? Wer hat ihn ans Bett gefesselt? Er will schon um sich schlagen, die blanke Panik ergreift ihn, die Luft wird ihm ja knapp, er ringt nach Atem, Luft!, dann ein Zittern im Brustkorb, Schaum spritzt ihm aus den Nasenlöchern, jemand ist im Dunkeln, jemand bewegt sich im Dunkeln, Marvelosa? Er will schreien, laut schreien, doch es kommt nur ein kraftloses Pfeifen, dann sieht er die Schatten kommen, gesichtslos sind sie wie in seinen alten Träumen, größer und größer werden sie, ganz nah sind sie jetzt. Etwas Schweres legt sich über sein Gesicht, sein letzter Atemzug verlässt die Lungen, und es wird allmählich dunkel um ihn.

•••

Die Witwen entkleiden die Leiche, tränken die Kleidung in Lampenöl und verbrennen sie noch hinter der Schenke. Seiler kommt mit seinem Handkarren, sie hieven den nackten Leib gemeinsam auf die Ladefläche, bedecken ihn mit einer einfachen Plane.

Wo bringtern hin?, fragt er und zündet sich Fordenbachs letzte Nelkenzigarette an.

Die Witwen schütteln den Kopf.

Brauchst du nich wissen.

Je weniger du weißt ...

Schon gut, sagt Seiler und nimmt einen Zug.

Sie geben ihm die Schlüssel für das Magazin zurück und ziehen dann den Karren in den Hain vor das Dorf.

Hier ist es still und kühl.

Und nur das Rauschen des Windes, der sanft die Äste biegt.

Der Fluss ist nicht mehr zu hören.

Weiter ins Unterholz.

Sie schleppen den Leib in den Schatten einer Linde, dort bedecken sie die Haut mit Erde.

Sie wissen ja, es wird nicht lange dauern.

•••

Die Mutter sagt: Klara, nimm es, nimm die Reppa, nimm den ganzen Seckel, das ist alles, was wir noch haben, aber es wird euch schon eine Weile reichen, nehmt und geht, und geht gleich. Da kommen ja noch welche aus Vierheilig, sicher kommen da noch welche, die schicken andere Schlaumeier, andere Schnüffler, denkt nicht drüber nach, und ja, der Vater, der wollt ja das ganze Seckel nehmen für 'n Eichmeister, das wär alles gewesen, was wir hatten!, und dann hättenwer nix mehr zu fressen gehabt, aber er wenigstens seinen Eichmeister, und wofür, sag, wofür? Da ist's passiert, ich kann's dir nich sagen, was mich geritten hat, ich wusst nur, ich konnt nich mehr, es ging nich mehr, es geht nich mehr, der muss weg, da lässter sein eigen Fleisch und Blut lieber hungern? Das is mir so in die Haut gefahren, das is mir richtig reingefahren, Wut war's, Wut hatt ich, ich hatt's über, das is hochgekocht wie nur was, und da war nix, bei dem Alten war nix, kein Verstehen, kein Verständnis, nix, der hätt das Seckel genommen und wär fott gewesen, der hätt alles verpulvert wie nix Gutes, und da hab ich's einfach getan, ich hab 'n Deckel genommen, und ... und alser dann da lag, alser da lag und rumgewinselt hat wie so ein räudiger Hund, da hab ich mich ja nich mehr halten können, rein und drauf und noch mal rein, bisses weg war, bisses raus war, ja, bisses raus aus mir war, als wär's der Teufel gewesen, ich hab 'n zerschlagen wollen, für alles, für alles, und jetzt is auch gut, nein, hör auf, brauchst du nicht, lass,

lass, is gut. Nur, dasses dir gut geht, das will ich, dasses euch gut geht, ihr seid ja noch rein, ihr werdet hier ja doch nur Schmutz, geht also, geht, hör auf mich, hör.

•••

Die Mutter sagt: Max, geh, besser is. Hier is nix mehr für dich, glaub mir. Geh, solange du kannst. Die Ingrun und ich, wir sind's ja gewesen, was wir getan haben, haben wir getan, du hast mit der Sache nix zu tun, und auch die Klara nich, also geht, so ist's besser. Ich will nichts sagen, nur dass die Ingrun kam, und die hat's mir anvertraut, dasse den Ernst totgeschlagen hat, und so haben wir in der Nacht dann den Leib weggeschafft, wir habenen ja dort draußen vorm Dorf aufs Feld gezogen, damit's auch so aussieht, als wärer angegangen worden, das konnte ja keiner ahnen ... aber als dieser Offizielle, dieser Fordenbach dann in meine Küche kam, schon gleich das erste Mal, da hab ich geahnt, das is 'n Hund, da hab ich gesagt, der is gerissen, und die Ingrun hat den Ernst ja mit dem Deckel von ihrem alten Grapen erschlagen, der is aus Guss und ganz voller Blut gewesen, und verbogen war der ja auch noch danach, komm, gib, hab ich gesagt, ich bringen aufem Fest für dich weg, damit's keinen Verdacht gibt, ganz fix schmeiß ichen innen Fluss, ich tue Steine rein und umwickel den Deckel mit Draht und machen fest und weg, wennse alle saufen und fressen und feiern tun, doch der Peter is mir hinterher, wo ich hingeh?, was ich da mach?, ich stand schon am Fluss, als er mich gefragt hat, und da hab ich eben gesagt, die Ingrun hat damit ja den Ernst erschlagen, ich hab ihm die Wahrheit gesagt, ich hab's ihm so ins Gesicht gesagt, als hätt's jede Frau sein können, als hätt jedes Weib im Dorf seinen eigenen Alten erschlagen, totgeschlagen, weiler das eben verdient hat, mehr hamse nich verdient, und so wie ich hier stehe, isses ja auch die Wahrheit, und was dann? Gelacht hatter, gelacht, ausgelacht hatter mich, und weiter ausgelacht hatter mich, du olle Vettel kannst ja gar nix, nich mal 'n Hasen erschlagen könntest du, das hatter mir gesagt, und da isses in mir drin gerissen, ich hab's richtiggehend gespürt, das is gerissen, und ich habn mir geschnappt, ich hab mir den Deckel geschnappt und dem Alten übern Kopp gehaun, nich hinterrücks, denn ich wollt, dasser's sieht, dass er sieht, was er kriegt, was er verdient, und 's Blut hat nur so gespritzt, und trotzdem hatter noch gelacht, und weiter und weiter und weiter gelacht, und da hab ich's ihm eben gegeben, und gelacht hatter noch, bisses Blut ihm schon in die Augen gelaufen is, da hat er's dann verstanden, doch da war's ja bereits zu spät, der Blick schon matt, und das ganze Blut, aber ich hab's getan, und ich fühl mich nich schuldig, nein, schuldig fühl ich mich nich, ich habn da einfach so am Ufer liegen gelassen und bin zurück zum Fest, hab mir 'n Humpen Kandisbier zapfen lassen, da is keine Reue und nix, und jetzt reicht's, nun is gut damit. Geht ihr, nehmt das Seckel, ich hab noch was reingepackt, den Salär vonner Festwurst, nimm, nehmt, und dann geh, du und die Klara, ihr beide, geht nur. Wir kommen schon zurecht, wir sind immer zurechtgekommen, so isses, und nu geh, geht.

•••

Und noch im Morgengrauen, im ersten Tageslicht sehen sie die Ville. Der dunkle Waldrand, der eisig blaue Himmel. Doch was liegt dahinter? Man kennt Vierheilig, man kennt Ferngierscheid, doch was bietet das Land, die Welt?

Max reitet nicht den altgedienten Rappen, er reitet Fordenbachs Schimmel, sein letztes Vermächtnis. Er spürt den Wind, der gegen seinen Körper drückt, ihn fast aufrecht hält, und er spürt Klaras Hände an seiner Brust.

Weiter, weiter in den Tag hinein.

Auf dem Grat der Ville, wo das Land schon wie hinter Rauch liegt, da zurrt er das Pferd.

Warte, sagt er.

Er zieht sich die Joppe über den Kopf und schmeißt sie in den Graben neben dem Weg.

Er lacht, vielleicht das erste Mal überhaupt.

Dann gibt er dem Schimmel wieder die Sporen.

Ein paar Lumpen am Leib, ein Seckel Reppa, und vor ihnen die Zukunft.